Die Autorin

Mausi Horn, gegen Mitte der 1960er Jahre in Emsdetten geboren, ist aufgewachsen in einem Ortsteil von Rheine, einem landwirtschaftlich geprägten Dorf mit circa 2000 Einwohnern. Nach dem Realschulabschluss begann sie eine Ausbildung zur Einzelhandelskauffrau im Bereich Textil. Neun Jahre nach dem ersten Schulabschluss besuchte sie ein Abendgymnasium, wo sie drei Jahre später das Abitur mit der Note 1,8 bestand. Anschließend studierte sie für das Lehramt der Sekundarstufen I und II an der WWU Münster. Derzeit ist sie im Online-Handel tätig. Horn hat einen volljährigen Sohn, der mit ihr zusammen im Münsterland lebt.

Vorliegender Entwicklungsroman, welcher sich hauptsächlich um die ambivalente Negativheldin Barbara rankt, ist ihr Erstlingswerk.

Mausi Horn

FREUNDEFÜHRER

Liebe, Lust & Leiche(n)

Erster Teil

Bibliografische Information der Deutschen National-bibliothek:
Die Deutsche Nationalbibliothek verzeichnet diese Publikation in der Deutschen Nationalbibliografie; detaillierte bibliografische Daten sind im Internet über http://dnb.dnb.de abrufbar.

TWENTYSIX – Der Self-Publishing-Verlag
Eine Kooperation zwischen der Verlagsgruppe Random House und BoD – Books on Demand

© 2020 Horn, Mausi

Herstellung und Verlag:
BoD – Books on Demand, Norderstedt.

Cover-Illustration: Mausi Horn
Design: Mausi Horn

ISBN: 9783740725228

„Der Mensch ist von Natur aus böse!"

(Thomas Hobbes)

Die bordeauxrote Ledercouch ist kalt. Es riecht muffig.
So ein modriger Geruch, wie er entsteht, wenn ein großes alleinstehendes Zweifamilienhaus, verblendet mit gelben Ziegelsteinen, wie es für die Bauphasen der 1970er und -80er Jahre typisch war, nur wenig bewohnt und äußerst spärlich beheizt wird. Der Bewohner, der als Einziger von der ursprünglichen Bauern-Großfamilie übriggeblieben ist, ist überzeugt, ein männlicher Mann zu sein. Daher bleiben die Heizkörper unterkühlt, während er seinem viel zu gut bezahlten Job nachgeht.
Er ist Filialleiter in einem bundesweit etablierten bedeutungsvollen Betrieb, in dem Naturkosmetik hergestellt wird. Apotheken, Drogerien, Supermärkte rufen die Produkte im Anschluss ab.
Viel zu gut bezahlt, weil er sich seine ach so stressige Arbeitszeit häufig mit dem Surfen in Internetportalen vertreibt, um eine potenzielle neue Lebenspartnerin zu finden. Private Mails und Kurznachrichten werden währenddessen ebenfalls erledigt. All das toleriert wissentlich die Arbeitgeberin.

Seit nunmehr neun Jahren ist Frank, besagter Filialleiter, geschieden und auf der Suche. Dieses Faktum hätte mir anders zu denken geben müssen!

Leo, ein in die Jahre gekommener russischer Terrier-Rüde, liegt auf meinen Füßen. Er mag mich seit unserer ersten Begegnung. Kurz und gefühllos streichle ich sein grauschwarzes Fell, das seit zahllosen Tagen nicht mehr gebürstet wurde. Unter den Modergeruch der feuchten schlecht gelüfteten Wohnung mischt sich sein Hundegestank. Frank geht nicht sehr pfleglich mit ihm um.

Aus dem Maul dringt ein schier unerträglicher Geruch aus schwefelhaltigen Faulgasen.
Bakterien und Enzyme leisten ganze Arbeit mit den Speiseresten auf seiner Zunge und zwischen den Zähnen.
Ich sitze im Dunkeln und warte.

Meine frostigen Hände vergrabe ich tief in die großen Taschen meiner weichen seidig schimmernden jeansblauen Levi's-Daunenjacke. Die Finger der rechten Hand ertasten etwas eisig Metallisches, zum Teil mit angerautem Kunststoff abgesetzt. Reflexartig umschließt meine Hand den Gegenstand.
Erstaunt bin ich über meine innere Ruhe und Gelassenheit. Seit meiner frühesten Kindheit war ich nicht mehr so sehr mit mir selbst im Einklang. Diese Ausgeglichenheit, die an Gleichgültigkeit grenzt, ist purer Genuss. Ein Zustand, wie man ihn üblicherweise unter Drogeneinfluss erlangt.

Stocknüchtern bin ich und so klar und zielgerichtet in meinem Denken und Handeln wie nie zuvor in meinem Leben.

Warum erst jetzt?

Andächtig streife ich die nachtblauen dünnen ledernen Fingerhandschuhe aus der linken Jackentasche über meine Hände.

Meine Gedanken tragen mich zu dem Punkt, als alles begann, im April, vor fast auf den Tag genau zehn Monaten.

Die letzten 10 Minuten Freikampf haben mich unvorstellbar fertig gemacht. Der Schweiß strömt aus jeder einzelnen Pore. Mein Kopf ist ein roter heißer Dampfkessel kurz vorm Bersten. Eigentlich müsste jetzt ein Notventil öffnen und laut Alarm pfeifen.
Auf dem Rücken über der Wirbelsäule spüre ich, wie sich ein kleines Rinnsal bildet und sich kitzelnd seinen Weg hinunter in die Ritze zwischen den Pobacken bahnt, bis es am Schließmuskel meines Anus' stoppt.
Ich nehme meine Sporttasche mit den verschwitzten Protektoren drin, gehe barfuß mit ausgepowerten bleiernen Beinen zum Ausgang, drehe mich um, bleibe stehen, lege meine rechte Hand aufs Herz, die nackten Füße parallel dicht beisammen auf dem Linoleumboden und verbeuge mich vor den drei Fahnen, bevor ich zeitnah mit meinen Trainingspartnern den Dojang verlasse. Eine Flagge symbolisiert Südkorea, wo Taekwondo entwickelt wurde, eine Deutschlandflagge zeigt unseren Standort. Die dritte Fahne, erhöht in der Mitte, steht für unsere Kampfsportschule. Mit dieser Verneigung schwört jeder Taekwondoin, die erlernten Angriffs- und Abwehrtechniken außerhalb des Trainingsraumes niemals grundlos anzuwenden oder zu missbrauchen.
Vor den Duschen herrscht großer Andrang. Den speziell gebundenen Knoten meines rot-schwarzen Gürtels löse ich, streife mir zuerst das Oberteil, dann die Hose des weißen Doboks ab. Der weiße Sport-BH ist triefend schweißnass, genau wie der Slip.
Endlich ist eine Dusche frei. Das lauwarme Wasser dringt durch die Haare auf die Kopfhaut, ergreift den gesamten Körper. Es macht die Strapazen vergessen. Ich schließe die Augen und genieße diese Wohltat.

Herrmann thront wie immer souverän in seinem Chefsessel hinter dem großen hölzernen Schreibtisch im Aufenthaltsraum seiner Taekwondo-Schule. Der Schreibtisch ist sein Gesellenstück. Nach dem Abitur hatte er eine Ausbildung zum Tischler absolviert, vor weit mehr als zwanzig Jahren. Für jemanden, der eine asiatische Kampfsportart lehrt, weist Herrmann eine passende Körperhöhe von 171 cm auf.

Er trägt heute seinen besonderen Kampfanzug mit einigen nationalen und internationalen Auszeichnungen, die sich gut sichtbar als Aufnäher im Schulterbereich rechts und links neben dem schwarzen Kragen befinden.

Seit ungefähr sechs Jahren kennen wir uns.

Damals hatte ich für meine Zwillinge Paul & Paula, als sie in der dritten Grundschulklasse waren, eine sinnvolle sportliche Freizeitaktivität gesucht. Ihr vorheriger Sport, Schwimmen im Verein, weckte bei ihnen nicht länger die nötige Begeisterung.

Direkt nach dem ersten Probetraining in der Kampfsport-Kindergruppe waren sie fasziniert. Ihnen wurde der Weg gezeigt, jemand schien zu wissen, worauf es im Leben ankommt. Die strenge Disziplin und das unbedingte Einhalten klarer Regeln bildeten einen Gegenpol zu ihrem sonst eher zügellosen, ungestümen Wesen.

Mein Mann Jörg hatte mich ein paar Mal begleitet, um durch die riesigen Panoramascheiben beim Training unserer Kinder zuzuschauen. Irgendwann bemerkte Herrmann, dass ich selbst begeistert war von dieser Kampfsportart. Er lud mich zu einem unverbindlichen Probetraining für Erwachsene ein. Nach anfänglichem Zögern stimmte ich zu. Vier Trainingsstunden später war auch ich infiziert.

Herrmann ist Träger des vierten Dan und mehrfacher Weltmeister im Bruchtest. Seine Spezialdisziplin besteht darin, mit einem Yob-Chagi große freistehende Hohlziegel zu durchtreten. Dazu steht man so, dass die Ferse des Standbeinfußes zum Ziel zeigt. Der andere Fuß wird dermaßen angespannt, dass die Zehen extrem nach oben biegen, um so die Fußkante zu straffen. So gespannt, wird der Fuß erst blitzschnell vom Boden zum Knie des Standbeins gezogen und vom Knie aus ohne Unterbrechung mit der äußeren Längsseite Richtung Ziel getreten. Konzentration und Geschwindigkeit sind hierbei entscheidend, damit der Stein gespalten wird.

Ich nehme mir einen Klappstuhl aus dem Zuschauerraum und setze mich zu Herrmann an den Schreibtisch. Außerhalb des Dojang hat sich ein sehr freundschaftliches Verhältnis zwischen uns entwickelt. Er erzählt mir, dass er nun eine neue Frau suchen wolle, da seine Beatrice ihn und die drei Jungs vor fünf Monaten endgültig verlassen habe, nach fast 19 Jahren Ehe, wegen eines anderen Mannes.

Zunächst geschockt frage ich ihn, wie er das anstellen wolle mit der neuen Frau, es gibt schließlich keinen Supermarkt, in dem man eine kaufen könne oder so. Kurz und knapp schildert er mir, dass dank Internet genügend Angebote vorhanden seien.

Naive Neugier keimt in mir.

Zuhause angekommen stelle ich meine Trainingstasche mit den durchgeschwitzten Schonern samt Dobok mitten auf den grau-weißen Steinfliesen im Wohnzimmer ab, setze mich auf einen mit schwarzem Kunstleder bezogenen Schwingstuhl an den großen rechteckigen Esstisch aus Massivholzbuche und fahre mein Notebook hoch. Im Haus ist alles ruhig. Jörg und die Kinder scheinen schon zu schlafen. Ich klicke mich auf die so bezeichnete Datingplattform FREUNDEFÜHRER, in der Herrmann angemeldet ist. Unbedingt möchte ich ihn finden und sehen, wie er sich dort präsentiert.

Hm, zunächst muss ich mich selbst registrieren und mir ein Pseudonym ausdenken. Okay, ja, also, wie wäre es mit „rhabarber", weil ich ja Barbara heiße? – Shit, gibt's schon. Dislike. Ich probiere aus. Gut, „rhabarber0815" ist noch frei. Perfekt.

Circa eine dreiviertel Stunde später habe ich mein komplettes Profil erstellt und die meisten der ominösen 25 Fragen beantwortet, einschließlich höchstakademischem psychologischem Beziehungstest, der mir ausweist, wie ich emotional gestrickt bin und wie mein potentieller Partner drauf sein muss, damit es mit der wahren großen ewigen Liebe klappt.

Ja, Leute, diesen Schwachsinn will ich doch gar nicht. Ich möchte nur Herrmann finden! Hilfreich wäre nun, sein Pseudonym zu kennen. Scheidet aus, weil ich weder indiskret noch wissend genug war, ihn danach zu fragen.

Die obere Leiste sticht ins Auge: Partnerroulette. Aha, was ist das denn? Angeklickt – es erscheinen unzählige Fotos von Suchenden, auch Frauen. Wie bekomme ich zumindest die weibliche Klientel da raus?

Rechts lässt sich mit ein paar Häkchen elegant die Suche eingrenzen, auch nach örtlicher Reichweite. Sooooo, dann rotiere ich weiter durch die angebotenen Fotos, und das, obwohl ich selbst gar keins hochgeladen habe. Klick, klick, klick ... freundlicher Hinweis, dass ich doch

überlegen solle, ob eventuell nicht doch schon ein geeigneter Kandidat unter den präsentierten gewesen sein könnte, aber nein, einfach weggedrückt, weiter geht's – und – siehe da, da ist er ja!
Ja, echt jetzt, das ist Herrmann, einfach unglaublich. So leicht, ihn zu finden.
Wie preist er sich denn der virtuellen Damenwelt hier an?
Beeindruckendes Profilfoto. Er sitzt im Spagat unangestrengt locker auf einem Brückengeländer und trägt seinen weißen Dobok mit dem schwarzen Gürtel. Für meinen Geschmack etwas zu dick aufgetragen. Sein Motto besteht überwiegend aus einer Aneinanderreihung verschiedener Zitate aus seinen Lieblingskinofilmen, die er aber zum Teil noch mit eigenen Worten aufgreift und näher erläutert. Weiter vertiefe ich mich in seine Antworten auf die 25 Fragen nach Traumfrau, Persönlichkeit, Hobbys, Umfeld ...
Plötzlich blinkt es oben links wie wild. Drei Chat-Anfragen. Für mich? Kerle, ich will nichts von euch, will nur gucken und dann bin ich hier wieder raus und tschüss. Könnt ihr alle nicht lesen, Status: verheiratet! Ups, number four. Jetzt bin ich richtig neugierig. Klicke den ersten an. Er nennt sich „zarte_hände". Er schreibt „hallo du nah auch so spät noch unterwegs". Am liebsten würde ich ihn fragen, ob er schon mal etwas von Orthografie und Syntax gehört respektive gelesen hat.
Dessen ungeachtet spüre ich eine leichte Erregung in mir. Wahrscheinlich der Reiz des Unbekannten.
Ich: „Nö, bin nicht unterwegs, sitze zuhaus an meinem Notebook."
Er: „was suchst".

„Ähm, eigentlich nichts, hab nur mal geschaut."
„wonach genau bist verheiratet"
Ist das nun eine Frage oder späte Erkenntnis seinerseits?
„Du doch auch, wonach suchst du denn hier?"
„keine briffreundin"
„Sondern?"
„eine die gerne frau ist"
„Was verstehst du darunter?"
„trägst gerne sommerkleider und highheels"
„Äh, nee, ich bevorzuge eher Jeans und bequeme Schuhe."
„zeig mal foto bist schlank oder fett"
„Sei mir nicht böse, aber ich denke, wir beenden das Ganze hier jetzt. Viel Erfolg bei deiner weiteren Suche."
„bin nie böse hast skype oder sms dann schick ich dir fotos heise jürgen und du"
Ich drücke ihn weg. Er gibt nicht auf und blinkt mich weiter an.
Oh no, es sind inzwischen sieben. Alles, obwohl ich kein Foto im Profil habe, nicht einmal ein verdecktes, wie es für den ultimativen Erfolg empfohlen wird.
Das Blinken macht mich nervös. Andererseits fühle ich mich begehrt wie seit Jahren nicht mehr. Ein Hauch von Euphorie mischt sich unter meine Emotionen. Ich muss ausprobieren, was geschieht, wenn ich ein Foto hochlade, welche Wirkung es auf die Männerwelt hat.
Die Festplatte durchsuche ich. Hm, entscheide mich für drei Bilder.
Eins zeigt mich mit 16, wunderschönes, sehr leicht gewelltes rückenlanges glänzendes mittelbraunes Haar mit leichtem Rotschimmer.

Das hatte ich damals für Jörg bei einem Profifotogra-

phen machen lassen. Jörg wollte es gerne, weil er zu dem Zeitpunkt als frisch gebackener Zeitsoldat in imponierender Uniform bei den Heeresfliegern stationiert war.
Früher dachte ich rein romantisch, er wollte mich immer bei sich haben und an mich denken, wenn er von zu Hause weg war. Heute weiß ich, er brauchte es nur, um vor seinen Kameraden nicht als Einziger ohne Freundin dazustehen. Sonst wäre er in der Kaserne weiter gemobbt worden.
Einer seiner Dienstkollegen ließ es mich wissen während unserer Hochzeitsfeier, als wir lange zusammen getanzt haben.
Das zweite ist von meinem Perso, circa 42 bin ich auf der Ablichtung, also ungefähr sechs Jahre alt, das Foto. Mega kurze Haare, dezent gelgestyled, blauschwarz gefärbt. Hübsches schelmisches Lächeln. Schöne volle kräftig naturrote Kusslippen. Lippenstift benutze ich nie, besitze nicht mal einen.
Als drittes ein Selfie, aktuell, mit schulterlangen, glatt geföhnten glänzend dunkelbraunen Haaren.

Die Akutchatter sind auf fünf geschrumpft. Da entdecke ich im Mail-Postfach vier Textnachrichten. Gespannt öffne ich. Zwei sind von FREUNDEÜHRER, Willkommensgruß und Anleitungstipps für das Portal. Weitere von „Mr.Smiling" und „Oliver_Mellors".
Der Mister hat geschrieben:
„Einen wunderschönen guten Abend die Dame!
Gestatte mir, mich kurz vorzustellen. Mein Name ist Peter. Den Familienstand, Alter, meine Hobbys usw. kannst du aus dem Profil entnehmen. Du bist ebenfalls verheiratet. Haben wir die gleichen Absichten?

Dein Motto klingt vielsagend ‚Stets offen sein für neue Erkenntnisse'.
Freue mich auf deine baldige Antwort!"
Ich antworte direkt:
„Hallo Peter,
vielen Dank für dein nettes Anschreiben.
Um ehrlich zu sein bin ich nur aus reiner Neugierde hier, eigentlich beabsichtige ich nichts. Habe nur nach einem Freund geschaut. Was genau suchst du denn hier, anscheinend eine Affäre, oder?
LG aus Bevergern, Barbara"
Ab damit.
Noch schnell nach Oliver schauen. Oh no, die Blinker blende ich einfach aus, aber im Postfach drei neue Nachrichten. Gibt's doch gar nicht. Hey Kerle, es ist mitten in der Woche, mitten in der Nacht. Was treibt ihr denn alle jobtechnisch?
Die meisten haben angekreuzt Unternehmer oder Angestellter. Gut, am besten, ich schaue der chronologischen Reihenfolge nach. Also Oliver: „Hallo Unbekannte, wie geht es dir?"
Aus unserem Schlafzimmer kommt Jörg die Treppe herunter. Wir sind seit 26 Jahren verheiratet. Leicht panisch klappe ich den Deckel meines Notebooks zu. Wie ein Teenie, der seinen ersten Liebesbrief heimlich zuhause liest und Mutti kommt ins Zimmer.
Jörgs Blick ist grimmig, er fragt, was ich hier noch treibe, mitten in der Nacht, er müsse schließlich um vier Uhr dreißig wieder raus.
„Nur was im Netz nachschauen", entgegne ich.
Ob ich das nicht morgen machen könne, wendet er ein. Mein gefühlter innerer PH-Wert schlägt von neutral in

leicht sauer um. Ich sage nichts. Er kommt zu mir an den Tisch und möchte sehen, was ich so dringend mitten in der Nacht im Internet suche.
„Hallo? Wenn ich sonst nächtelang wach liege, interessieren dich meine Schlafstörungen auch nicht!"
„Dann leg dich jetzt ins Bett!"
„Entschuldige mal, in welchem Jahrhundert lebst du denn?"
Ungläubig und misstrauisch schaut er mich an, bleibt ein paar Sekunden lang auf einer Stelle stehen, dann verzieht er sich kopfschüttelnd.

Den Deckel drücke ich wieder hoch. Die FREUNDEFÜHRER sind noch da. Chatten mag nur noch einer.
Nebenbei fällt mir ein, ich werde gleich die Einstellungen so verändern, dass sich der Kennwortschutz aktiviert, sobald sich der Bildschirmschoner einschaltet oder das Notebook zugeklappt wird.
Weiter mit Olivers Text.
„Habe gesehen, du hast Fotos, öffnest mir deinen Privatbereich? Meinen habe ich dir aufgemacht. Vlg Andreas"
„Hallo Oliver, äh, Andreas, verstehe, dein Pseudo habe ich gegoogelt, bist wohl auf der Suche nach Lady Chatterley? Meine Fotos kannst du drei Tage lang ansehen. Sie zeigen mich im Alter von 16, 42 und jetzt. Was treibst du denn so, wenn du hier auf dieser Plattform nicht unterwegs bist, wenn ich fragen darf?
Es grüßt Barbara aus Bevergern."
Den PC fahre ich runter, hänge mein verschwitztes Sportzeug zum Trocknen über die Leinen im Wäschekeller und lege mich schlafen.

Der Wecker klingelt gnadenlos um zehn nach sechs. Mein Mittelfinger drückt snooze. Erneutes Alarmieren folgt nach fünf Minuten. Nach dem siebten Alarmton quäle ich mich aus dem Bett.

Paul & Paula nutzen schon die Bäder unseres schnuckeligen Einfamilienhäuschens am Wäldchenrand in Bevergern, einem putzigen Örtchen nähe Rheine an der Ems. Eben weil der Ort so schön anmutet, insbesondere sein historischer Dorfkern, wurde er mehrfach zum Bundesgolddorf gekürt.

Ein Bad mit großer Eckbadewanne und Dusche, alles in manhattangrau gehalten, befindet sich in der oberen Etage, wo Paul neben unserem Elternschlafgemach sein sehr geräumiges Zimmer hat.

Das zweite Bad mit Dusche und WC, in elegantem zeitlosem Weiß, ist im Keller, den Jörg und ich zusammen zu Wohnraumzwecken ausgebaut hatten, als unsere Zwillinge drei Jahre alt waren. Paula hat dort, angrenzend an das Badezimmer, ihr eigenes Reich, bestehend aus einer knapp 22 qm großen Kombination aus Schlaf-, Wohn- und Arbeitsraum.

Wie üblich bereite ich ihnen in der Küche im Erdgeschoss das Frühstück für zu Hause zu. Ohne Frühstück verlässt hier niemand das Haus. Paulchen trinkt zu seinen Broten gerne frisch zubereiteten Kakao aus der Mikrowelle. Für Paulinchen nehme ich jeden Morgen zuerst den Multivitaminsaft vom Aldi aus dem Kühlschrank, damit er angenehme Zimmertemperatur annimmt. Ich schmiere und belege für sie Brote mit Käse, Geflügelsalami und dünn geschnittenen Gurken- und Tomatenscheiben für den mit Unterrichtsstunden vollgepackten G8-Schultag am größten Gymnasium in Rheine. Für Paula noch eine Banane in die Sandwichdose, Paul bekommt einen gewaschenen Apfel. Als kleines extra Leckerli erhalten heute beide je einen großen Schokoriegel dazu. Manchmal ist es ein Stück Kuchen, manchmal ein Müsliriegel. Sie lieben es, dass ich diese Beilagen täglich variiere. Es ist für sie jedes Mal ähnlich spannend, wie das Öffnen eines Türchens im Adventskalender.

Gewöhnlich verlassen sie gegen sieben das Haus, fahren mit dem Linienbus nach Rheine, essen zu Mittag in der Schulkantine und sind zwischen 16:00 und 18:00 Uhr wieder zurück.

Nachdem sie zur Haustür raus sind, schnappe ich mir mein Notebook, vollkommen ungestylt im Pyjama, so, wie ich kurz nach sechs aus dem Bett gestiegen war.

Ich registriere drei weitere neue Nachrichten im Postfach. Zuerst muss ich die älteren beantworten, ich kann nicht anders, bin halt gründlich.

Oliver_Mellors hat getextet:

„Wow, Barbara, bist ne hübsche Erscheinung! Mit kurzen Haaren gefällst mir am besten. Ja, hast recht, ich suche meine Lady Chatterley. So wie du optisch rüberkommst, könnte das schon passen. Wie findest du mein Foto? Würde gern mit dir chatten. Wann treffe ich dich denn hier? Von Berufs wegen bin ich Ingenieur in einem Betrieb in Ibbenbüren. Wir stellen Farben und Lacke her. Und du?

Küsschen, Andreas"

Die Komplimente schmeicheln mir wahnsinnig. Beim Lesen der Zeilen richte ich mich unbewusst auf und nehme eine gestraffte Haltung ein. Ich werde registriert. Er mag mich! Eigentlich dachte ich, für Frauen meines

Alters sei der Zug längst abgefahren.
Gefühlt bin ich plötzlich die berühmt berüchtigten 10 Jahre jünger, mindestens.
Er misst vier Jahre weniger und ist 28 cm größer als ich. In Wanderklamotten mit wadenfreier Hose steht er auf einem massiven Felsgestein. Seitenscheitel, leicht gewelltes nach hinten gegeltes kurzes Haar, Kugelbauchansatz, trotz seiner beachtlichen Größe. Männer, die so standardmäßig aussehen, gehen bei mir gar nicht.
Wenigstens trägt er keine Sandalen mit weißen Tennissocken.
Der Chat blinkt, es sind vier. Aber, ups, Andreas ist einer davon. Leicht nervös nehme ich an.
„Hallo Lady:)))"
„Hi Andreas, vielen Dank für deine netten Komplimente! Du siehst auch gut aus, lüge ich höflich. Dein Beruf beeindruckt mich. Ich war Lehrerin am Gymnasium. Seit meine beiden Kinder geboren sind, bin ich, ja, auch in unserer Zeit, als Hausfrau tätig."
„Das ist schön, dann hast du viel Zeit☺"
„Das alte Klischee, aber Kinder, Haus, Garten etc. erledigen sich nicht von allein."
„Wann hättest du denn Zeit für ein Date☺"
„Äh, das geht mir jetzt zu schnell, ehrlich gesagt."
„Ich meine nur auf 'n Kaffee, zum Beschnuppern☺"
„Sei mir nicht böse, Andreas, darüber muss ich erst noch nachdenken, ok?"
Kurze Pause.
„Meine Frau ist auch Lehrerin. Was macht dein Mann"
„Er arbeitet als Betriebselektriker bei einem weltweit agierenden Produzenten für Fertiggerichte."
„Ah, cool, den Global Player kenn ich. Welcher Standort"

„Eigentlich Rheine, hat aber ein großes Einsatzgebiet bis nach Hilter oder Emden. Ist viel unterwegs, hat Schichtdienst und macht häufig Überstunden. Die Anlagen müssen halt laufen. Hast du frei heute?"
„Nein, wieso"
Er schreibt weiter.
„Meine Arbeitszeit kann ich frei einteilen. Bin viel unterwegs zu Kunden und pendle zwischen den Filialen. Heute bin ich in Rheine, hättest du Zeit"
Offensichtlich ignoriert er einfach, was ich schreibe. Andererseits imponiert es mir, wenn Männer den Ton angeben und deutlich zeigen, was sie wollen.
„Tut mir leid, heute Nachmittag muss ich einkaufen."
„Wo denn"
„In Rheine."
„Sag mir wo, dann treffen wir uns ganz zufällig vor der Umkleide, ich gehe mit rein und helfe dir beim Anprobieren☺"
Das glaub ich jetzt nicht. Eine leichte Röte steigt mir ins Gesicht. Unverschämtheit.
„Ich kaufe Lebensmittel ein."
„Wo"
„Beim *real,-*"
„Das passt, da gibt's auch Umkleiden☺"
„Wofür hältst du mich eigentlich? Warum betrügst du deine Frau, liebst du sie nicht mehr?"
„Ich schätze und liebe meine Frau"
„Aber es läuft nichts mehr zwischen euch?"
„Wir haben ein geregeltes Liebesleben"
Schweigen.
„Ich rede nicht gerne über meine Frau"
„Okay, Andreas, eigentlich kennen wir uns überhaupt

nicht, deshalb geht es mich auch nichts an."
„Ich gebe dir meine Handynummer, rufst mich gleich an"
Nach ein paar Minuten Zögerns wähle ich die Tasten auf meinem Smartphone im roten Aluminiumgehäuse und erkenne mich selbst nicht wieder.
„Hallo Andreas, hier ist Barbara."
„Du hast eine sehr schöne Stimme, Barbara."
„Danke."
Ich freue mich. So viele Komplimente habe ich seit gefühlt hundert Jahren nicht mehr bekommen.
„Du, ich muss leider aufhören", wendet Andreas prompt ein. „Mein nächster Kundentermin steht an. Kann ich dich wieder anrufen? Deine Nummer habe ich."
„Ja, o. k. Das heißt, warte mal, nicht einfach so anrufen, sende mir vorher 'ne WA, ob es auskommt."
„Hätte ich sowieso gemacht. Das Gleiche gilt umgekehrt für dich!"
„Geht klar, dann wünsche ich dir noch einen schönen Tag."
„Danke, war mir ein Vergnügen mit einer so Hübschen. Tschüss."
„Ciao"
Ohne Unterbrechung schaue ich wieder ins Portal. Stunden sind vergangen und ich sitze immer noch im Pyjama im Esszimmer.
Die Antwort von Peter alias Mr.Smiling überfliege ich. Er schreibt sehr getragen, so altmodisch elegant und übertrieben höflich. Gibt mir seine E-Mail-Adresse: „mannmitgefuehl@...
Oh Mann, ob ich darauf eingehen werde – keine Ahnung.
Kurzer Blick zum Live-Chat. Einer versucht es zum sechs-

ten Mal. Ben_Jonathan. Laut Profil ist er 42, Single aus dem Kreis Steinfurt. Keine weiteren Angaben zu Hobbys, Beruf, Vorlieben, Interessen.
Wie in einem leichten Rausch nehme ich an.
„Moin knackiges Gemüse!", lese ich.
Das Lachen kann ich mir nicht verkneifen. Was ist das denn für einer?
„Hi."
„Hier ist der Sascha."
„Barbara."
„Barbara, ich schreib jetzt mal ohne Punkt und Komma weiter."
„Von mir aus."
„schon lange unterwegs hier und schon fündig geworden"
„Nein."
„wie nein geht das etwas genauer"
„Ich suche hier eigentlich nichts. Wollte nur mal nach einem Freund schauen. Und du?"
„habe vernommen hier sollen heiße bunnies rumhüpfen ach auf deinem feld müsstest du es auch sehen können soeben frisch eingeloggt nennt sich zarterhase na was das wohl für eine ist"
„Nein, kann sie nicht sehen, habe die Frauen rausgefiltert."
„was für ein bunny bist du"
„???"
„mein foto"
Ich klicke den Link an, damit sich sein Foto öffnet.
Das haut mich um. Er sieht meinem ersten festen Freund Arne wahnsinnig ähnlich. Braune Augen, so süß und engelsgleich, glänzendes volles mittellanges Haar, ganz

leicht gewellt, dunkelbraun. Verboten gutaussehend. Neben ihm das halbe Gesicht eines brünetten, ca. acht Jahre alten Mädchens zu erkennen. Scheinbar stehen sie vor einem Luxusliner.
Meine Fotos schalte ich ihm ebenfalls frei.
„Krass, siehst du gut aus. Wieso ist so jemand wie du hier unterwegs? Du dürftest keine Schwierigkeiten haben, in deinem Umfeld eine Frau zu finden."
Weder meine Frage beantwortet er noch gibt er einen Kommentar zu meinen Fotos ab.
„stehst du auf schokotürchen lecken und ns"
„Hä?"
Pause.
„fändest du es geil wenn ich dir dein schokotürchen lecken und deinen natursekt trinken würde"
Ich bin schockiert, fühle mich gleichzeitig geschmeichelt, dass er mich das fragt. Tief in meinem Innersten deute ich es als Kompliment.
„Sag mal, Sascha, gibt's hier nur solche Säue wie dich?"
„kann ich nicht sagen bewege mich nur auf der damenseite"
Warum drücke ich ihn nicht einfach weg? Irgendetwas übt einen gewaltigen Reiz auf mich aus weiterzumachen. In meiner ländlich beschaulichen Gemeindewelt, in der ich aufgewachsen bin, habe ich dergleichen noch nicht erlebt und das mit 48 Lenzen.
„barbara ich habe jetzt zu tun bin gleich beim nächsten kunden gebe dir meine handynummer würde mich freuen von dir zu hören"
„Okay, ich werde es in Erwägung ziehen."
„blbhg sascha"
„Ciao"

Seine Nummer speichere ich direkt in meinem Smartphone. Dabei bin ich mir selbst fremd. Bis vor ein paar Stunden hätte ich das alles für unmöglich gehalten.
Den Blick auf die Notebookuhr unterbinde ich. Lieber wende ich mich erneut meinem Postfach zu. Viele Nachrichten, eine interessante: „Du warst auf meinem Profil;)"
Ich mache auf.
„Hallo liebe Frau ohne Namen, ich heiße Frank. Dein Profil hat etwas Besonderes. Du bist verheiratet und Akademikerin.... Beides schließe ich für mich normalerweise aus.. Trotzdem hast du meine Aufmerksamkeit geweckt.. Warum warst du auf meiner Seite?....Was möchtest du über mich wissen? Es grüßt Frank"
Sein Profil rufe ich auf.
Zu der Frage, was ist Ihnen wichtig in einer Beziehung, steht daselbst: „Ehrlichkeit; gemeinsame Interessen; Treue, aber jeder muss dem Anderen seine Freiheit lassen; gute Gespräche; guter Sex:-); es muss kribbeln im Bauch, wenn ich sie sehe.. aber auch, wenn sie wieder weg ist......." Sein Familienstatus lautet: „geschieden, drei Kinder, keine Altlasten.......damit sind nicht die Kinder gemeint..."
„Hallo Frank, nett, dass du mir eine Nachricht sendest! Ob du es mir glaubst oder nicht, du bist der erste seriös erscheinende Mensch, der mir auf dem FREUNDEFÜHRER-Portal begegnet. Ich habe es schon so oft erklärt, eigentlich habe ich hier nur nach einem Bekannten geschaut und beabsichtige, mich wieder abzumelden. LG Barbara"
Ich sende Sascha eine SMS. „Hi:) hier hast du auch meine Nummer. Wofür steht eigentlich ‚blbhg'? LG Barbara"

Es klingelt an der Haustür.
Mitten am Tag im Pyjama kann ich nicht öffnen. Oder sollte ich erklären, ich sei krank? Nein, ich gehe nicht hin, die Tür bleibt zu. Noch zwei weitere Male läutet die Klingel. So penetrant unnachgiebig können nur meine Eltern von nebenan sein. Vorsichtig mache ich die massive Kiefernholz-Wohnzimmertür einen winzigen Spalt auf und luge zur dreieckigen Haustürscheibe. Bingo, mein Vater.
Er bimmelt noch ein viertes Mal.

Da sagt mir der Klingelton meines Handys: SMS-Eingang.
„liebe barbara es bedeutet besonders liebe besonders heiße grüße schönen tag sascha"
Frank hat mir zwischenzeitlich erneut geschrieben, sehr ausführlich.
„Hallo Barbara, das würde ich sehr schade finden, wenn du dich schon wieder abmeldest........ Ich würde dich gerne näher kennen lernen!! Ich bin seit 8 Jahren geschieden.... Suche eine neue Partnerin für eine ernsthafte Beziehung.. Keine ONS! ....Wohne in Nordhorn, habe drei erwachsene Kinder.. Sohn Rico ist 26.... meine Tochter Chantal 19..Nora ist 18. Meine Ex habe ich geheiratet, als sie mit Rico schwanger war..... obwohl ich da schon wusste, dass sie nicht meine Traumfrau ist...das Leben spielt manchmal anders, sie hat mich mit der Schwangerschaft erpresst...Die Verantwortung habe ich übernommen. Wir waren 18 Jahre verheiratet. Zu meinen Jüngsten habe ich seit der Trennung keinen Kontakt mehr, dafür hat sie gesorgt.... Rico besucht mich manchmal.. Ich wohne in Nordhorn an der niederländischen Grenze. Freue mich, wieder von dir zu lesen!!

Erzähle mir von dir!!!! Machst du es? Weil du nur einfaches Mitglied bist, schreibe ich dir weitere Mails ohne Inhalt. So hast du genug Spielraum zum Antworten und brauchst dich nicht einzuschränken.... Lg Frank"

Eigentlich muss ich dringend hier aussteigen, sonst bekomme ich rein haushaltstechnisch nichts mehr geregelt. Eine innere Stimme signalisiert mir aber, du antwortest unverzüglich.
„Lieber Frank, da du einen offenen und ehrlichen Eindruck machst, nutze ich die Gelegenheit und berichte dir ein paar Fakten aus meinem Leben."
Mein Handy klingelt.
„Barbara Schulz."
„Jaaaa halloho Barbara, hier ist der prickelnde Erotikservice von Graf Sascha zum Spitzenpreis von nur 5,99 € die Minute. Womit kann ich der gnädigen Frau dienlich sein?"
Zunächst stockt mir der Atem, dann fange ich an zu geiern. Er lacht mit, meine Reaktion gefällt ihm.
Stimmlich ist er nicht so toll aufgestellt wie optisch. Klingt nach schweratmigem Kettenraucher.
„Hi Sascha!"
„Störe ich gerade? Bist du allein oder ist Vati in der Nähe?"
„Ich wohne nicht bei meinen Eltern, hab ein eigenes Haus."
„Nee, dein Gatte, wie heißt der?"
„Jörg – ach so meinst du das. Hab sturmfrei, meine Kinder sind noch in der Schule, aber nicht mehr lange. Und bei dir?"
„Na dann reicht es wohl nur für einen Quickie."

Kurzes, leicht arrogantes Lachen dringt in mein Ohr.
„Sag mal, bist du immer so, wir kennen uns gar nicht."
„Das versuche ich doch eben zu ändern."
„In Ordnung, dann schieß mal los."
„Bin unbewaffnet, aber gut, was willste wissen?"
„Wer ist das Mädchen neben dir auf dem Foto bei FREUNDEFÜHRER?"
„Meine Tochter Anna. Ist schon lang her, wir machten eine Kreuzfahrt durch die Emirate."
„Bist du verheiratet?"
„Nee, nicht in diesem Leben. Anna wohnt mit jüngerem Stiefbruder bei ihrer Mutter. Jedes zweite Wochenende ist sie bei mir. Sie hat ein schönes eigenes Zimmer hier."
Er simst mir ein Foto.
In der Mitte der weißen Wand ein antiker viertüriger Kleiderschrank, links ein dunkles Massivholzbett, augenscheinlich beides aus Ebenholz. Das Bettzeug mit edler heller Satinbettwäsche mit grazilem Blümchenmuster bezogen. Rechts neben dem Schrank ein großes Fenster, umrahmt von hauchdünnen Seidenschals, darunter ein geräumiger Schreibtisch mit Stahlgestell und Glasplatte, obenauf PC und Schreibutensilien. An der dem Schrank gegenüberliegenden Wand befindet sich ein modernes, klappbares Gästebett.
„Wir kochen meistens zusammen und kümmern uns um Annas Pony."
„Hört sich gut an, wie heißt es und welche Rasse? Ach so, danke für das Foto, deine Tochter hat wirklich ein sehr schönes Zimmer bei dir. Wie alt ist sie, wenn ich fragen darf?"
„Ist ein Fellpony, heißt Bert, Anna ist 13, geht in die achte Klasse am Gymnasium."

„Oah, echt jetzt? Meine Kinder, Paul und Paula, sind ein Jahr älter als deine Tochter, besuchen die neunte Klasse eines Gymnasiums in Rheine, das als das jüngste und gleichzeitig größte dort gilt.
Hab vor tausend Jahren mal Bio studiert. Da habe ich während eines Semesters über Fellponys referiert. Sie heißen ja nicht so, wegen ihres Langhaars vom Schopf bis zu den Fesseln, sondern weil sie aus der Hügellandschaft, den Fells, in Nordengland stammen."
„Danke für die Belehrung, wusste ich schon. Das ist aber wohl eher ein Mittelgebirge."
„Äh, ja, natürlich, so hatte ich es nicht gemeint, bin keine Geologin."
Vorübergehender Stillstand.
„Hm, kennst du dich mit Mauke und Hufrehe aus?"
„Sorry, ich habe nicht Tiermedizin studiert, sondern Biologie und Germanistik für das Lehramt der Sekundarstufen I und II."
„Oh, hallo Frau Oberstudienrätin."
„Schlicht Studienrätin, für mehr hat es nicht gereicht."
Kurz schildere ich ihm diesen Teil meiner Vergangenheit, mit weiter einfließenden alternativen Fakten.
„Hm, trotzdem – darf ich dir knapp den Sachverhalt darlegen?"
„Ja, gerne."
„Bert hat einen offenen Stall. Letzten Winter begann er zu lahmen. Als ich mir das linke Bein angesehen habe, entdeckte ich eine eitrig verkrustete Stelle im Bereich der Fessel. Mit meinen Reiterhandschuhen habe ich vorsichtig gerieben und – kannst dir nicht vorstellen, was für Ausdünstungen mir meine Sinne vernebelt haben. Hab den Tierarzt gerufen. Nach zwei Tagen erschien er

dann. Bei der Untersuchung hat er neben der Mauke am selben Bein auch noch Hufrehe festgestellt. Die Hornschicht löst sich von der Haut, so, als würde uns ein Nagel wegeitern, nur, dass wir nicht auf den Nägeln laufen."

„Uh, das ist schon heftig. Ist dein Pferd übergewichtig oder steht es zu viel im Stall?"

„Er ist ein Pony – und Barbara – du hörst mir überhaupt nicht zu, Bert kann zu jeder Zeit raus auf die Weide."

„Sascha, entschuldige, ich habe dir sehr wohl zugehört! Wenn er die Möglichkeit hat, den Stall zu verlassen, heißt es ja nicht, dass er es auch tut. Und dieses Stockmaß ist für mich nicht maßgebend. Ich weise nur eine Körperhöhe von 163 cm auf, bin indes kein Kind."

„Huhu Frau Lehrerin, der Vergleich hinkt genau wie Bert."

„Ja, hast ja Recht. Sag mal, wir streiten uns schon wie ein altes Ehepaar und kennen uns wie lange?"

Sascha ist kurz still, dann fragt er: „Kommt die Begrifflichkeit Schweißmauken daher?"

Ich lache laut drauf los und kriege mich kaum wieder ein. Er protestiert, aber in einem Tonfall, der erkennen lässt, dass ihm mein Lachen nicht unangenehm ist.

Nachdem ich mir die Tränchen mit einem Handrücken weggetupft habe, antworte ich: „Gute Frage, kann ich dir spontan nicht beantworten." Ich räuspere mich, um anzuzeigen, dass ich zur Seriosität zurückgekehrt bin. Sascha fragt: „Magst es dir mal ansehen?"

„Du meinst Bert?"

„Ja, mehr sein Bein."

Jetzt brauche ich eine Pause.

„Bist noch da?"

„Ja, sorry, wie stellst du dir das vor?"
„Bist mobil?"
„Jörg und ich teilen uns ein Auto."
„Wie sparsam. Soll ich dich abholen?"
„Mein lieber Sascha, du erwartest doch nicht ernsthaft, dass ich einfach so zu dir ins Auto steige, oder?"
„Ja, zier dich, da fahre ich voll drauf ab! Aber nee, im Ernst, was kann ich tun, um dich zufriedenzustellen?"
Ich weiß überhaupt nicht mehr, was ich noch antworten soll.
„Wo wohnst du denn?"
„Bramsche"
„Wo ist das?"
„Osnabrück."
„Moment mal, ich bin überzeugt, dass in deinem Profil ‚ST' für Steinfurt steht."
„Ach scheiß doch auf das Profil!"
„Mein Lieber, im Gegensatz zu dir nehme ich Worte sehr ernst!"
„Liebe Barbara, ich traue solchen öffentlichen Plattformen nicht, deshalb habe ich einen artverwandten Ort gewählt."
„Es gibt artverwandte Worte, nicht Orte. Aber du scheinst mir ein richtiger Schlingel zu sein."
„Das hat meine Schwester auch immer zu mir gesagt."

Plötzlich holt das Betätigen des Haustürschlosses mich in die Realität meines Daseins zurück.
„Sascha, sei mir nicht böse. Ich habe total die Zeit verpennt. Lass uns ein anderes Mal weiterreden, okay?"
„Oh, Vati hat schon Arbeitsende."
„Nein, meine Zwillinge haben Schulschluss."

Wir einigen uns, dass ich ihn anfunke, sobald ich den Freiraum dafür habe.
Es ist Paul allein, der aus der Schule zurückkehrt. Paula hat noch zwei Stunden Theater-AG. Ich erkläre ihm, dass es mir heute nicht so gut geht. Fragen stellt er keine, sagt nur: „Viele Hausaufgaben, bis später."
Er verschwindet mit der viel zu schweren Schultasche nach oben in sein Zimmer. Ich rufe ihm hinterher: „Falls ich dir bei einer Aufgabenstellung behilflich sein kann oder bei Durst oder Hunger ..."
„Ja, Mamßi, danke, ich weiß Bescheid."
Ich glaube, ich bin die einzige Mutter auf diesem Planeten, die von ihrem Sohn so genannt wird. Das gibt mir ein dankbar warmes Gefühl im Bauch.
Habe mir vorgenommen, mich beim Duschen zu beeilen, aber als ich das warme Wasser spüre, denke ich über FREUNDEFÜHRER nach, über Frank und Sascha.
Nach zwei Stunden bin ich wieder trocken, gestylt und ordentlich angezogen. Paula erscheint, umarmt mich, erklärt mir mit wenigen Worten ihren Schultag und verschwindet nach unten in ihr Zimmer.

Aufgrund eigener gegenteiliger Erfahrungen hatte ich meine Kinder absichtlich zu großer Selbstständigkeit erzogen. Sie durften seit Beginn der dritten Klasse ihren knapp zwei Kilometer langen Schulweg alleine meistern, obwohl sie dabei innerhalb Bevergerns Hauptverkehrsstraßen überqueren mussten. Von allen anderen Müttern, die ihre Kinder selbst für einen Weg von 250 Metern im Pkw zur Grundschule chauffierten, wurde ich deshalb sehr angefeindet, ich würde unverantwortlich handeln. Meine Erklärungen, dass ich über zwei Jahre mit meinen Kindern den Schulweg geübt habe, indem wir geschlossen morgens hingelaufen sind und mittags wieder zurück, wobei sie mir sagen mussten, wann die Straße frei war, stießen nur auf Argwohn.

Später, am Gymnasium, bekam ich eine positive Rückmeldung der Klassenlehrerin, dass sie es sehr schätze, dass Paul und Paula selbstbewusst und eigenständig ihren Weg durch die Schullaufbahn gehen.

Wichtig war mir von Anfang an, dass sie vor der Einschulung eine möglichst unbelastete Kindheit haben, ohne Druck und Zwänge. Meine Kinder durften einfach nur spielen!

Ich wusste, sobald es mit der Schule losgeht, ist es mit den unbeschwerten Kindertagen vorbei.

Was für die Schule absolut gemacht werden muss, hat oberste Priorität. Alles andere dient der Freizeitgestaltung. Daher hatte ich sie nie gedrängt, beispielsweise ein Musikinstrument zu erlernen. Es entspricht leider nicht ihren naturgegebenen Fähigkeiten. Wenn eine solche Neigung, ein solches Talent in einem Charakter angelegt ist, kristallisiert es sich von selbst heraus und bricht sich irgendwann unaufhaltsam Bahn.

Im Gegensatz zu Paul malt und zeichnet seine Schwester leidenschaftlich gern. Bei Wettbewerben, auch schulinternen, hat sie für ihre Kohlezeichnungen und Aquarelle schon etliche Preise eingeheimst. In unserem Schlafzimmer hängt ein imponierendes Portrait von Jörg und mir, das sie von einem Hochzeitsfoto, das ihr als Vorlage diente, abgezeichnet hatte. Wir bekamen es vor ein paar Wochen von ihr zum Valentinstag geschenkt.

Jörg ist immer noch unterwegs.

Als sei ich von einer Sucht gepackt, nehme ich mir Geflügelheißwürstchen aus dem Kühlschrank, ein großes Glas Leitungswasser, setze mich wieder an mein Notebook und antworte Frank.
Bei FREUNDEFÜHRER ist mein vorheriger Antwortbeginn leider nicht gespeichert worden.
„Lieber Frank, von deiner Offenheit bin ich sehr beeindruckt! Ob du es mir glaubst oder nicht, seit Jahren habe ich nicht intensiv über den Verlauf meines Lebens nachgedacht. Angeregt durch dich beginne ich nun damit. Vielen Dank, dass du mir so reichlich Platz eingeräumt hast, um mich verbal austoben zu können.

Nach Fachoberschulreife mit Qualifikation durchlief ich eine zweijährige Ausbildung zur Schuhfachverkäuferin. Nachdem ich fünf Jahre in dem Job gearbeitet hatte, war mir das Verräumen der Schuhe von A nach B zu eintönig geworden. Daher beschloss ich, Abitur zu machen.
Während meiner Abiphase meldete der Eigentümer unserer Mietwohnung Eigenbedarf an. Wir mussten die Wohnung räumen. Da die Mieten zu der Zeit hoch, aber die Zinsen relativ niedrig waren, kam uns die Idee bei meinen Eltern im Garten zu bauen. Neben Berufstätigkeit und Schule, beides in Vollzeit, habe ich den gesamten Bau gemanagt und gehandlangert bis zum Umfallen. Unsere Handwerker hätten mich anschließend direkt einstellen wollen. Jörg, mein Mann, hat sich um die Elektroinstallation gekümmert, als der Rohbau fertig war. Alles andere blieb an mir hängen als ginge es ihn nichts an. Wir haben in Eigenleistung gebaut, um Kosten zu sparen. Fast wie durch ein Wunder ist alles gut gegangen. Das Haus ist wundervoll. Ich denke, nach einundzwanzig Jahren kann ich das sagen.

Anschließend habe ich studiert, bin eigentlich Lehrerin. Im fünften Semester wurde ich ungeplant schwanger (Pillenpause). Die Schwangerschaft warf mich aus der Bahn, weil ich andere Pläne hatte. Dementgegen habe ich mich für das Kind entschieden. Zu Beginn des sechsten Schwangerschaftsmonats stellte der Gynäkologe bei einer Routineuntersuchung fest, dass die Fruchtblase zusammengefallen war und keine Herztöne mehr zu registrieren waren. Meine Tochter war in mir drinnen gestorben.
Lange habe ich mir Vorwürfe gemacht, dass es meine Schuld war, weil mir die Schwangerschaft nicht in den Kram passte. Vielleicht auch, um mich nicht mehr schuldig fühlen zu müssen, hatte ich nichts anderes im Sinn, als so schnell wie möglich wieder schwanger zu werden.
Acht Wochen nach dem Abort musste ich mich erneut einer Ausschabung unterziehen, weil der Klinik-Gynäkologe unsauber gearbeitet und in einer Eileitermündung ein kleines Stückchen Plazentagewebe zurückgelassen hatte. Das hätte ganz leicht in Krebs entarten können, sagte mir später mein Hausarzt. Ich hatte also Glück im Unglück.
Nach einem Jahr ohne erneute Schwangerschaft fühlte ich mich todkrank. Der behandelnde Arzt stellte fest: Hashimoto-Thyreoiditis."

Ich frage mich, soll und darf ich einem völlig Fremden das alles schreiben und so intime Details aus meinem Leben anvertrauen? – Yes, why not? What should happen to me?
Angenehm, wie sehr es mich erleichtert, endlich einmal Vorgänge anzusprechen, von denen bislang niemand aus

meinem Umfeld etwas wissen wollte. Oft habe ich versucht, über meine Erlebnisse zu reden. Bei niemandem trafen meine Worte auf offene Ohren.
Alle machten einen belästigten Eindruck und wollten stattdessen lieber über den vergangenen Urlaub sprechen oder Pläne für das kommende Weekend-Event schmieden oder aber bestenfalls ihren eigenen Seelenmüll bei mir abladen.

Meinen Brief an Frank setze ich weiter fort, befürchtend, dass er nichts mehr von mir wissen wollen wird, nachdem ich mein Herz erleichtert und viel angehäufte Pein bei ihm abgeladen haben werde.

„Dabei handelt es sich um eine Autoimmunerkrankung, bei der das Abwehrsystem fehlgeleiteterweise den eigenen Körper angreift. In meinem Fall hatte es begonnen, die Schilddrüse zu zersetzen.
Das bedeutete für mich vor allem, keine leiblichen Kinder mehr möglich.
Sehr lange habe ich gebraucht, mich mit dieser Tatsache abzufinden.
Irgendwann habe ich mein Studium fortgesetzt."

Ich zögere, wende meinen Blick vom Desktop ab. Bis auf die letzte Aussage floss mein Text, weil er bis hierher aufrichtig ist.
Lasse ich meine Gedanken nun in eine teilweise falsche Richtung weiter fließen, damit sie sich im stillen Weiher meines Wunschdenkens ergießen?

„Gerade, als ich nach abgeschlossenem Studium meine erste Stelle an einem Gymnasium in Emsdetten angetre-

ten hatte, war ich erneut schwanger. Unerklärbar für die behandelnden Mediziner. Entsprechend komplikationsreich gestaltete sich der Verlauf. Nach dem zweiten Blutsturz in der neunten Woche musste ich vier Monate lang strengste Bettruhe einhalten. Die Ärzte machten mich immer wieder mutlos, dass es bis zum Ende der Schwangerschaft so bleiben könnte. Aber ab dem siebten Monat waren die Blutungen in leichtes Schmierbluten abgeklungen, sodass ich gaaaaaaanz langsam wieder erste Schritte wagen durfte.
Das kann sich kein Mensch vorstellen, der es nicht aus eigener Erfahrung kennt, ich bin nur einmal die Treppe hinunter gegangen ins Erdgeschoss unseres Hauses und war fertig für den Rest des Tages.
Während meiner Liegephase hatte ich zu allem Überfluss auch noch 18 Kilo Gewicht zugelegt. Mein Körper hatte die Muskelmasse abgespeckt, dafür aber massig Fettzellen angelegt.
Schluss, genug meiner Horrorgeschichten, in der 38. Woche habe ich meine Zwillinge Paul & Paula gesund und ohne Kaiserschnitt zur Welt bringen können und dürfen. Darüber bin ich richtig glücklich!
Bin gespannt, ob du mir nochmal antworten wirst, du suchst bestimmt keine Brieffreundin. Meine Zeichen hier sind ausgereizt. GlG Barbara"

Ich fahre alles runter und schließe den Deckel.

Wie aufs Stichwort dreht Jörg den Haustürschlüssel im Schloss. Irgendwie habe ich ein schlechtes Gewissen ihm gegenüber. Ich gehe ihm entgegen, strecke mich, um meine Arme um seinen Hals zu legen und umarme ihn ganz fest. Anschließend schaue ich ihm fragend in seine kieselgrauen Augen. Meinem fragenden Blick hält er nur kurz stand, löst sich aus der Umarmung, gibt mir zu verstehen, dass er müde ist. Ich frage, ob er etwas essen mag, er verneint, lässt sich in seinen Sessel fallen und schaut den Rest des Abends fern.

Für einen 52-jährigen sieht er noch sehr gut aus. Er ist 1,86 m groß und schlank, ohne Bauchansatz. Zurzeit lässt er sich aus Bequemlichkeit einen Mehrtage-Vollbart stehen, was ich nicht mag, weil er beim Küssen sticht und wie grobes Schmirgelpapier reibt. Aber er steht ihm, Jörg wirkt dadurch männlicher als er tatsächlich ist.
In ihm sehe ich immer noch den 18-jährigen hellblonden Mokickfahrer mit kontrastreichen pechschwarzen Augenbrauen und schwarzer Lederjacke, in den ich mich mit empfindsamen 14 hoffnungslos verliebt hatte.

Seit meinem 15ten Lebensjahr verbrachte ich fast jedes Wochenende bei meiner Schätzchentante in Rheine. So bezeichne ich sie liebevoll, weil sie mich bis heute Schätzchen nennt, wann immer wir uns sprechen. Sie ist die jüngste von zehn Geschwistern meiner Mutter. Höchstselbst hat sie acht Kindern das Leben geschenkt. Vom ersten Augenblick an fühlte ich mich bei ihr mehr zuhause und besser verstanden als in meiner eigenen Geburtsstätte. In ihrem Haus herrschte immer eine fröhliche Aufbruchstimmung, es gab unentwegt Dinge, die getan werden mussten. So blieb kaum Zeit, über die Ungerechtigkeiten des Lebens nachzudenken.
Zusammen mit meiner volljährigen Cousine und ihrem ältesten Bruder kam ich in jede Disco, ohne Zeitlimit und

konnte alle alkoholischen Getränke konsumieren.

Zu der Zeit fand ich es grundlegend gut, denn ich gehörte als gleichwertiges Mitglied dazu. Meinen Kindern würde ich aus heutiger Sicht Ähnliches verbieten.

Die Erfahrungen, die ich zwangsläufig unter solchen Umständen als 14-Jährige gesammelt habe, haben mein damaliges psychisches Fassungsvermögen weit überschritten.

Meine Eltern haben mich nicht beschützt!

Viele Jahre vermutete ich eine Absicht dahinter, dass sie mich bewusst mehr oder weniger mir selbst überließen, weil sie sich immer einen Sohn gewünscht hatten, einen Thronfolger, einen Erbprinzen, oder wie mein Vater stets zu sagen pflegte, einen Stammhalter. Gemeint war damit letzten Endes jemand, der den Familiennamen weiter in die Welt fortpflanzt. Dieser innigste ihrer Wünsche blieb ihnen verwehrt, sie mussten sich damit begnügen, dass ihr einziges Kind ein Mädchen war.

Zu allem Unglück hatte ich während meiner ersten vier Lebensjahre rotes Haar, welches dann nach und nach immer brauner wurde. Es gab Nachbarn, die mich gerne Füchslein nannten. Meine Mutter konnte das nur schwer verkraften. Zusammen mit meinen grünen Augen weckte es bei ihr die Assoziation, dass nur noch eine schwarze Katze auf der Schulter und eine Warze auf der Nase fehlten.

Beides ist mir bisher erspart geblieben.

Während meiner Kindheit und Jugend habe ich nie gedacht, ich hätte Fehler, stets dachte ich, ich sei einer. Meine Eltern hätten alles werden dürfen, nur keine Eltern. Aber sie wussten es nicht besser. Ihr Intellekt ist beneidenswert bescheiden.

Zeigen wollte ich ihnen, wie antiquiert ihre Haltung ist. In unserer Zeit und Gesellschaft der Gleichberechtigten, mit entsprechender Rechtsgrundlage, ist es für Frauen gleichwohl möglich, ihren Geburtsnamen an den Ehemann in spe weiterzugeben.

Aber wie das mit der Liebe so ist, auch in diesem Punkt nahm ich Rücksicht auf Jörgs Einwendungen, wie es in den meisten anderen Lebensfragen ebenso der Fall war. Er hielt meinem Wunsch, dass er meinen Nachnamen annehmen möge, entgegen, wie viel Aufwand es zum einen betragen würde, wenn er seinen Namen aufgeben müsste. Viel Zeit, Nerven und Geld würde ihn die Namensänderung bei Bundeswehr und Co. kosten.

Zum anderen hatte ich das Gefühl, dass er gegenüber der Außenwelt nicht stark genug gewesen wäre meinen Namen zu tragen.

Für mich gehören Kompromisse zur wahren Liebe, sie ist grundsätzlich bedingungslos.

So wurde aus Barbara Strauchkuppe Frau Schulz.

Jörg war der beste Freund des ältesten Bruders meiner Cousine. Zufällig hieß mein Cousin ebenfalls Jörg, wie mein Mann. Sie waren zusammen zur ortsansässigen Realschule gegangen und haben darauffolgend die gleiche Ausbildung zum Elektroinstallateur absolviert. Allerdings in unterschiedlichen Betrieben.

Bei meiner Schätzchentante sind wir uns dann zwangsläufig begegnet. Für mich war es unsterbliche Liebe auf den ersten Blick. Er sah so unglaublich gut aus. Schlank, blondes, kinnlanges Haar, im starken Kontrast dazu schwarze Augenbrauen; volle, pralle, in der Mitte perfekt herzförmig geformte Lippen und seine außergewöhnli-

chen kieselgrauen Wolfsaugen. Sie blickten in der Schar der Anwesenden nur auf mich.
Nachdem ich ihn angelächelt hatte, kam er auf mich zu und sagte hörbar für alle, dass er mich gerne küssen würde.
Ich war geflasht. Das fand ich voll mutig. Für mich war es ein öffentliches Bekenntnis: „Hört her liebe Leute, das ist die Frau, die ich begehre und sonst keine!"

Am selben Abend ging ich mit ihm in das Haus seiner Eltern, eine Straße weiter, wo auch er zu dem Zeitpunkt noch wohnte. Seine Eltern befanden sich im Camping-Urlaub. In der Doppelhaushälfte nebenan wohnte sein älterer Bruder mit Frau und Kind. Jörg hatte also sturmfrei. Kaum hatte er die Haustür hinter uns geschlossen, zog er mich an sich, presste zärtlich seine prallen Lippen auf meinen Mund, spreizte seine und zog meine mit, ertastete vorsichtig mit seiner Zunge das Innere meiner Lippen, danach suchte sie meine Zunge. Obwohl ich nie zuvor so geküsst hatte, verstand ich es instinktiv und streckte meine Zunge seiner entgegen. Zuerst berührten sich die Spitzen nur ganz sensibel und zurückhaltend. In mir geriet alles in Wallung. Warme Wellen durchfluteten meinen Körper von Kopf bis Fuß. Ich spürte, wie meine Schamlippen anschwollen. Die Klitoris zuckte, am liebsten hätte ich sie mit einer Hand berührt. Meine Vagina spendete Feuchtigkeit in den Slip. Jörg zog mich ins Wohnzimmer auf die Couch. Er umarmte mich und küsste heftiger. Während unsere Münder verschmolzen, drehten sich die Zungen wild umeinander und drangen, so tief es nur möglich war, in den anderen ein. Seine rechte Hand glitt langsam von meinem Hinterkopf den

Hals entlang nach vorne zu meiner linken, sehr schön runden straffen Körperwölbung. Er streichelte und knetete auf meinem Shirt. Zuerst den gesamten Busen, später ertasteten die Fingerspitzen meinen Brustwarzenhof, der Nippel stülpte sich gewaltig nach außen, wuchs zu einem Miniberg heran. Er ließ seinen Zeigefinger nur noch über den steifen Warzenberg hin und her gleiten. Noch mehr Feuchtigkeit strömte aus meiner Muschi. Ich dachte, ich würde das Bewusstsein verlieren. Seine Hand fasste das Shirt, hob es an und zog es aus der Jeans. Da es zwischen Hose und Bauch eingeklemmt war, steigerte die Reibung, die beim Herausziehen auf meinem Unterbauch entstand, meine Erregung weiter. Seine flache Hand berührte meinen nackten Bauch, den Mittelfinger steckte er in die Vertiefung meines Nabels, tastete sich danach langsam zum BH. Die innerlichen Wellen, die meinen Körper durchzogen, wurden stärker, leichter feiner Schweiß in winzigsten Tröpfchen bildete sich überall auf der Haut.

Das war mir unangenehm, ich fürchtete, Jörg könnte meine schwitzende Hülle abstoßend finden. Aber es regte ihn nur noch mehr an, weiterzumachen. Mit beiden Händen zog er mir das Shirt über den Kopf, ließ es einfach auf den Boden fallen. Seine Arme glitten unter meine, über der Wirbelsäule griff eine Hand ein Häkchenende, die andere den Stoffteil mit den Ösen. Ich spürte, wie sie sich gegeneinander schoben, der BH öffnete sich, als ob Fesseln sich lösten. Vorsichtig streifte er die Träger über meine Schultern und Hände ab. Ein kleines Stückchen schob er mich zurück, um „sein Werk" betrachten zu können. Ich sah ihm dabei unsicher, schüchtern und schamhaft ins Gesicht. Mit beiden Händen nahm er wieder meinen Kopf, schaute mir kurz in die Augen, zog mich an seinen Körper und küsste mich lange. Ich fühlte mich wohl und geborgen. So wollte ich es. Plötzlich spürte ich seine Finger an meinem Jeansknopf, Zeigefinger und Daumen der rechten Hand griffen den Zipper, der Reißverschluss tat sich auf.

Meine beiden Hände nahm er in seine, die viel größer waren. Er stand auf und zog mich mit. Die Daumen seiner Hände ergriffen den Hosenbund von innen. Gleichzeitig zog er mir Jeans und Slip vom Leib, ging dabei auf die Knie und schaute von unten in meine intimste Körperregion. Ich wurde unsicher. Als ob er es gespürt hätte stand Jörg auf, umschlang mich und zog uns beide auf das Sofa zurück. Da wurde mir klar, ich war nackt, er komplett bekleidet. Wie durch Gedankenübertragung nahm er meine Hände und führte sie zu seinem Hosenbund. Langsam öffnete ich Knopf für Knopf. Er zog seine Hose aus, danach das T-Shirt. Dann nahm er meine Hand, steckte sie in seine Boxershorts. Zum ersten Mal in meinem Leben berührte ich einen erigierten Penis, ja, überhaupt einen Penis. Das Gefühl machte mir Angst. Mir war bewusst, diesen Keil beabsichtigt er wieder und wieder in meinen unversehrten Körper zu rammen. Meine Bedenken spürte er, glaubte ich. Jörg nahm erneut meinen Kopf, schaute mir tief in die Augen. Für mich hieß das, habe keine Angst, ich will dir nur Freude bereiten, du bist für mich etwas ganz Besonderes. Ich dachte, er ist volljährig, vier Jahre älter als ich, hat natürlich schon Erfahrung auf dem Gebiet. Deshalb legte ich mein Wertvollstes in seine Hände und ließ mich fallen.

Dabei verliebte ich mich unermesslich in ihn.

Aus meiner Sicht schenkte ich diesem Mann das Kostbarste, das ein Mensch einem anderen freiwillig geben kann, mich selbst, mit all meinem Vertrauen, meiner Liebe, meiner Hingabe.

Er umschloss meine Hand mit seiner, führte sie auf und ab an seinem Penis entlang. Wie in Trance führte ich die Bewegungen fort, die er mir vorgegeben hatte. Seine Hand löste sich, er legte sie flach auf meinen Bauch. Ganz langsam fuhr er mit ihr runter Richtung Vagina. Sein Mittelfinger erreichte zuerst meine Klitoris. Es durchzuckte mich vom Mittelpunkt meines Körpers zuerst Richtung Hirn, aber fast gleichzeitig bis in die Zehenspitzen. Er drückte seinen Finger etwas fester auf meine Lustperle, schaute mir tief in die Augen, dabei stellten wir uns erneut hin. Ganz langsam bewegte er sich hinter mich, presste seinen Bauch an meinen Rücken. Oberhalb meines Steißbeins spürte ich seinen harten steifen Liebesspender. Mit der linken Hand strich er meine Haare zur Seite, küsste meinen Nacken, hauchte mir seinen erhitzten Atem ins Ohr, lutschte sanft an meinem Ohrläppchen, nahm es zwischen seine Zähne.

Zwischen meinen Beinen wurde es viel nasser als ich es vom Onanieren kannte. Nun nahm er seine ganze flache Hand und verteilte die gelartige Feuchtigkeit meiner Muschel zwischen den Schenkeln. Dann führte er vorsichtig und gründlich langsam seinen Mittelfinger in meine Höhle ein, hielt einen kurzen Moment inne, drückte anschließend von innen Richtung Bimsstein, zog den Finger langsam wieder fast heraus, versenkte ihn danach tiefer als zuvor. Mit meinem Schleim bestrich er zärtlich gezielt meinen Funzeldocht und rubbelte mal tiefgründig, mal schwebend hin und her zwischen Glans und Tropfhöhle. In mir fing alles an zu flammen, wie bei

einem Wolframdraht in einer Glühlampe, der in seinen Wendeln so feurig wird, weil die elektrische Ladung zwischen den beiden Polen ins Unermessliche steigt. Dieses Lustgefühl baute eine praktisch unerträgliche Spannung auf, die sich entladen musste.
Ich hielt es nicht mehr aus, drehte mich um.
Er nahm mich in beide Arme und trug mich in sein Schlafzimmer aufs Bett. Das imponierte mir, in seinen Armen fühlte ich mich zu Hause. Vorsichtig spreizte er meine Beine. Ich schaute ihm in die Augen, wollte es jetzt unbedingt wissen, wie es ist, das erste Mal. Hatte einiges darüber gehört und gelesen, dass es wehtun soll, wenn das Hymen reißt, hatte deshalb unterschwellig etwas Angst. Aber eigentlich war mir alles egal, ich konnte nicht denken, ich dachte nicht mal an Verhütung, ich wollte diesem Menschen alles geben, ich empfand reine Liebe für ihn.
Jörg erwiderte meine Blicke, zögerte dann plötzlich. Ich fühlte mich unsicher, wusste nicht, was Sache war. Er legte sich auf mich, drückte mit seinen Knien meine Oberschenkel weiter auseinander. In einer Mischung aus freudiger feuriger Erregung und Furcht wartete ich auf das Eindringen seiner Männlichkeit in mein Innerstes.

Vergebens. Jörg erhob sich und ließ sich neben mir aufs Bett fallen. Unbehagen und Zweifel erstickten schlagartig die lodernden Flammen in mir. Wie erstarrt lag ich da, unfähig mich zu bewegen oder etwas zu sagen.
Er nahm meine Hand, legte sie auf seine Glühstange.
Da spürte ich, sein Feuer war schon längst vor meinem erloschen.
Ich wagte es nicht, ihn darauf anzusprechen. Nachdem er

seine Sache bis zu diesem ernüchternden Moment so gut gemacht hatte, war für mich klar, der Fehler konnte nur bei mir liegen, ich hatte etwas Gravierendes falsch gemacht.

Ohne Worte und blicklos gingen wir zurück ins Wohnzimmer, zogen uns die Hüllen der Zivilisation wieder über unser Fleisch und Blut.
Jörg geleitete mich zur Haustür, schaute mir nichtssagend in die Augen, küsste mich zärtlich, aber oberflächlich.

Wochenlang versuchte ich danach, Kontakt zu ihm aufzunehmen. Er ließ sich stets verleugnen. Wenn wir uns zufällig begegneten, auf einer Party oder so, hat er mich gegrüßt als seien wir entfernte Bekannte. Mir zerriss es mein Herz. Ich konnte sein Verhalten nicht verarbeiten. Ich war so voller Liebe für ihn, bereit, alles für ihn zu tun und zu geben. Er warf mein Geschenk, mich, einfach weg.

In dieser Zeit dachte ich intensiver als je zuvor während meiner Kindheit, dass mein Leben sinnlos sei. Der Schmerz war unerträglich. Schule oder sonstige Pflichten existierten nicht mehr. Ich experimentierte mit Rasierklingen, um mir die Pulsadern aufzuschneiden, hielt es aber dann für zu schmerzhaft. Beim Nachdenken über Alternativen stand ich irgendwann mit einer Flasche Aldi-Rum, aus dem Vorratskeller meiner Eltern, tatsächlich auf den Bahngleisen, ziemlich abgelegen, irgendwo mitten in der Pampa.
Immer, wenn ein Zug anrauschte, dessen Kraftübertragung die Gleise mit steigender Tendenz klingen und

vibrieren lies, sprang ich, kurz bevor er meine sterbliche Hülle erreichen konnte, zur Seite, eine kleine Böschung hinab.
Irgendwann zeigte der Alkohol seine Wirkung. Betäubt und gedemütigt beschloss ich, das Leben noch eine Weile über mich ergehen zu lassen, in der vagen Hoffnung, dass sich etwas zum Positiven wenden könnte.
Anschließend war mein Körper zwei qualvolle Tage damit beschäftigt, den viel zu reichlich intubierten hochprozentigen Fusel abzubauen und zu überleben.

Es blieb nicht bei dem einen Versuch.
Einmal rückte sogar Bahnpolizei an. Ein Lokführer hatte sie offensichtlich alarmiert. Sie kamen im Pkw von der gegenüberliegenden Seite der Schienen. Als ich sie erblickte, rannte ich zu meinem Fahrrad, das hinter hohen Sträuchern im Gebüsch neben einem Feldweg parkte. Durch ein kleines Waldstück fuhr ich auf die Gemeindestraße. Dort begegneten mir die Beamten. Sie fuhren weiter und bogen in den Waldweg, aus dem ich gekommen war.

Meine Entjungferung habe ich Monate später mit meinem Cousin Jörg, Jörgs bestem Freund, vollzogen. Er war immer sehr besorgt um mich, vor allem in der Zeit meines größten Liebeskummers, ich konnte ihm alles anvertrauen. Dabei hatte er sich in mich verliebt, was ich nicht wollte. Nach einem Diskoabend hatten wir beide einen ziemlich hochpromilligen Pegelstand. Auf dem Teppich im Wohnzimmer meiner Tante ist es dann nachts zwischen drei und vier geschehen. Auch, weil ich unbedingt das Gefühl brauchte, mit meinem Körper ist weitestge-

hend alles in Ordnung, es lag nicht nur an mir, dass der andere Jörg im entscheidenden Augenblick versagt hatte. Bei meinem vollendeten ersten Mal habe ich keine große Lust empfunden, aber auch keinen Schmerz.
Als ich am späten Vormittag erwachte und zur Toilette ging, fand sich ein kleiner verkrusteter Blutfleck in meinem Slip. Stolz und überglücklich war ich, endlich eine richtige Frau zu sein.
Die Liebe meines Cousins konnte ich leider nicht erwidern, oder aber, ich wollte dieses Gefühl nicht zulassen. Weil er aber sehr gut aussah und sportlich war, hatte er kein Problem, sich mit reichlich anderen Weibchen darüber hinweg zu trösten, dass ich nicht mehr von ihm wollte als dieses eine Mal.
Heute hat er mit seiner zweiten Frau zwei Töchter und scheint glücklich verheiratet.

Zwei Jahre später bekam ich völlig unerwartet einen ersten Liebesbrief von meinem jetzigen Ehemann Jörg, in welchem er mir erklärte, er sei damals noch nicht reif für eine Beziehung gewesen. Ich hatte es gerade geschafft, mich innerlich von ihm zu lösen und pflegte seit ein paar Tagen eine noch schüchterne Beziehung mit einem Jungen meines Alters.
Es folgten zwei weitere Briefe von Jörg. Damit hatte er mich überzeugt, dass er es wert sei, alles andere und vor allem alle anderen sausen zu lassen, um ihm eine zweite Chance zu geben.

Anders als zu erwarten war, antwortet Frank mir erneut

vier Tage später im FREUNDEFÜHRER-Portal. Ich fühle mich geehrt und ernst genommen, halte ihn für einen tiefgründigen, sensiblen Menschen, der bereit und in der Lage ist, meine Gedanken und Gefühle zu verstehen. Unsere Mailaddies, mobile und Festnetznummern, bis hin zu den Wohnadressen, tauschen wir aus. In mir macht sich Unbehagen breit, dass ich unvorsichtig bin. Er lässt nicht locker, strebt an, mich unbedingt kennen zu lernen, obwohl ich nicht müde werde zu betonen, dass ich verheiratet bin und keine Beziehung gleich welcher Art zu einem Mann suche.
Sein Beharrungsvermögen blendet mich, ich bin fasziniert.
Wir verabreden uns nach längerem Zögern meinerseits für einen Spaziergang und einen Plausch im Klostercafé in Rheine am Naturzoo; ein neutraler Platz, der zwischen unseren Wohnorten liegt.
Um mir keine fadenscheinigen Erklärungen ausdenken zu müssen habe ich einen Nachmittag gewählt, an dem meine Schätze Unterricht haben und Jörg garantiert lange arbeitet. Meistens bekommt er ein firmeneigenes Fahrzeug für seine Wege zur Verfügung gestellt.

Frank und ich haben 15:30 Uhr abgemacht für das Treffen auf dem Zooparkplatz. Er hat sich für den Nachmittag freigenommen, was für ihn kein Problem darstellt, wie er selbst sagt.
Es ist 14:00 Uhr. Vor lauter Nervosität kann ich mich nicht schminken nach dem Duschen. Schweißausbrüche lassen alles wasserfeste Make-up verschmieren. Es macht mich wütend. Ich will das jetzt, ich will diesen Menschen unbedingt kennenlernen und er soll mich von meiner

besten Seite wahrnehmen.

Eine Stunde später fühle ich mich halbwegs hergerichtet, schnappe mir die Schlüssel, renne in die Garage, fahre unseren Mazda Kombi raus, schließe das Tor und düse los.

Am Zoo fahre ich nach den Wiesen direkt links die erstmöglichen gepflasterten Parkplätze an. Auf dem zweiten registriere ich einen weißen *Audi Q5* mit Nordhorner Kennzeichen. Fünf Plätze weiter komme ich zum Stehen. Als der Motor aus ist, kurzer Gewissenscheck. Ja, ich habe A gesagt, also ...

Langsam gehe ich Richtung Nobelkarosse. Eine von hinten erkennbar männliche Person sitzt am Lenkrad, schaut in den Außenspiegel, erblickt mich, öffnet die Tür, dreht sich um, steigt aus. In der rechten Hand hält er eine in Cellophan gehüllte Baccará-Rose, mit links wirft er die Fahrzeugtür zu.

Ich bleibe am Heck stehen. Er kommt auf mich zu. Wir mustern uns.

„Du bist Barbara?"

„Ja, dann müsstest du Frank sein."

Vorsichtig distanziert umarmt er mich kaum spürbar. So finde ich es in Ordnung. Aufdringliche Menschen, die beim ersten direkten Kontakt gleich mit der Tür ins Haus fallen, mag ich nicht.

Viele weitere Gedanken bahnen sich ihren Weg durch meine neurologischen Windungen.

Ganz und gar nicht entspricht er dem Bild eines Mannes, in den ich mich verlieben könnte. Umso besser, so ist diese Gefahr von vornherein gebannt.

Sehr kleinwüchsig ist er, etwa fünf Zentimeter größer als

ich, knapp unter 1,70. Auffällig kurzrasiertes Haar, mittig Glatze. Schmal geschlitzte blaue Augen wirken verkniffen, blicken angestrengt durch dicke Brillengläser. Sehr faltige Haut in Anbetracht der Tatsache, dass er nur ein Jahr älter ist als Jörg. Kleine weißliche Milien besiedeln seine unteren Augenlider, rechts mehr als links. Intensives Leben geführt, denke ich. Kein Aftershave wahrnehmbar. Bekleidet ist er mit kleinkariertem Hemd, siebenachtel Hose und Bugatti-Sommerschuhen ohne Socken.
„Jede Frau bekommt zuerst eine Rose von mir." Dabei schaut er tief in meine Augen und lächelt. Entgegnen möchte ich, wie viele es denn ungefähr schon waren.
„Das ist sehr nett von dir", kontere ich im Austausch, „aber du weißt schon, dass ich sie nicht nach Hause mitnehmen kann?"
„Das passt schon, ich wollte dir trotzdem eine kleine Aufmerksamkeit zukommen lassen."
„Ja, nochmals vielen Dank. Wenn du einverstanden bist, lege ich sie schnell in mein Auto."
„Okay, ich warte hier."

Gemütlich schlendern wir durch den ordentlich angelegten Park mit gelegentlich auftauchenden zumindest antik anmutenden Bauwerken.
An den Gradierwerken angelangt, fragt er mich nach deren Bedeutung. „Als Fremdenführerin bin ich nicht ausgebildet", grinse ich ihn an. „Soweit mir bekannt ist, wird aus der Erde salzhaltiges Wasser, die Sole, gefördert. Um den Salzgehalt zu konzentrieren, lässt man das Wasser über diese vielen kleinen Reisigzweige rieseln. Dabei verdunstet, je nach Witterung, ein entsprechender

Teil des Wassers. Das Wasser, das unten aufgefangen wird, bekommt durch diesen Prozess einen höheren Salzgehalt. Beim anschließenden Sieden in großen Pfannen muss somit weniger Wasser verkocht werden, um an das ‚weiße Gold', wie es früher hieß, zu kommen. Um deine vermutlich nächste Frage vorwegzunehmen, unsere Vorfahren haben erlegtes Fleisch mit Salz eingerieben und auf diese Weise für den späteren Verzehr haltbar gemacht, andere Konservierungsmittel kannte man kaum. Unter anderem war daher Salz so wertvoll."

Er deutet auf die Parkbänke, die in gewissen Abständen entlang der Salinenanlagen stehen. Wir setzen uns. „Interessant, Frau Lehrerin."

Weiter führe ich aus: „Die salzhaltige Luft, die bei der Verrieselung entsteht, soll sich positiv auf die Atemwege auswirken, einer frischen Meeresbrise ähnlich."

„Ach deshalb auch die Sitzbänke!?"

„Davon gehe ich mal aus."

Das durch das dunkelbraune Reisig tröpfelnde Salzwasser erzeugt ein gleichmäßig leises, entschleunigendes Rauschen. Ein gelegentlich böiger Wind treibt uns hin und wieder den erfrischenden Gischt ins Gesicht.

Frank beginnt zu berichten, welchen Betrügereien er seit seiner Scheidung bei FREUNDEFÜHRER begegnet ist. Am meisten ärgert ihn, dass etliche Frauen mit ihrem gefakten Alter kokettieren, vor allem, sobald sie die unheilverkündende Fünfziger-Grenze überschritten haben. Ihm seien schon zahllose Ein-, Zwei-, Drei-, Vierundfünfzigjährige begegnet, die behauptet hätten, unter 50 zu sein. Solch verlogenen Menschen könne man einfach insgesamt nicht trauen, auf keinem Gebiet.

Daraufhin zeige ich ihm bereitwillig meinen Personalausweis. Er scheint erfreut und beruhigt.

Weiter geht es Richtung Kloster an der Ems. Wegen des milden sonnigen Wetters nehmen wir draußen Platz, an einem kleinen runden Tisch des zugehörigen Cafés, nah am Wegrand.

Da er noch nichts zu Mittag hatte, bestellt Frank sich ein großes Stück Apfelkuchen mit Sahne und ein Glas Latte Macchiato. Mir ist nach frisch gepresstem Orangensaft.

Frank erzählt mir von seinem fünf Jahre älteren Bruder, der vor etlichen Jahren an Bauchspeicheldrüsenkrebs erkrankte und starb. Seinen Schilderungen entnehme ich, dass in seinen Gedanken eine unterschwellige Angst kursiert, ihn könnte eine ähnliche Krankheit überfallen. Seine Befürchtungen manifestieren sich dadurch, dass sein Vater beim Hühnerfüttern plötzlich tot zusammenbrach im Stall, als er etwa im gleichen Alter war wie Franks Bruder. Ich frage ihn nach seiner Mutter. Sie verstarb nach seinen Angaben kürzlich im Alter von 84 in einem Pflegeheim. „Sei zuversichtlich", beruhige ich ihn, „wahrscheinlich hast du die Gene deiner Mutter."

„Ja, und seinem Schicksal kann man eh nicht entfliehen", meint er.

Ziemlich rasch unterhalten wir uns als seien wir gute Freunde, die sich lange nicht gesehen haben. Ich gestehe ihm, dass ich Agnostikerin bin und daher nicht an ein vorherbestimmtes Schicksal glaube. Diese Sichtweise findet er interessant, bittet mich aber, den Begriff näher zu erläutern.

„Vielleicht hinkt der Vergleich etwas, doch falls mich jemand fragt, erkläre ich es gerne so: Dir ist sicher der Unterschied zwischen Vegetariern und Veganern geläufig?"

„Yepp."
„So könnte man verkürzt sagen, Agnostiker sind die Veganer unter den Atheisten."
„Äh?"
„Veganer nehmen nichts Tierisches zu sich, nicht einmal Milchprodukte oder Eier, wofür ja kein Tier sterben muss, nebenbei bemerkt. Für sie existiert nur pflanzliche Nahrung.
Agnostiker glauben an gar nichts, weder an einen Gott als übergeordnete Macht in irgendeiner Form noch an Wiedergeburt und so weiter, es existiert nur das eine rein biologische Leben, hier und jetzt."
Kurzes Schweigen, musternde Blicke.
„Dann lass es uns genießen!"
Wir lächeln uns an. Frank hebt sein Glas und prostet mir zu. Beim Anstoßen berühren sich unsere Finger flüchtig. Als könne er meine Gedanken erahnen, ergreift er das Wort. „Du fragst dich jetzt wahrscheinlich, womit ich meine Brötchen verdiene, beim Anblick meiner eher klobigen Hände." Ich nicke wortlos. „Die rühren daher, dass meine Eltern in vierter Generation einen Bauernhof hatten, wie's früher eben üblich war, mit Schweinen, Hühnern und etwas Landwirtschaft. Obwohl wir sogar einen Knecht, eine Magd und eine Kinderfrau hatten als ich klein war, mussten mein Bruder und ich immer hart ran.
Zusammen mit meinen Eltern habe ich ein neues Haus gebaut. Wir waren gerade eingezogen, sie unten, ich oben, da verstarb mein Vater. Meine Ex wurde schwanger und zog bei mir ein. Ich habe sie geheiratet. Mit meiner Mutter, die nach dem Tod meines Vaters zunächst im Erdgeschoss wohnen blieb, hat sie sich nie verstanden.

Meine Ausbildung zum Chemikanten habe ich in einem Werk für Naturkosmetik in Nordhorn gemacht, wo ich seitdem als einer der langjährigsten Mitarbeiter tätig bin."
Während wir über Gott und die Welt reden, verfliegt die Zeit. Es wird langsam kühler. Frank holt für uns beide dicke Sitzkissen. „Warte mal kurz, bevor du dich wieder setzt, mir kommt eine Anekdote in den Sinn.
Ein bis zwei Mal pro Woche habe ich meine alte Dame im Seniorenheim besucht. Letztes Jahr im Spätsommer hatte ein Betreuer sie im Rollstuhl nach draußen an einen Tisch im Schatten geschoben. Dort saß sie mit zwei weiteren Heimbewohnern. Sie unterhielten sich. Als sie mich erblickten, baten sie mich, mich zu ihnen zu setzen, auf einen der freien Stühle. Geschafft von der Arbeit, ließ ich mich in einen Gartensessel fallen. Ich lächelte einmal in die Runde und nickte jedem zur Begrüßung zu. Wie ferngesteuert fiel mein Blick plötzlich zwischen meine Beine. Ruckartig erhob ich mich wieder, leider zu spät."
Fragend schaue ich ihn an. „Was war los?"
„Wenn du mich mal ausreden lässt, sag ich's dir", dabei grinst er breit.
„Sorry", entfährt es mir, ebenfalls mit einem Lächeln auf den Lippen.
„Auf meinem Stuhl hatte kurz zuvor ein Heiminsasse gesessen. Er litt gelegentlich massiv an Inkontinenz."
„Nee-ne, is jetz nich wahr, oder?"
„Doch, genauso war's."
„Iiiiiiiiiiiiiiiiiiiiigitt, was hast du gemacht?"
„Ich habe mich schnell wieder verabschiedet."
„Und im Auto, der Sitz?"
„Den habe ich ausgebaut und bin im Stehen nach Haus

gefahren – nein, ernsthaft, meine gute Lederjacke musste dran glauben als Unterlage. Die Reinigung war anschließend teuer."

Weil er mir direkt ohne Scheu so intime Details aus seinem Leben gesteht, werde ich immer argloser. Fast gleichzeitig schauen wir auf unsere Armbanduhren, beschließen zu zahlen, jeder für sich, und machen uns auf den Rückweg. Frank muss kegeln, ich zu meiner Familie.

Ohne Eile gehen wir wenige Schritte Richtung Ems, ein ganzes Stück an ihr entlang, biegen links in den Mischwald mit den hochgewachsenen Bäumen ab, erreichen danach den asphaltierten Weg, der uns zum Zooparkplatz zurückführt.

Völlig unvermutet nimmt er meine linke Hand in seine rechte. Widerspruchslos akzeptiere ich. Zwiespältige Emotionen schleichen sich in meinen Körper. Einerseits fühle ich mich geschmeichelt, andererseits würde ich ihm gerne sagen, dass er eine Grenze überschreitet, über die ich nicht gehen möchte.

Eine junge Frau, ca. 30, mit Hund kommt uns entgegen. Frank mustert sie schon von Weitem. Sein Blick richtet sich hauptsächlich auf den imposanten Vierbeiner. „Ist das ein russischer Terrier?", fragt er die Spaziergängerin kurz bevor sie uns passiert. Wir bleiben stehen. Ihr Gesichtsausdruck erhellt sich, erfreut antwortet sie: „Ja, toll, dass Sie das wissen!"

„Ich habe selbst einen, ist nur schon altersschwach, der Bursche. Wie alt ist Ihrer?"

„Elf Monate, noch ein Baby", antwortet die Unbekannte. „Alt sind sie schneller als es einem lieb ist", entgegnet Frank.

„Dafür sind sie sehr robust, selten krank."
„Meiner hat dennoch ein Hüftleiden."
„Oh, das ist bei dieser Rasse eher selten", sagt sie.
„Er ist trotzdem immer gut drauf. Schönen Tag noch", wünscht Frank. „Gleichfalls" tönt es zurück.
Frank drückt meine Hand fester, so, als würde er befürchten, ich könnte ihm sonst davonlaufen. Er schaut mich an. „Mein Hund heißt Leo."
„Diese Hunderasse ist mir bislang noch nicht begegnet. Sehr beeindruckend."
„Ja, meine Tochter hatte sich unbedingt einen großen starken Hund gewünscht, da habe ich irgendwann nachgegeben. Meine Familie ist ausgezogen, Leo ist mir geblieben."
Ich atme tief durch. „Das tut mir leid."
„Nein, ist o. k., besser als umgekehrt." Wir lachen.
Ausgeprägt tierlieb ist er, denke ich, er schätzt die reine unverfälschte Natur der Tiere.
Weiter gehen wir zum Parkplatz, vorbei am Salzsiedehaus, das an das Josef-Winckler-Haus angrenzt. Auf der großen Wiese links hinter der Linde, deren viel zu lange und dadurch viel zu schwere horizontal gewachsenen Kronenäste, die durch Balken abgestützt werden, damit sie nicht brechen, hat sich eine Hochzeitsgesellschaft zum Fotoshooting versammelt. Ruckartig fühle ich mich an mein Versprechen erinnert, das ich Jörg bei unserer Trauung gegeben hatte: „[...] dich lieben und ehren und achten, in guten wie in schlechten Zeiten, bis der Tod uns scheidet."
Franks Umklammerung meiner Hand versuche ich zu lockern. Er bleibt stehen, schaut mir in die Augen, legt beide Arme um meine Schultern. „Ich verstehe deine

Gefühle, aber wir wären beide nicht hier, wenn in unseren Ehen immer alles paletti gewesen wäre."
Meine Augen werden spürbar nass, krampfhaft versuche ich ein Überlaufen von Tränenflüssigkeit zu verhindern. Es gelingt mir nicht ganz. Beide seiner Daumen hebt Frank und streicht mir ganz zärtlich, kaum spürbar, von den Augeninnenwinkeln an den unteren Lidern entlang nach außen.
Ich wende mich von ihm ab.
Wir setzen unseren Weg weiter fort. Er lobt beiläufig die schön gestaltete Parkanlage vor dem Zoo.
„Wo steht deiner?", spricht er mich an.
Ein leichtes Grinsen kann ich mir nicht verkneifen.
„Ein paar Plätze neben deinem."

An seinem *Audi* bleiben wir stehen. Frank schwingt sich fahrerseitig lässig auf die Motorhaube, was mich unterschwellig antörnt. Im Nachgang zieht er mich zu sich zwischen seine leicht gespreizten Beine.
So viel sportliches Selbstbewusstsein hatte ich ihm nicht zugetraut. Leicht misstrauisch scheint er gespannt auf meine Reaktion zu warten.
„Eigentlich geht mir das jetzt zu weit, ich …"
„Eigentlich" grinst Frank schelmisch zurück. Vorsichtig schiebt er mich ein Stückchen nach hinten und hüpft vom Auto.
„Hör zu, du hattest mir vorher reinen Wein eingeschenkt. Mein Problem ist nur, dass ich dich sehr sympathisch finde, vielleicht sogar schon ein bisschen mehr. Glaubst du an Liebe auf den ersten Blick?"
Eine Antwort liegt mir auf den Lippen, er zwängt mir rasch seinen Zeigefinger auf den Mund. „Alles, was ich

von dir möchte, oder anders gesagt, worum ich dich bitte, lass das, was zwischen uns angefangen hat, nicht hier und jetzt zu Ende gehen."
„Aber ..."
„Gib uns eine Chance, Freunde zu werden."
„Aber ..."
„Ich weiß, was du sagen willst, du hast Recht. Kommt nicht wieder vor, wenn du es nicht auch willst, versprochen."
Kurz und verstohlen küsst er mich auf die Nase. Das finde ich witzig, ich muss lachen.
„Gerne würde ich mehr Zeit mit dir verbringen, der Blick auf die Uhr sagt mir aber, ich muss, wie vorhin gesagt, zum Kegeln, bin dieses Jahr Kegelvater."
„Kegeln? Das ist was für alte Leute, so erzkonservativ."
„Da liegst du falsch, ich nehme dich gerne mal mit."
„Äh ..."
„Frau Lehrerin ..."
Jetzt unterbreche ich ihn.
„Müsst ihr denn immer alle eine Person nach dem Beruf beurteilen, ist das so wichtig, ist es nicht viel wichtiger, welchen Charakter ein Mensch hat?"
„Alle?"
„Was? – Ach so, entschuldige, passiert mir häufiger, mit der Berufsbezeichnung angesprochen zu werden. Das mag ich nicht. Ich bin ich, ein Mensch, fertig."
„Lehrerin ist doch ein ehrenwerter Beruf."
„Ja, absolut, nur – ach, egal, ich finde es traurig, dass in unserer Gesellschaft der Mensch als Mensch nichts zählt. Mir ist es wichtig, was jemand denkt und fühlt, aber vor allem, wie er handelt. Was derjenige beruflich verkörpert ist eher nebensächlich."

„Frau, äh, Barbara, ich verspreche dir, darüber nachzudenken, nur nicht beim Kegeln gleich. Versprichst du mir, dass wir uns wiedersehen?"
„Ja."
Es ist mir so rausgeflutscht, innerlich zucke ich zusammen.
„Ich nehme dich beim Wort. Es war sehr schön heute. Geht es dir auch so?"
„Ja."
Warum sage ich das? Versuche ich, ihn nicht mit einem Nein zu verletzen? Fand ich es tatsächlich schön?
Ich brauche erst mal Abstand, muss raus aus der Situation.
„Ich melde mich bei dir, versprochen."
„Das beruhigt mich, mein Abend ist gerettet. Nächstes Wochenende?"
„Du meinst treffen?"
Er nickt und grinst.
„Ich hab alles im Kalender, nichts im Kopf. Lass uns telefonieren, okay?"
„Okay!" Sanft berührt er meine linke Schulter mit seiner rechten Hand, schaut mir noch einmal fest in die Augen.
„Bis denne."
„Ciao, bis dann."

Vom Zoo fahre ich zum EEC, um noch Lebensmittel einzukaufen. So habe ich für meine Fahrt nach Rheine ein Alibi, falls Jörg beiläufig den Tacho kontrollieren sollte, wie er es oft tut nach der Arbeit.
Hunderttausend Gedanken schwirren. Warum mache ich das überhaupt? Was verspreche ich mir davon?
Mein Blick fällt auf den Beifahrersitz. Die Rose. Beim

Aussteigen nehme ich sie mit, um sie in einem Mülleimer verschwinden zu lassen. Unterwegs begegnet mir eine Putzfrau mittleren Alters, die mit einem Reinigungswagen die Gänge abfährt. Ich reiche ihr die Königin der Blumen. „Die haben sie sich verdient!" Die Frau sieht mich fragend und ungläubig mit geöffnetem Mund an. Mit Nachdruck lege ich ihr die Rose auf den Lenker.
Sie nimmt sie. Sie strahlt.

Zuhause angekommen stelle ich den Pkw in die Garage. Den Proviant nebst Toilettenpapier, Duschgel etc. verteile ich in Kühlschrank, Abstellraum und Keller.
Ich funktioniere.
Das Haus ist leer und still. Es zieht mich in meinen Garten. Immer wieder denke ich an die Begegnung mit Frank. Erlösend fängt der Rasen endlich meine Aufmerksamkeit. Auch er benötigt einen Schnitt.
Meine Füße versinken leicht in flachen Kuhlen.
Zwangsläufig denke ich dabei an Kati und Lea.

Als Paul und Paula knapp sechs Jahre alt waren, nervten sie Jörg und mich unablässig mit dem Wunsch nach einem Haustier. Wir gaben nach. Es wurden zwei weibliche Zwergkaninchen angeschafft, ein Löwenkopf und ein Farbenzwerg. Sie waren zum Knuddeln süß und kuschelig. Mit unbändigem Enthusiasmus richtete ich ihnen einen Stall unter dem Vordach des Holzschuppens ein, rundherum windgeschützt. Die Kinder bekamen die Aufgabe, täglich für frisches Wasser und Futter zu sorgen. Das Ausmisten wollte ich allein übernehmen.
Sobald die Tage wärmer wurden, bekamen Kati und Lea einen großen Freilauf mit Netz darüber, zum Schutz

gegen Greifvögel. Sogar über unseren heimischen Wäldern sieht man wieder vermehrt Mäusebussarde kreisen, manchmal sogar einen Rotmilan.

Beim Erreichen der Geschlechtsreife fetzten sich die beiden Zwergkaninchen nur noch. Eine Kastration brachte keine Abhilfe. Doppelwandig, mit großem Zwischenraum, trennte ich sie voneinander. Die Holzböden ihres Stalls hatten sie schon fast durchgescharrt. Daher legte Jörg zwei Kupferplatten ein.

An den Stellen des Rasens, an denen sie ihren Freilaufbereich hatten, der durch ein großes beliebig versetzbares Gitter eingezäunt war, wuchs innerhalb kürzester Zeit kein Gras mehr. Immer wieder buddelten sie tiefe Löcher und gelangten nach draußen in den Garten, um viele meiner kleinen blühenden Sträucher und Stauden bis auf die Strünke abzuknabbern.

Paul und Paula hatten schnell die Lust verloren, ihre Schützlinge zu versorgen. So blieb alles an mir hängen. Jörg argumentierte nur, er habe es vorhergesagt.

Bald war meine Geduld zu Ende. Früher hätte ich mit Sicherheit mein eigenes Leben gegeben, um das eines Tieres zu retten. Diesen idealistischen Enthusiasmus hatte ich im Laufe meines Lebens verloren. Mein Entschluss war unumstößlich, die Kaninchen mussten weg!

An einem Werktag, abends, die Kinder waren schon im Bett, holte ich den Katzenkorb und zwang Kati und Lea hinein. Sie sträubten sich kolossal. Eine versetzte mir mit den Hinterläufen tiefe blutende Kratzer am linken Unterarm.

Zorn und Verletzung bestärkten mich in meinem Handeln. Den Korb stellte ich in den Kofferraum. Mit dem Wagen fuhr ich nach Riesenbeck, über einen schmalen

Feldweg bis zum Beginn des dichten Waldes, der die Surenburg einschließt. Es dämmerte schon. Derweil ängstlich und mit schlechtem Gewissen behaftet, schaute ich mich zu allen Seiten um, bevor ich den Kofferraum öffnete. Weder Jogger noch Walker zu entdecken.
Wir waren allein.
Kaninchen können in Todesangst schreien, laut aufstampfen oder leise fiepen, wenn sie sich unsicher fühlen. Nichts war von ihnen zu hören.
Wären sie Fische gewesen, hätte ich sie in die Ems, einen Kanal oder Gartenteich entlassen.
Weit lief ich in den Surenburger Wald hinein, fernab der üblichen Wanderwege. Eine kleine Schneise schien mir recht, sie dort freizulassen.
Kati begann sofort, das saftige Gras zu fressen, sie hoppelte munter drauflos. Lea blieb apathisch wie in einer Schockstarre auf der Stelle sitzen, wo ich sie aus dem Korb gelassen hatte.
So unterschiedlich können Nachkommen gleicher Erzeuger reagieren, dachte ich.
Natur ist unübertrefflich vielfältig in ihren Kombinationsmöglichkeiten.

Am nächsten Abend musste ich unbedingt nachsehen, ob die beiden noch dort waren.
Lea saß weiterhin da, fast so wie am Vorabend. Ich hockte mich zu ihr hinunter. Entsetzt sah ich, dass sich eine große Anzahl von Zecken um Mund und Augen bei ihr festgebissen hatte. Kurz überlegte ich, sie wieder mit zurück zu nehmen, verwarf aber den Gedanken.
Von Kati keine Spur.

Nach sechs Tagen bemerkte Paula, dass die Kaninchen verschwunden waren. Zusammen durchsuchten wir den gesamten Garten. Ich erklärte, es müsse ihnen wahrscheinlich gelungen sein, unter dem Maschendraht, der unser Grundstück umzäunt, hindurchzuschlüpfen, weil sie bei den anderen Kaninchen im Wald sein wollten.

Den großen Garten unseres Einfamilienhauses, der mir wahnsinnig viel bedeutet, quasi ein Stück Lebensinhalt ist, mehr als ein Hobby allemal, habe ich überwiegend mit holländischen Bäumen, Sträuchern, blühenden Stauden, Bodendeckern und sonstigen ausschließlich winterharten Gewächsen angelegt und so gestaltet, dass ganzjährig, von Januar bis Dezember, etwas blüht. Umrahmt wird das Grundstück von grün- und rotblättrigen Säulenbuchen, im Wechsel mit einer Zaubernuss, einer riesigen japanischen Blütenkirsche und einem gigantischen Urweltmammutbaum, neben Goldeiben, Taxus und sehr vielen, zum Teil schon haushohen Scheinzypressen. Ein Augenschmaus sind jedes Jahr im Frühling die überreichlich blühenden Teppichphloxe, die unterhalb der Bäume die großzügige Rasenfläche umsäumen, auf der Paul, Paula und ich, manchmal auch Jörg, in besonderen Momenten während der Ferien Tischtennis oder Badminton spielen, bis wir total ausgepowert sind. Der Mix aus konzentrierter Bewegung, sportlicher Anstrengung und super Wetter lassen mich dann für ein paar Augenblicke glücklich und zufrieden sein, in meinem süßen kleinen Häuschen am Wäldchenrand, mit dem schokoladenbraunen Krüppelwalmdach, in dem beschaulichen Örtchen

nahe Rheine, ca. 45 km entfernt von Nordhorn, wo Frank lebt und arbeitet.
Seine Stadt kenne ich bisher nur als Durchfahrtsort von meinen Ausflügen in das beachtliche niederländische Tuincentrum in Denekamp.
Möchte ich daran etwas ändern?

Weiter schreite ich die wildkräuterdurchwachsene Rasenfläche ab.

Jörg und ich hatten eine 12 Jahre alte Katze, als ich mit unseren Zwillingen schwanger war. Sie saß oftmals inmitten der Wiese zwischen Grashalmen, Löwenzahn, Breitwegerich, Klee und Gänseblümchen.
Wir hatten sie damals in einer lauen Sommernacht bei einem Ausnüchterungsspaziergang nach einer Fete an einem Maisfeldrand gefunden. Scheinbar war sie ausgesetzt, sie miaute herzzerreißend. Jörg wollte sie zurücklassen. Ich nahm sie mit.
Direkt am nächsten Tag war ich mit ihr beim Tierarzt. Er schätzte sie auf grob 10 Wochen. Sie bekam das volle Impfprogramm plus oraler Entwurmung und eine Ampulle gegen Blutsauger zwischen ihre kleinen knöchernen Schulterblätter. Der Veterinär entdeckte beim Röntgen zahllose Schrotkügelchen in ihrem rechten Beckenbereich. Die Diagnose traf mich wie ein Blitz. Sie war wohl von einem Jäger angeschossen worden, konnte aber fliehen. Entfernen ließen sich die Kugeln nicht, es waren zu viele.
Im Lauf der folgenden Wochen wurden sie durch festes Gewebe umschlossen, wie der Mediziner prognostiziert hatte. Übrig blieb äußerlich sichtbar ein leichtes Nach-

ziehen des rechten Hinterbeins.

Zuhause hatte Field, wie ich sie wegen ihres Fundortes taufte, nach der ersten Behandlung zwei Tage lang bündelweise Knäuel von glasnudelartigen Fadenwürmern erbrochen, die zum Teil auf dem Boden noch zappelten wie kleine Aale, nachdem sie ihren Lebensraum Wasser verloren haben.

Als sie wieder bei Kräften war, ließ ich sie kastrieren.

Obwohl sie Freigängerin war, hat sie mehrere Umzüge mitgemacht und ihre neue Umgebung akzeptiert. Für eine Katze außergewöhnlich, sie hatte sich an mich gebunden, nicht an das Umland.

Meine Schwangerschaft mit den Zwillingen schien sie zu spüren. Zumindest registrierte sie, dass ich ihr aufgrund meines mir auferlegten absoluten Schonprogramms nicht mehr die bisher gewohnte Aufmerksamkeit zuteilwerden lassen konnte. Sie begann, ihr Katzenfutter mehrmals täglich auszuspeien. Niemals auf die Fliesen, immer auf teure asiatische Teppiche und Läufer. Meine Hauptbeschäftigung während der letzten Schwangerschaftswochen bestand im intensiven Reinigen von hochwertigen Woll-Teppichen.

Eines Tages hielt ich es nicht mehr aus. Auch dachte ich, so kann es nicht weitergehen. Was geschieht, wenn die Babys erst geboren sein werden?

Jörg bat ich, mit Field zum Tierarzt zu fahren, um sie einschläfern zu lassen, weil mich diese Maßnahme zu sehr anstrengen würde.

Tage vergingen, an denen ich die Kotze liegen ließ, bis

Jörg zuhause war, damit er es sah und einsah, dass etwas unternommen werden musste.
Einmal kam er nach Haus, holte den Transportkorb vom Dachboden, setzte Field hinein, schaute mich an.
Ich horchte in mich hinein.
Kein Mitleid empfand ich in diesem Augenblick für das Tier, das ich vor Jahren vor dem Tod gerettet hatte.
Das Wohlergehen meiner Kinder, und damit auch meins, stand nun an erster Stelle.

Mit Field kam Jörg zurück.
Der Tierarzt hatte eine Aufbaukur durch Vitaminspritzen verordnet. An ihrem Verhalten änderte sich nichts.
Zwei Wochen später ein erneuter Versuch, die Katze loszuwerden. Ein kurzes Telefonat führte ich mit dem Dok, in dem ich ihm die Situation schilderte.
Ich setzte Field in den Korb, schloss das Gitter. Zusammengekauert ließ sie keinen Blick von meinen Augen. Zum Schluss erwiderte ich ihn. Durch die Gitterstäbe streichelte ich ihr weiches, anthrazitfarbenes unterschwellig getigertes Fell.
Sie war ein Hauskatzen-Mischling mit Kartäuser-Einschlag.

Jörg kam ohne sie zurück.
Mit intensiv fragenden Blicken erwartete ich ihn. Er sah mich an und fing an zu weinen.
Das erste Mal, dass ich eine so tiefgründige Gefühlsregung bei ihm ausmachte.
In dem Moment hatte ich mich erneut in den Vater meiner Kinder verliebt.

Ich gehe zurück ins Haus, sende Frank per WhatsApp, dass ich den Nachmittag mit ihm sehr angenehm fand, benötige aber Zeit zum Nachdenken.
Sascha simse ich: „Geht klar, dass ich mir Berts Fuß ansehe."

Zweieinhalb Wochen und massenweise wechselseitiger SMS und MMS später sind Sascha und ich in Osnabrück am Rathaus verabredet.

Damit Jörg keinen Verdacht schöpft, nutze ich den ÖPNV.

Auf dem Weg von Bevergern nach Rheine fallen mir unweigerlich die Businsassen ins Auge. Von meinem erhöhten Sitzplatz aus, im hinteren Teil des Busses, lässt es sich hervorragend auf die Leute herabschauen. Mit mir zähle ich zwölf. Davon sind drei so ekelhaft übergewichtig, dass sie eine zweisitzige Bank fast mit sich allein füllen.
   Als ich im Alter meiner Kinder war, waren adipöse Kinder und Jugendliche die Ausnahme. Sie wurden in der Schule ausgegrenzt und gehänselt. In unserer Zeit ist es fast umgekehrt, fett sein ist gesellschaftsfähig geworden. Bei so übertrieben fetten Personen fällt es schwer, die Lebensjahre zu schätzen. Müssten alle noch weit unter 25 sein.
Bei dem jungen Menschen, der sich direkt vor mir platziert hat, registriere ich auf seiner aufgedunsenen Kopfplatte lichte Partien, kurz vor Glatze. Im hinteren unteren Drittel viereinhalb dicke rote flache verkrustete Pickel, halbcent groß, in einer horizontalen Reihe. Unab-

lässig kontrahiert die speckschwartige Kopfhaut, wie bei einer behaarten Schmetterlingsraupe, die versucht, sich fortzubewegen, aber sie kommt nicht vom Fleck weg. Seine Ohren wackeln auffallend, wenn die Kopfraupe sich bewegt. Das Haar, sofern es sich derart bezeichnen lässt, ist verschwitzt und fettig, klebrig gesträhnt.
Gelegentlich wandert sein Blick zur Seite. Um die 20 würde ich sagen, beim Anblick seines Profils.
Liegt es an dem exzessiven Zuviel an Körpermasse, dass er schon vorzeitig altert und ihm die Haare ausgehen? Vielleicht hat er daher schon weitere Seniorenkrankheiten wie Diabetes, Bluthochdruck, Arthrose, Herzrhythmusstörungen. Und ist mutmaßlich erwerbsunfähig.
Auf der gegenüberliegenden Seite ein junges Mädchen, wahrscheinlich noch schulpflichtig. Sie trägt trotz ihrer überbordenden Leibesfülle Piercings im aufgeblasenen Gesicht, Tattoos an Torso und Gliedmaßen und Fingerringe. Bei den Ringen frage ich mich, ob sie sie abziehen kann oder sind sie gar schon zwischen den Fingerknöcheln vom gequollenen Fleisch eingewachsen worden?
Die meisten Finger weisen eine dicke Dreckschicht auf zwischen Kuppen und Nägeln. Der fast schwarze Unrat scheint hindurch bis an die Oberfläche ihrer Fingernägel. Sie kratzt sich ungeniert im Gesicht.
Bevor sie in den Bus eingestiegen war hatte sie noch einmal tief den Rauch ihrer fast bis zum Filter abgequalmten Zigarette inhaliert. Nachfolgend warf sie sie für alle sichtbar vor den Bus.

> Leute, welche Erwartungen habt ihr ans Leben?
> So jung und schon so fertig. Keine Selbstbeherrschung. Weder Respekt vor euch selbst noch vor

der Gesellschaft. Ihr verursacht hohe Staatskosten ohne Gegenleistung zu bringen, obwohl ihr könntet, wenn ihr wolltet. Stattdessen fresst und saugt ihr alles in euch rein, bis es Gift wird.
Nur nehmen, kein Geben. Orale Selbstbefriedigung bis zum Exzess.
Je älter ein Mensch wird, umso mehr liebt er das Essen, umso weniger kann der Körper davon verbrennen. Was soll aus euch werden?

Fünf meiner Mitfahrer sind alt, allesamt im sogenannten Rentenalter. Zwei waren gleichzeitig mit mir eingestiegen, ich vorn, sie hinten. Sie haben sich schwerfällig und unsicher mit ihren haltgebenden Rollatoren fortbewegt. Auf einen möglichst guten Platz im Mittelfeld des Busses gierend ist so eine Art Wettkampf zwischen ihnen entstanden, bei dem sie sich gegenseitig mit ihren Gehwagen behakelt haben.
Eine Frau mittleren Alters, außer mir, und eine wohlproportionierte jugendliche weibliche Person mit stirnbedeckendem Kopftuch und langem Kleid, das den Boden wischt, vervollständigen das Bild.
An einer Haltestelle steigt eine junge schlanke Mutter mit Kinderwagen zu. Es wird spannend. Nur mit Mühe gelingt es ihr, sich an den Rollatoren vorbeizukämpfen, fast stolpert sie, da die Gehhilfen mit Rädern weit in den Mittelgang hineinragen. Mit Kopfschütteln kommentiert sie die lästigen Umstände, die die Alten im Bus verursachen.
Die alte Frau, zwei Bänke vor mir, klammert sich krampfhaft an ihre Sitzgelegenheit. Sie zittert unaufhörlich vom Kopf bis zu den Händen.

Weiter hinunter reicht mein Blickwinkel nicht.
Mit ihrer Bekannten, ebenfalls Rollatorin, unterhält sie sich. Sie war erst beim Arzt, dann beim Friseur. Wenn die Haare nicht liegen, fühlt sie sich unwohl. Selbst kriegt sie ihre Arme nicht mehr so hoch. Ihr Sohn, der Maurer ist, gibt ihr Geld dafür, von dem bisschen Rente kann sie sich den Friseur einmal die Woche nicht leisten.
Die Haare kurz, dauergewellt, gewickelt, aufgebauscht, gesprayt, farblos wettergrau mit ein paar vereinzelten dunklen Härchen, rosa durchschimmernde Kopfhaut. Typische Omafrisur. Hypertonie-Gesicht. Von Blutverdünnern an der Hautoberfläche sichtbar gewordene Kapillargefäße.

> Armer Sohn, nicht genug, dass du pauschal für immer mehr Ruheständler den Lebensabend finanzieren musst. Zusätzlich musst du deiner Mutter die Kopf-Wellness beim Profi ermöglichen.
> Hast du auch schon für dich selbst vorgesorgt?
> In unserem Alter – beim Anblick deiner Mutter gehe ich davon aus, dass wir in etwa gleichalt sein könnten – bekommen wir die Zuständigkeit für die Pflege alter Menschen aufs Auge gedrückt, in Personalunion. Vom Füttern bis zum Arsch abwischen.
> Unseren eigenen Lebensunterhalt sollen wir zudem verdienen.
> Und privat einen möglichst hohen Betrag zur Seite legen, da unsere Kinder und Kindeskinder die Last der Alten nicht mehr schultern können werden. Unsere Gegenwart geht dabei drauf.

> Wie lange kann der deutsche Generationenvertrag noch funktionieren?

Meine Überlegungen lassen mich erschaudern, aber der Entschluss steht fest. Ich werde anderen Menschen und Systemen nicht zur Last fallen. Bevor ich nicht mehr fähig bin, mich selbst mit dem Nötigsten zu versorgen, werde ich meinem Leben ein Ende setzen. Ich weiß, wann es Zeit ist zu sterben.

In Rheine angekommen laufe ich vom Bustreff zum Bahnhof, löse ein Ticket und steige in einen Regionalzug.

Seine Hochwohlgeboren

Das Osnabrücker Rathaus, aus gelbem Sandstein erbaut, ist architektonisch beeindruckend schön. Nicht so sehr die Grundstruktur, sie ähnelt einem übergroßen Einfamilienhaus mit Walmdach. Mehr die kleinen Türmchen, Skulpturen und rechteckigen hohen Fenster ohne Ende. Lange stehe ich davor, schaue mir Details an.
Historische Gebäude faszinieren mich. In ihnen – erst recht zur damaligen Zeit – gelebt haben möchte ich nicht, aber die Vorstellung ist jedes Mal überwältigend, welch bedeutende Personen und Ereignisse solch antike Gemäuer erfahren haben. Hier wurde zum Teil das Dokument unterzeichnet, welches als *Westfälischer Friede* in die Annalen unserer Geschichte einging. Das Schriftstück besiegelte das Ende des Dreißigjährigen Krieges.
Die hohe Freitreppe weckt in mir lockere Assoziationen an den Falkenhof in Rheine, mit dem wunderschön gebogenen Auf- und Abstieg.
SMS: „verspäte mich hatte noch wichtigen auftrag bist schon da blbhg sascha"
„Ja."
„ca 20 minuten"
„O. K., kein Problem, alles gut."
Ausgehend vom Bauch durchflutet mich eine wohlige Unruhe. Ich freue mich auf Sascha.
„was hast an"
„Drüber oder drunter;))"
„boah ey barbara dachte ich bin die geile sau"

„Ich mag nicht, wenn du so schreibst."
„ach du verdrehst schon wieder alles"
„Gut, bis gleich, du findest mich schon."
„dito"
Unsicher schaue ich mich die folgenden Minuten um. Das verstärkt natürlich das Gefühl, von allen möglichen Männern beobachtet zu werden.
Dann registriere ich jemanden ganz in Jeans, sowohl Hose als auch Jacke. Er holt ein Handy aus der Jackentasche. Bei mir klingelt es.
„Hi Sascha."
„Mit wem spreche ich?"
„Scherzkeks, Barbara, mit wem denn sonst?"
„Meine liebe Barbara, ist es zu viel verlangt, dass du dich mit vollem Namen meldest, wie es sich für eine Püppi vom Lande gehört?"
„Oh, 'tschuldigung, Barbara Schulz hier, wer da?"
„Du bist vermutlich die Frau, die mit Handy am Ohr in meine Richtung schaut."
Er steuert geradewegs auf mich zu.
Mein Blick landet zuerst auf den Messingknöpfen seiner Jeansjacke.
„Wow, Armani!"
Abschätzend mustert er mich.
„Für Normalsterbliche heiße ich Alexander, aber für dich mache ich eine Ausnahme."
Wir lachen uns an. Ich betrachte sein Gesicht.
Glatte, sehr gepflegte Haut, annähernd makellos, leicht gebräunt, wahrscheinlich von seinem kürzlichen Sommerurlaub mit Anna auf Malle. Volle Lippen zum Dahinschmelzen. Das Haar ist kürzer und nicht mehr so dicht wie auf dem Foto mit seiner Tochter auf dem Schiff. So

ähnlich müsste Arne mittlerweile in meiner Vorstellung auch aussehen, nur eine Kleinigkeit älter.

Ein Gefühl von abgrundtiefer Rührung bemächtigt sich meiner. Spontan umarme ich ihn, wie es üblicherweise nicht meinem Wesen entspricht. Alexander erwidert meine freundschaftliche Geste.

Wir setzen uns in ein nahes Café. „Wieso bist du eigentlich nicht bei WhatsApp?", frage ich ihn. „Du hast doch auch ein Smartphone, oder?"

„Mir gefällt das nicht, dass jeder sehen kann, wenn ich online bin. Man macht sich gläsern. Wenn man dann nicht sofort antwortet, sind die Leute beleidigt."

„Aha, so habe ich das noch nicht gesehen."

Nach meiner Apfelschorle und seinem Mokka beschließen wir in Alexanders Bondmobil, wie er seinen silbernen *Aston Martin V12 Vanquish* liebevoll nennt, zu Bert nach Bramsche zu fahren. Als ich das Gefährt sehe, entlockt es mir das nächste: „Wow!"

„Schau bitte nicht so genau hin, bei Anna habe ich noch vier Gutscheine einzulösen für Innenraumpflege, weil ich ihr eine *Anny* von *Liebeskind* geschenkt habe."

Er bemerkt die vielen Fragezeichen in meinem Gesicht.

„Ja nee, is klar, wie soll so 'n Hinterwelt-Bunny wie du ... Is so 'n schwules Täschchen, auf das sie schon lange abfährt, sie findet's unwiderstehlich, da musste Vati Sascha tief in seine Taschen greifen, aber für meine Tochter ist mir nichts zu teuer, das Beste ist gerade gut genug."

Weil er ihr keine heile Familie bieten kann, denke ich, versucht er sich selbst und seinem Kind das zerrissene Leben mit Statussymbolen zu kitten. Kalter Zigarettenrauch erreicht die Rezeptoren meines Riechorgans.

„Du scheinst ja gut Kohle zu haben. Was kostet das Geschoss?"

„War günstiger als es scheint, ein Kumpel handelt mit verunfallten Luxuskarossen zum Spottpreis."

Während der teils rasanten Fahrt erzählt Sascha mir, dass er einem alten niedersächsischen Adelsgeschlecht entstammt. Erst jetzt wird mir bewusst, dass ich ihn nie nach seinem Nachnamen gefragt hatte.

„Alexander Benjamin Baron von Hodenberg", wiederhole ich leise kichernd seine Mitteilung. Beide Hände presse ich mir vor die Nase und schaue nach rechts aus dem Fenster. Es nützt nichts. Mein leises Gelächter ist nicht zu verhindern.

„Tut mir leid, du scherzt schon wieder, oder?"

„Dachte, du bist anders."

„Sascha, du meinst das wirklich ernst, dass du so heißt?" Er reagiert nicht.

„Ich ... ich weiß nicht, was ich sagen soll. Verzeih mir bitte, ich verspreche dir, nie wieder über deinen Namen zu lachen." Mein Gesicht wird heiß und rot, es ist mir unbeschreiblich peinlich, als wäre ich eben durch eine Prüfung gerasselt. Er schaut mich kurz an. Sein Gesichtsausdruck entspannt sich zu einem leichten Lächeln.

„Ist schon gut kleines Bunny, alles tutti. Die meisten denken so wie du, Adelsgeschlecht mal wörtlich umgesetzt. Dabei kommt das aus dem Mittelalter. Hode bedeutete sowas wie Schirm. Meine Ahnen waren Schirmvögte, zuständig für Schutz, Finanzen und Verwaltung."

„Ui", fällt mir dazu ein. „Und dennoch bin ich anders als andere."

Meine Gesichtsröte löst sich peu à peu auf.

„Darfst mich ja auch Sascha nennen, mein Nick nur für Freunde."

Bevor wir sein Elternhaus in der Hodenberggasse 1 erreichen sagt er mir, dass er einen neun Jahre älteren verhassten Bruder hat, der dort wohnt, zusammen mit seinem ebenfalls ungeliebten Vater. Sie führen vereint einen Getränkebetrieb. Sascha wollte ihn übernehmen, wurde allerdings durch seinen Bruder mit väterlicher Unterstützung einschließlich einer dicken Abfindung hinauskomplimentiert.
„Warum hältst du dann immer noch Kontakt zu ihnen?"
„Ach Barbara, mein Herz hängt dran und das meiner Mutter."
„Wo ist sie?"
„Tot. Als sie starb war ich elf. Sie war die Chefin. Hatte den Betrieb von ihrer Großmutter geerbt. Mein Alter war einfacher Malocher in einer Spedition, als Disponent angestellt, mit null Ahnung. Meine Mutter hat sich aufgeopfert ohne Ende, hat alles gemanagt, ist an Herzinfarkt gestorben, kein Wunder. Zwei Tage lang wurde sie nach ihrem Tod zu Hause aufgebahrt, damit alle Angehörigen und Nachbarn sich verabschieden konnten. Danach hat meine große Schwester sich um mich gekümmert. Sie starb an aggressiver MS, als ich 21 war."
Die Infos plätten mich. Meine Sympathie wächst.
„Zwischendurch arbeite ich seit ein paar Jahren als Sterbebegleiterin ehrenamtlich in einem Hospiz in meiner Wohnortnähe. Eine Nachbarin ist dort hauptberuflich erwerbstätig und sprach mich an, weil sie, wie überall in der Pflege, hoffnungslos unterbesetzt sind. Daher kann ich deine Erlebnisse ein Stück weit nachvollziehen."
„Respekt. Was genau machst da?"
„Ganz unterschiedlich. Ich versuche auf die Wünsche der Personen einzugehen, sofern sie sich noch irgendwie

artikulieren können. Gerne sitze ich am Bett oder zusammen mit den Patienten auf dem Sofa, je nach Konstitution, und lese vor. Diejenigen, die sich darauf einlassen können, werden ruhig und angstfrei.
Mein letzter Fall hat mich allerdings überfordert, sodass ich eine längere Pause einlegen muss.
Möchtest du es wissen?"
„Jo."

Nicht einmal Jörg konnte ich es jemals ausführlich schildern, ich hatte immer den Eindruck, meine Tätigkeit interessiert ihn nicht ansatzweise, solche Thematiken sind ihm schlicht zuwider.

„Jan kam zu uns, da war er zehn. Lymphatische Leukämie. Er galt als austherapiert. Sehr viel Zeit habe ich mit dem blassen schwarzhaarigen Lockenkopf verbracht. Es entstand eine starke persönliche Bindung zwischen uns, die nötige Distanz zwischen Betreuer und Pflegeperson ging verloren. Ich hatte ihn liebgewonnen wie ein eigenes Kind.
Bis heute kommt es mir wie ein Wunder vor, seine Werte stagnierten plötzlich. Danach verbesserten sie sich kontinuierlich. Wir gingen Eis essen oder zusammen mit der Mutter Minigolf spielen, alles, was ihm Spaß machte.
Im Lauf der Zeit hatte er sich komplett regeneriert. Die Ärzte sprachen von Spontanheilung.
Wir blieben sporadisch in Kontakt.
Mit 16 beendete er die Gesamtschule mit Fachoberschulreife, danach eine Ausbildung zum Koch. Sein Traum war, eine Zeit lang als Schiffskoch zu arbeiten.
Er hatte schon einen Arbeitsvertrag für ein halbes Jahr

als Crew-Koch bei AIDA unterzeichnet, da wurden beim medizinischen Routinecheck kleine Geschwülste auf seiner Zunge entdeckt. Nach den Ergebnissen der Punktionen zu urteilen eindeutig bösartig."
Eine Weile zögere ich.
„Jetzt wird's voll brutal grausam, ich hätte mir selbst nicht zugetraut, in der Lage zu sein, so viel Leid auszuhalten. Besser, ich rede nicht weiter."
Meine Finger tasten nach einem Papiertaschentuch.

Ungezählte Pkw, Transporter und ein schwerer Lkw kommen uns auf dem langen breiten Privatweg entgegen.

„Wir sind da", sagt Sascha.
Er fährt auf den Hof hinter dem Wohnhaus, stellt den Motor aus.
„Ey Barbara, ich bin doch kein Truckerlein. Erleichtere dich bitte."
„Kein was?"
„Lenk nicht ab, erzähl!"
 „Sie entfernten ihm zunächst zwei Drittel der Zunge. Nach weiteren Untersuchungen stand fest, dass der untere Kieferknochen ebenfalls mit Metastasen befallen war. Zusammen mit seiner Mutter – der Vater war längst tot, hatte sich totgesoffen – riet ich ihm, auf weitere operative Eingriffe zu verzichten. Aber er wollte alles machen lassen, um jeden Preis, weil es ihm schon einmal gelungen war, ins Leben zurückzukehren.
Der untere Kieferknochen und der Rest der Zunge wurden entfernt.
Du kannst dir nicht vorstellen ... ich ... gib mir bitte einen

Moment ..."
Schnäuzen und Tränen tupfen sind unabdingbar.
„Die Ärzte meinten, sein Gesicht ließe sich mit Prothesen wieder aufbauen, ähnlich wie bei Kriegsopfern.
Vier oder fünf Wochen später wurden trotz Chemo Metastasen in beiden Lungenflügeln entdeckt.
Bei dieser Diagnose gab Jan sein Leben restlos auf. In unserem Hospiz wurde er rund um die Uhr betreut. Obwohl massiv Opiate der Oberhammerklasse zum Einsatz kamen, war er nie mehr ganz schmerzfrei."
Sascha schweigt zunächst, dann fordert er mich auf, zu Ende zu erzählen.

„Wir kommunizierten via Tablet, weil Jan nicht mehr sprechen konnte, wie du dir vorstellen kannst.
An seinem letzten Tag bat er mich, das Kopfteil seines Bettgestells höher aufzurichten, damit er etwas leichter atmen konnte. Zum ersten Mal streckte er eine Hand nach mir aus. Mit der anderen schrieb er: ‚bald ist es soweit'.
Ich legte mich neben ihn, las ihm wieder und wieder seine Lieblingsgeschichte vor.
Schon lange war es draußen dunkel geworden, da schlief er ein, atmete plötzlich ruhig.
Dann, total unerwartet, schnellte sein Oberkörper hoch, er saß im Bett, schaute mich an, nahm sein Tablet, tippte: ‚bin ich tot'
Ich sagte: ‚Nein, oder sehe ich aus wie ein Engel?' Er schrieb: ‚ja', und ließ sich wieder zurückfallen.
Meine Hand drückte er so fest er noch konnte.
Wie viel Zeit noch verging, kann ich nicht sagen, jedenfalls registrierte ich irgendwann, dass er nicht mehr atmete. Sein Herz hatte gnädigerweise aufgehört zu

schlagen."
Von Sascha wende ich mich ab, verberge meine Augen hinter weißem weichem Zellstoff.
„Welche war seine Lieblingsgeschichte?", fragt er.
„Der kleine Prinz", flüstere ich schweratmig.
„Da steckt doch dieser Pilot mit dem unaussprechlichen Namen dahinter", fügt Sascha sein Wissen an und legt mir von hinten eine Hand auf die Schulter.
„Magst unser durchlauchtestes Anwesen sehen?"
„Ja, sehr gern", schluchze ich.
Wir steigen aus. Mein Blick schweift ziellos durch die Gegend.
„Das ist mein Mutterland. Siehst auf der anderen Seite der Hofeinfahrt das Gebäude?"
„Mhm."
„Da haust mein verkommener Bruder Benedict."
„Inwiefern verkommen?"
„Er hat irgendwie so 20 Katzen oder so. Die pinkeln überall hin, dass sich das Parkett verbiegt, von dem Gestank ganz zu schweigen."
„Katzen pinkeln normalerweise nicht so drauflos, sie nutzen dafür ihre Katzentoilette, graben ein Loch, scharren die Exkremente anschließend wieder zu."
„Ach Barbara, wenn sie doch aber kein Katzenklo haben! Mein Bruder ist so ein Penner, voll der Messie. Seine letzte Haushälterin hat gekündigt, seitdem findet er keine neue."
„Kann ich verstehen."
An uneinheitlichen Hallen laufen wir entlang.
„Hier wird der edle Saft produziert. Nebenan verkauft."
Alexander zeigt auf ein weiteres hallenähnliches Gebäude, bis er sicher ist, dass ich es visuell erfasst habe.

„Privatbrauerei & Fruchtsäfte von Hodenberg", lese ich.
„Seit ich weg bin, geht die Produktion den Bach runter. Hab den Job von der Pike auf gelernt, erst Fruchtsafttechniker."
Mir entwischt schon wieder ein Lacher. Ich schaue ihn an. Er schaut lächelnd zurück.
„Sorry Sascha, ehrlich! Ist das ein Ausbildungsberuf, davon höre ich zum ersten Mal, nicht böse sein."
„Jaaaaaaaaa, die Püppies vom Dorf. Musst erst den guten Sascha kennen lernen, damit er dir die Welt erklärt.
Nun denn, liebe Barbara, gestattest mir, mit meinen Ausführungen fortzufahren, danke. Danach Industriekaufmann. Hab gute Ideen entwickelt, besondere Fruchtsäfte herstellen lassen, außergewöhnliche Kombis, direkt gepresst, naturbelassen, ohne Zusätze, edle Etiketten fertigen lassen. Aber mein Alter, der Vollpfosten, meinte, ich würde sein Geld nur zum Fenster rausschmeißen. Ha, sein Geld, lächerlich, hat sich alles von Mutti erschlichen, sogar unseren Namen."
„So habe ich meine Mutter früher auch genannt."
„Was sagst jetzt zu ihr?"
„Ich vermeide eine persönliche Anrede. Weil ich Kinder habe, spreche ich meine Eltern aus deren Perspektive als Oma und Opa an. Seit wann gibt es euren Betrieb?"
„Anfang 50er."
Die Gebäude und das gesamte Gelände sehen ziemlich ungepflegt und heruntergewirtschaftet aus.
„Warum hat deine Mutter deinen Vater geheiratet, wenn sie so eigenständig war?"
Alexander bleibt stehen, sieht mich an.
„Na das is ja mal 'ne Frage. Weil sie seinen Vornamen so geil fand!? Oder gar, weil kein blaues Blut durch seine

verstopften Gefäße fließt!?"
„Gut, das sind halt so Sachen, über die ich mir manchmal Gedanken mache."
„Damit zerbricht man sich unnötig den Kopf. Bringt nichts."
„Wie heißt dein Vater denn, wenn ich höflich fragen darf?"
„Gerhard."
„Also so betrachtet bist du eigentlich ein Halbblut?"
„Boah ey, willste mich jetzt verarschen?"
Sein Tonfall ist aggressiv. Wieder werde ich rot, versuche es zu verbergen, gelingt selbstverständlich nicht.
„Menno Sascha, hast du gar keinen Humor? So ernst meinte ich das nicht, ich dachte, weil wir gleich für Bert ..."
„Du meinst, nur weil ich einen Titel im Namen führe, bin ich mit goldenen Löffeln aufgewachsen, oder was? Ich musste mir alles hart erarbeiten!"
„Äh – ja, ich meine natürlich nein, davon war doch überhaupt nicht die Rede. Können wir das Thema beenden, bevor's zu schräg wird?"
„Da habe ich mir ja was eingefangen."
„Ich bin kein Krankheitserreger."
„Und ich weder Pferd noch Indianer."
Schweigend und leicht betreten wandern wir weiter.
Er zeigt mir die hofeigene Kläranlage, bestehend aus vier kleineren und zwei großen Becken, die sie wegen der Getränkeproduktion benötigen. Überall drumherum Hügel von Schrott, Restmüll und Kompostieranlagen für die Obst- und sonstigen Fruchtschalen, dazwischen ein alter Traktor.
„Mit dem Trecker hab ich als Kind immer für Ordnung

gesorgt. Versteh nicht, dass die Gewerbeaufsicht meinem Alten noch nicht den Laden stillgelegt hat. Die Kontrollen kannste vergessen", ergreift Sascha das Wort.
In einem Bogen gehen wir zurück Richtung Wohngebäude, überqueren einen öffentlichen Weg, der zwei beachtliche Baumgruppen mit offensichtlich uralten Beständen durchschneidet. Es geht auf eine seichte Anhöhe hinauf.
Endlich sehe ich weitläufig umzäunte Weiden, umsäumt von ausgedehnten landwirtschaftlich genutzten Feldern. Auf manchen wächst Raps, auf den meisten Mais, dazwischen liegen einige Flurstücke umgepflügt brach.
„Jo, alles familiärer Besitz – verpachtet."
Eine Stallung mit unterschiedlich großen Pferdeboxen taucht auf.
„Hier hatte mein alter Herr in Spitzenzeiten bis zu zehn Traberstuten. Hatte sogar eigenen Jockey. Dachte, er könnte mit Wetten die dicke Kohle machen. Hat sich verspekuliert und hoch verschuldet."
Ich erblicke ein elegantes schlankes mittelbraunes Pferd mit Zaumzeug beim Äsen.
„Übrig geblieben ist Daisy, hat hier ihr Gnadenbrot."
„Das ist traurig", entfährt es mir.
„Barbara, traurig wär's, wenn sie beim Abdecker, dem Fleischhacker gelandet wäre."
Weiter geht es auf einen kleinen Stall aus Holz mit Wellblechdach zu. Sascha schnalzt und ruft im Wechsel: „Bert, wo steckst, alter Bursche?"
Hinter dem Stall lugt ein Pferdekopf hervor und blickt in unsere Richtung. Bert sprintet humpelnd auf uns zu, wiehert, als er uns erreicht hat. Von dem ungestümen Wesen leicht erschreckt gehe ich einen Schritt nach hinten. Ein eindrucksvolles kräftiges Pferd steht vor uns.

Dunkelbraun, fast schwarz, ausgeprägt lange dichte Mähne, Schweif bis fast zum Boden, lang und stark behaarte Fesseln, verhältnismäßig übergewichtig.

Hastig ergreift Sascha meine Hand, dreht den Handrücken nach oben, hält ihn Bert vor die Nüstern. Seltsamerweise zucke ich nicht zurück. Bert schnaubt und schnauft mit seiner wahnsinnig weichen flauschigen Nase über meinen Handrücken, presst sie ganz fest auf meine Haut. Er wiehert noch mehrmals und schüttelt seine fantastisch lange Mähne.

„Er akzeptiert dich", sagt Alexander. „Jetzt schau dir das mal an, bitte!"

Er stellt sich seitlich zu Bert, knickt sein linkes Vorderbein Richtung Rumpf. Um Berts Fessel betrachten zu können, lehne ich mich ganz dicht an Sascha, es geht nicht ohne engen Körperkontakt. Seine Körperwärme ist mir sehr angenehm. Sascha streicht vorsichtig die langen Fesselhaare zur Seite. Deutlich ist die verkrustete Entzündung zu erkennen. Er lässt das Bein wieder los. Bert setzt es ab. Sascha deutet mit dem Zeigefinger auf den Vorderhuf. Ein zickzackförmiger Spalt ist im oberen Drittel der Hornsubstanz wahrzunehmen.

„Also, wie gesagt, ich bin nur Laie auf dem Gebiet", formuliere ich eher beiläufig. „Das sieht alles nicht gut aus. Wieso trägt er jetzt keinen Verband?"

„Ja, dann hätte ich es dir ja nicht zeigen können."

„Was hat der Tierarzt verordnet?"

„Fressbremse, weil Bert zu dick ist."

„Wo ist die, warum trägt er sie nicht?"

„Barbara, du lässt mich nie ausreden. Wenn ich Bert mit dem Maulkorb auf der Weide laufen lasse, beschweren sich Nachbarn wegen Tierquälerei, Kinder haben das so gesagt."

„Die begehst du, wenn du dein Pferd …"

„Pony, Annas Fellpony."

Tiefer Seufzer meinerseits.

„Ja, wenn du Bert so weiter machen lässt wie bisher machst du dich der Tierquälerei schuldig. Wo ist die Fressbremse? Wir sollten sie ihm augenblicklich anlegen."

Sascha holt sie aus dem Stall, reicht sie mir mit den unterschwelligen Worten: „Frau Professor."

„Hilf mir bitte dabei, praktisch kenne ich mich nicht mit Pferden aus!"

In kollektiver Eintracht verpacken wir das Pferdemaul. Bert wendet sich schnurstracks wieder der Wiese zu.

„Wie du siehst, kann er trotz allem noch Gras fressen, nur kontrolliert. Er kann nicht mehr Unmengen in sich hinein stopfen in kürzester Zeit. Was hat der Tierarzt für das Bein verordnet?"

„Die Nummer ist ja richtig anstrengend mit dir hier."

„Menno, jetzt werd' nicht unfair, du hast mich darum gebeten."

„Der Dok hat Zinksalbe verschrieben."

„Okay, ein paar eigene Gedanken habe ich mir im Vorfeld gemacht. Mein Vorschlag lautet, entferne vorsichtig die Verkrustungen – ach, pass auf, am besten, wir machen das jetzt direkt zusammen. Hast du sterile Handschuhe, Zwiebeln, Sauerkraut, eine Bandage mit Klettverschluss, in die man gekühlte Gelpads einlegen kann?"

Sascha schaut verwirrt und überfordert.

„Sollen wir zusammen mal in eurem Haus nachsehen?", komme ich ihm entgegen.

Einen Teil der benötigten Utensilien holt Sascha aus den Geschäftsräumen, während ich draußen warte. Den Rest finden wir gemeinsam in dem überreichlich ausgestatteten riesengroßen Arzneischrank des Elternhauses. Im Anschluss lasse ich mich von ihm in die Küche führen. Merklich ist niemand außer uns im Haus.
„Zwiebeln schälen und in feine Würfel schneiden kannst du? Dann teile ich den Netzinhalt auf, jeder macht die Hälfte."
Sascha folgt ohne Kommentar.
Durch die beißenden ätherischen Öle rinnen mir unaufhaltsam Tränen, einige tropfen in die Lauchfrüchte, die Augen brennen, sehe kaum noch etwas. Mascara und Kajal werden auf eine harte Probe gestellt – really waterproof?
„In der großen Schüssel vermischen wir nun Sauerkraut und Zwiebeln."
„Pfeffer und Salz gefällig?", fragt Sascha.
„Beim nächsten Mal eventuell, wenn wir zusammen kochen, Scherzkeks, aber dann nehmen wir statt Salz, davon ist schon genug im Sauerkraut, lieber Lorbeerblatt, Pimentkörner und Wacholderbeeren dazu."
„Oho, scheinbar hat Frau Studienrätin Ahnung vom Zubereiten von Speisen."
„Tja, hauptberuflich unbezahlte Familienmanagerin."
„Davon kannste nich leben, aber Respekt, dass du für deine Kinder die Karriere geopfert hast. Geht aber auch anders. Meine Ex hat prompt wieder als Erzieherin gearbeitet, hat Anna nicht geschadet. Warum fängst nicht wieder in der Schule an?"
„Weil ich dann keine Zeit für dich und Bert hätte? Ich behaupte ja gar nicht, dass es nur so geht wie ich's ge-

macht habe. Wir benötigen noch Leinentücher, alte Geschirrtücher zum Beispiel und breite Mullbinden."
„Boah ey, ich schaue mal, Frau Doktor."
Nach ein paar Minuten ist Alexander wieder zurück.
„Gut, sehr schön. Da wir auf Vorrat gearbeitet haben, halte ich es für sinnvoll, das Zwiebel-Sauerkrautgemisch in ein möglichst luftdicht abschließendes Gefäß zu packen und in eurer Kühlung zu lagern."
„Ich nehm's mit zu mir nach Hesepe."
„Du wohnst nicht mehr hier auf eurem ‚Anwesen'?"
„Hab eigenes Haus, für vier Familien, eine Erdgeschosswohnung bewohne ich selbst."
Ich bin leicht irritiert.
„Auch gut. Dann fertigen wir zusammen den ersten medizinischen Krautwickel, in Ordnung?"
Sascha nickt.
Ein Geschirrtuch belege ich entlang der längeren Seite mit der sauren nassen Masse, lasse Raum an den jeweiligen Enden, rolle es rouladenartig auf, streiche die Enden aus.
„Schau mal bitte, Sascha ..."
„Meine Blicke ruhen zurzeit nur auf dir."
Er grinst so breit es seine Mundwinkel hergeben.
„Alter Chauvi! Sollen wir damit am besten wieder zu Bert gehen und alles Weitere vor Ort am Objekt besprechen?"
„Bert ist ein Fellpony."
Wieder grinst er mich an. Ich rolle die Augen, gefolgt von einem Schmunzeln.
Alle zusammengetragenen Sachen verstauen wir in einer Sporttasche und gehen zurück zur Wiese.
Sterile Handschuhe reiche ich an Alexander weiter. Vorsichtig und sehr sanft entfernt er den Schorf von Berts

Fessel, nicht ohne sein Gesicht hin und wieder abzuwenden. Das nässende eitrige Wundgeflecht stinkt zum Himmel.
Gemeinschaftlich legen wir den Wickel straff um die Ferse, sodass die saure Flüssigkeit durch das Leinentuch die verkeimte Wunde kontinuierlich benetzen kann. Entgegengesetzt legen wir über dem Huf vorne die Bandage an, in der sich ein gekühltes Gelpad befindet. Der maximal breite lange Klettverschluss der Bandage umschließt den an der Fessel aufliegenden Wickel ganz eng. Bert sträubt sich nicht. Das verwundert mich etwas. Mit einer breiten Mullbinde umwickeln wir alles, von unten angefangen, um eine relativ stabile Fixierung zu erreichen.
„Für die Nacht würde ich ihn im Stall anbinden, damit die Verbände möglichst lange an ihrem Platz bleiben. Morgen Früh, wenn du wieder nach Bert schaust, entfernst du die Umschläge, bestreichst eine Wundauflage dick mit Zinksalbe für die Maukestelle, legst ein neues Kühlpad ein und – ja, wie gehabt. Die Prozedur wiederholst du, bis Berts Wunden komplett ausgeheilt sind."
„Über welchen Zeitraum reden wir hier?"
„Das kann ich dir nicht sagen. Mehrere Wochen bestimmt. Auf jeden Fall nochmal mit dem Tierarzt sprechen, ganz wichtig!"
„Meine liebe Barbara, nebenher muss ich auch noch meinen Lebensunterhalt und den für Anna verdienen. Wann soll ich das alles deiner fachkundigen Meinung nach bewerkstelligen?"
„Womit verdienst du dein Geld eigentlich?"
„Hauptberuflich wollte ich auch mal Hausmann werden, den ganzen Tag die Füße hochlegen, paar geile Pornos

reinziehen. Aber du lenkst schon wieder vom Thema ab."
„Sascha, es ist dein Tier, du bist dafür verantwortlich."
„Nee, Anna."
„Wenn deine Tochter sich nicht kümmert, bist du dran, so sehe ich das."
„Also schön Püppi, werd sehen, was ich tun kann. Wenn du noch Zeit hast, würde ich dir gerne noch etwas zeigen."
„Solange es sich nicht um deine Briefmarkensammlung handelt, gerne."
„Ha, der Flachwitz war gut, nur etwas abgestanden."
Er lacht sehr fies, tief verschleimt. Das Lachen reizt die Bronchien, löst einen Hustenreiz aus.
„Wie viel rauchst du so?", möchte ich wissen.
„Sechzig."
„Bist du wahnsinnig, ist das ernst gemeint?"
Er reagiert nicht.
„Sorry, ist natürlich deine Sache."
„Ich wollte es schon oft drangeben, habe viele Therapien für viel Asche ausprobiert, von Reiki bis Hypnose, war alles nicht passend für mich."
„Von solchen Wunderheilmethoden halte ich nichts, hab selbst ein paar Jahre geraucht, eine Schachtel pro Tag circa. Hab geglaubt, ich sei, vorausgesetzt überhaupt, die letzte, die damit aufhört. Ich war so süchtig, wenn ich abends kurz vorm Schlafengehen nur noch ein oder zwei Zigaretten in der Schachtel hatte, musste ich losziehen, mir welche besorgen, damit ich unbedingt genug Vorrat für den Start in den nächsten Tag hatte. Ist schon schlimm, wie sehr dieses Zeug uns das Hirn verdreht.
Na ja, jedenfalls ging es mir irgendwann richtig mies, einen Kreislaufkollaps nach dem anderen hatte ich, war

schweratmig und all so etwas. Dann hatte ich beschlossen, wenigstens die Dosis zu reduzieren und weniger zu rauchen. Ganz langsam hungerte ich mich so von 21 auf sechs pro Tag runter im Lauf von Wochen.
Es fiel sehr schwer, auf die Uhr zu schauen, wenn der Lungenschmacht kam und zu sagen, eine Stunde noch aushalten, dann darf ich wieder.
Dagegen fiel es leichter als die Vorstellung, dass ich nie wieder rauchen könnte. Jedes Mal war es wie eine Belohnung. Und ich hatte immer das nächste Ziel vor Augen.
Eines Tages wurde ich krank, grippaler Infekt, leichtes Fieber. Ich musste das Bett hüten. Abends ging es schon wieder etwas besser. Da wollte ich mir eine anstecken. Und genau in dem Moment, aber wirklich genau erst da, machte es klick. Ich sagte mir, du hast den ganzen Tag nicht geraucht, warum dann jetzt am Tagesende noch eine inhalieren? Schau, wie lange du ohne aushältst. Wenn das Verlangen zu groß wird, kannst du dir ja jederzeit eine gönnen.
So lief ich eine Woche lang rum, mit Zigaretten und Feuerzeug bewaffnet. Ganz gleich wo ich hinging, sie waren permanent dabei.
Nach einer rauchfreien Woche wusste ich, das Zeug brauche ich nicht mehr und kloppte alles in die Tonne.
Radikal, von einem Moment zum nächsten aufzuhören, wäre für mich der falsche Weg gewesen, dem Druck hätte ich nicht standgehalten."
„Ach Barbara, vielleicht versuchst es bei mir mal mit Hand auflegen?"
„Kommt ganz auf die Stelle an, du Schlingel."
Er erwidert mein Lächeln. Damit berührt er mich tief in meinem Innersten.

Im Auto präsentiert er mir sein aktuelles Projekt.
„Ist ein Prototyp. Eigentlich die Idee einer ehemaligen Freundin. Sie hat aber keinen Bock mehr drauf. Deshalb versuch ich allein das Ding marktfähig zu machen.

Ist Buch mit integriertem Beamer. Dachte an Beamer-Book."
Vorsichtig reicht er es mir herüber.
„Ist noch nicht ausgereift, wie gesagt. Könnte jemanden gebrauchen zum Übersetzen der Begleitmaterialien für den internationalen Markt. Will Interessenten finden, die mir mit Ideen oder Kohle unter die Arme greifen. Die Programmierung für die Sprachsteuerung funktioniert noch nicht so, wie ich's mir vorstelle."
Ich schaue mir das Teil an.
„Wenn du möchtest, frage ich mal Paul, er hat Informatik, das ist seine Leidenschaft. Ist zwar noch Sek. I, aber vielleicht kann er dir trotzdem schon ein bisschen weiterhelfen. Und deine Infotexte ins Englische übersetzen, könnte ich für dich machen."
„Das würdest du für so 'ne geile Sau wie mich tun? Danke erst mal, das ist sehr nett von dir."

Sascha bringt mich zum Bahnhof in Bramsche. Lange schauen wir uns in die Augen beim Abschied.
„Du bist so ein spezieller Typ Mensch, ist mir bislang noch nicht begegnet. Das mag ich sehr an dir."
„Ach Barbara, bin doch nur ein einfaches Truckerlein."
„Also bist du Fernfahrer?"
„Nee, war ich mal, als ich anfing, bin jetzt selbstständig, fahre regional für verschiedene Auftraggeber."
„Das stelle ich mir sehr anstrengend vor."

„Bin keine Pussy."
„Mann, so meine ich das auch nicht."

Wieder schauen wir uns tief in die Augen. Er sieht so unglaublich süß aus, so makellos, so glatte pralle Lippen, darunter übersieht man seinen zaghaften Bauchansatz.
„Darf ich dich nochmal umarmen?"
„Häschen, du darfst fast alles."
Sehr intensiv umschlinge ich seinen Hals mit meinen Armen. Er legt seine ganz fest um meinen Brustkorb.
Wir lösen uns. Mit meiner rechten Hand streichle ich seine linke Wange. Bei der Aktion fühle ich mich plötzlich altbacken, als lägen Jahrzehnte zwischen uns, dabei sind es doch nur sechsmal zwölf Monate.
Vom Bahnsteig aus schaut Sascha in den Zug. Die Bahn rollt an. Hinter Glas winke ich ihm kurz zu. Er lächelt nur, ohne eine Hand zu heben.
Solange die Bahn es mir erlaubt, fixiere ich Alexander.

Ich setze mich, denke an Arne.

Wie meine Zwillinge besuchte auch ich die Grundschule in Bevergern. Zu meiner Zeit wurde die Gemeinde Stadtteil von Hörstel, zusammen mit zwei weiteren.
In der kleinen katholischen Bekenntnisschule im Ortskern trafen zwangsläufig alle gleichaltrigen Kinder aufeinander. Meine Klasse bestand zu 60 % aus Sprösslingen von Landwirten und Türken. Zum Teil ließ es sich an dem Gestank nach Silo, Gülle oder Knoblauch festmachen, der manchen von ihnen in den Klamotten haftete, von der Haut ausgehend durchdringend bis an die Bekleidungsoberfläche – oder umgekehrt.

Wegen der relativ hohen Anzahl an Einwohnern mit türkischem Migrationshintergrund wurde unser Ort von Bewohnern anderenorts gerne „Kleine Türkei" geschimpft.

Um uns zur Aufmerksamkeit zu rufen, warf der damalige Schulleiter Mohr sein reichlich bestücktes Schlüsselbund quer durch den Klassenraum an die Köpfe der Schülerinnen und Schüler, obwohl die so bezeichnete Prügelstrafe zu dieser Zeit längst gesetzlich verboten war.

Religionsunterricht wurde vom 79-jährigen Dorfpfarrer höchstpersönlich erteilt. Seine Disziplinierungsmaßnahmen bestanden darin, fragliche Stillarbeit zu verteilen.

Während wir mit den Lösungen verschiedenster Aufgaben beschäftigt waren, schlich er als Raubkatze auf Samtpfoten durch die Reihen.

Wir waren alle noch Kinder.

Irgendwann hat irgendjemand zwangsläufig angefangen, mit dem Nachbarn zu tuscheln.

Unser lieber Pastor stand in dem Fall garantiert unvermutet hinter der Plaudertasche, griff sich das rechte Ohr, klemmte es fest zwischen Daumen und Zeigefinger seiner rechten Hand, drehte die Ohrmuschel spiralförmig herum bis weit über die Schmerzgrenze hinaus und zog mit aller Gewalt nach oben.

Dem Betreffenden blieb nichts anderes übrig, als sich dem Schmerz entgegen zu bewegen und aufzustehen. Diese Strafe für unerlaubtes Quatschen während seines Unterrichtes reichte dem Priester aber längst noch nicht. Der ertappte Schüler wurde am umgedrehten Ohr einmal rund um die Klassengemeinschaft geführt, bis sein angestammter Platz wieder erreicht war. Erst dann durfte er sich setzen.

Eines Tages, zu Beginn der vierten Klasse, erhielt ich im Heimatkundeunterricht, von einer Mitschülerin aus der Bank hinter meiner, ein doppelt gefaltetes kariertes Zettelchen gereicht.

Ein Blick zum Schulleiter, dann entfaltete ich gespannt den Zettel unterm Tisch:

„Willst du mit mir gehen
Arne"

Ich erinnere es noch wie heute.

Garantiert bin ich rot geworden.

Bis zu diesem Zeitpunkt war ich mir der Unterschiede zwischen Jungs und Mädels nicht wirklich bewusst oder anders gesagt, das männliche Geschlecht war mir total egal. Deshalb wusste ich überhaupt nicht, was die Frage bedeuten sollte.

Meine Antwort lautete daher: „Wohin?"

Die geheime Botschaft ging auf gleichem Weg wieder zurück an den Absender.

Wenig später kam die Reaktion.

„Kicherkicher heißt das ja
Sag doch ja"

Wohl einen Augenblick zu lang hatte ich auf Arnes Zeilen geschaut. Das Klimpern eines Schlüsselbundes war zu hören. Erschreckt blickte ich auf zum Lehrerpult. Im selben Moment holte Herr Mohr Schwung mit seiner Hand und warf in meine Richtung. Reflexartig duckte ich mich. Die Schlüssel rauschten an meinem Kopf vorüber und trafen eine Mitschülerin hinter mir oben an der Stirn. Sie schrie einmal laut auf, schaute ohnmächtig und erschüttert etliche Klassenkameraden an, blickte hernach zum Lehrer.

Ihre Augen wurden feucht, aber kullernde Tränen hielt sie zurück. Herr Mohr ging zu ihrem Tisch, nahm ohne ein Wort der Entschuldigung respektive des Bedauerns die Schlüssel an sich, die von ihrer Stirn auf den Linoleumboden geprallt waren, ging zurück zur Tafel und zog seinen Unterricht weiter durch als sei nichts geschehen.
Ich hatte versucht, meine Eltern darauf anzusprechen, dass jemand mit den Paukern reden müsse. Meine Erziehungsberechtigten hatten die bequeme Einstellung, dass alles in der Schule mit rechten Dingen zugehen würde, die Lehrer wüssten schon, was sie täten, dafür seien sie ja schließlich ausgebildet.
Damit war der Fall in meinem Kindheitsmilieu erledigt.

Arne wohnte zwei Straßen von meinem damaligen elterlichen Daheim entfernt. Er ist ein Jahr jünger als ich, also ein ganz schön frühreifes Früchtchen gewesen. Zudem bestach er durch freche, aber geistreiche Bemerkungen und brachte so seine Freunde häufig zum Lachen. Ganz nebenbei war er wohl der bestaussehende Typ der gesamten Grundschule. Ein bisschen stolz war ich, dass ausgerechnet ich seine erste Freundin sein durfte. Unsere Beziehung war sehr niedlich und vollkommen unschuldig. Miteinander gegangen sind wir bis zum Ende der sechsten Klasse, obwohl Arne zum Gymnasium wechselte, was mir wegen der proletarischen Einstellung meiner Eltern leider nicht offenstand.
Da er so unfassbar gut aussah, konnte er sich irgendwann der vielen „Groupies" nicht mehr erwehren. Ich hatte Verständnis, dass er seine Vorteile nutzen wollte, um sexuelle Erfahrungen mit vielen hübschen Artgenossinnen zu sammeln und ließ ihn gehen, wenn auch

schweren Herzens. Eine alternative Wahl stellte sich mir ehedem nicht.

Unsere Freundschaft war eine rein platonische. Vielleicht sind wir genau aus diesem Grund weiterhin Freunde geblieben.

Mit 18 wurde ich Mitglied einer Schießgruppe im Ort. Ein Jahr später gesellte Arne sich dazu. Er war gut, ich war besser. Sein männliches Ego konnte es nicht so richtig erdulden, dass ich mehrfach den Vereinsmeistertitel errang und nicht er. Mit einem Augenzwinkern sagte er meistens: „Wart's ab, nächstes Jahr!"

Beim Training und den Turnieren außerorts gegen andere Vereine hatten wir überdies immer immens viel Spaß. Es war stets eine Mischung aus konzentrierter Anspannung mit anschließender Herumalberei. Vom Schießgruppenleiter bis hin zum jüngsten Mitglied hatten wir untereinander ein authentisch kameradschaftliches Verhältnis.

So gab es auch Aktionen abseits des Trainings.

Mir gefielen immer am besten die Runden ums Lagerfeuer in lauen endlosen Sommernächten mit Stockwurstgrillen. Einen Gitarristen hatten wir leider nie dabei, stattdessen gab es zum Ausgleich Nacktbaden im Kanal, was selbstverständlich gesetzlich verboten war.

Nachdem wir einmal erwischt worden waren, mit unangenehmen Folgen bei den jeweiligen Eltern, wichen wir alternativ auf den Torfmoorsee aus. Während unserer Sturm- und Drang-Periode war der schöne See noch wenig frequentiert von Badegästen und Flanierern. Sobald wir ein paar Runden geschwommen waren, war die Wirkung des letzten Apfelkorns, der dann doch wieder mal einer zu viel war, fast verschwunden.

Im zierlichen Alter von 25 gab ich meinen Abschied von der Schießgruppe bekannt, da sich die Vereinstätigkeit und die Trainingszeiten nicht mit dem Abendgymnasium vereinbaren ließen, bei dem ich mich für das folgende Wintersemester angemeldet hatte.
Bei der anstehenden Stadtmeisterschaft, während der Sommerferien, wollte ich unseren Verein aber noch einmal tatkräftig unterstützen und alles geben.
Besser hätte es nicht laufen können. Wir wurden zunächst mit unserer gemischten Mannschaft Stadtmeister. Anschließend habe ich den Titel im Dameneinzel geholt, mit einem Ring mehr auf der Scheibe als meine ebenbürtige Gegnerin, nach endlos langem nervenzehrendem vielmalig wiederholtem Stechen.
Als sich Jubel, Trubel, Heiterkeit einigermaßen gelegt hatten, nahm Arne mich zur Seite.
„Ruf mich in den nächsten Tagen mal an, ich hab was für dich, weil wir uns ja wahrscheinlich lange nicht mehr sehen werden wegen deiner Schule. Ich wollte es dir schon längst schenken. Jetzt ist der richtige Zeitpunkt dafür, meine kleine Stadtmeisterin."

Einige Tage später rief ich ihn an. Wir verabredeten uns am *Dortmund-Ems-Kanal.*

Arne war nach der 10 vom Gymnasium abgegangen. Die Schule war ihm verhasst. Im Anschluss machte er eine Ausbildung zum Dreher. Schon als Jugendlicher war er sehr experimentierfreudig und handwerklich geschickt. Einmal durfte ich Zeugin sein, wie er mit einer selbst gebastelten Rohrbombe, die er mit dem Pulver aus Sil-

vesterknallern gestopft hatte, einen Zigarettenautomaten im Ortskern von Bevergern sprengte. Der Automat befand sich am Haus eines der zu der Zeit letzten bundesweit praktizierenden Hufschmiede.
Er riss von der Hauswand ab, flog über die Straße zur anderen Seite auf die Schweinewiese.
Es war spät in der Nacht, daher wurde glücklicherweise kein Schwein verletzt. Sie befanden sich alle in ihren Behausungen.

Wir gingen am Kanal entlang spazieren, überquerten die unsagbar schöne uralte Fußgängerbrücke aus Eisen und Holz, wobei die Metallteile durch die dicksten kugelrunden Nieten zusammengehalten werden, die langläufig vorstellbar sind. Sie gleicht einer ausgedehnten heruntergelassenen Zugbrücke einer Ritterburg mit spitzen Zinnen aus Eisen. Vom *Bevergerner Steg* schlenderten wir zum Gasthof *Am nassen Dreieck,* wo *Dortmund-Ems-* und *Mittellandkanal* sich kreuzen, liefen weiter in den Anfang des *Teutoburger Waldes* hinein, stiegen hinauf zur *Schönen Aussicht*, redeten nur über vergangene Zeiten, haben sehr viel gelacht, sind manchmal stehen geblieben und haben uns spontan lange und intensiv umarmt.

Nach zweieinhalb Stunden waren wir zu unserem Ausgangspunkt zurückgekehrt.
„Was ich dir jetzt überreiche, ist etwas Besonderes. Limited Edition, nirgends registriert. Die habe ich während meiner Ausbildung heimlich in der Firma gebastelt. Eine *Perfecta, Modell G 100 Maverick*, Kaliber 6 mm, Schreckschuss. Hier ist einmal der Originallauf für die Platzpatronen." Den drückte Arne mir schwärmerisch in die

Hand. „Diesen Aufsatz, der sich jetzt auf der Pistole befindet, habe ich nachgebaut. Das Spezielle bei dieser Waffe ist, es dreht sich keine Trommel, sondern die dahinterliegende Scheibe. Mit diesem guten Stück kannst du auf kurze Distanz scharf schießen, falls dir jemand was Böses will. Reichlich scharfe Projektile Marke Eigenkonstruktion habe ich dir gratis dazu gepackt. Mit maximal vier Kugeln kannst du sie laden."
Dieses alles präsentierte er mir mit seinem allerschönsten Lächeln, in das man sich einfach nur verlieben konnte.
Sprachlos nahm ich das gewichtige Kästchen entgegen, in das er Waffe und Munition verstaut hatte. Ich fühlte mich geehrt und gleichzeitig angeekelt, weil ich mir absolut nicht vorstellen konnte, warum oder gegen wen ich jemals dieses vergoldete Ding verwenden sollte.

Danach haben wir uns aus den Augen verloren.
Von Nachbarn hörte ich, Arne sei aus Bevergern weggezogen nach Papenburg, um einen gutbezahlten Job bei der *Meyer Werft* anzutreten.

Direkt am Tag nach dem Treffen mit Alexander in Bramsche stelle ich Paul die BeamerBook-Idee vor.
Er ist zunächst skeptisch, ob die Kombi noch in unsere Zeit passt, findet aber doch Gefallen daran, weil Menschen gedruckte Exemplare einfach gewohnt sind, die staubig nach Papier duften, die sie geräuschvoll umblättern und darin bei Bedarf herumkritzeln können.
Mich verwundert, dass er nicht fragt, woher ich Sascha kenne. Daher mutmaße ich, dass er es nicht an seinen Vater weiterleiten wird.

Mehrmals pro Woche telefonieren Paul und Alexander miteinander, nie unter einer halben Stunde. Sascha lobt Paul, seinen Verstand und seine Hilfsbereitschaft immer wieder mir gegenüber, wenn wir anschließend miteinander sprechen. Das gibt mir ein gutes Gefühl. Vielleicht gibt es doch noch so etwas wie unausgesprochene Solidarität unter Menschen.
Für Saschas Broschüre habe ich die deutschen Originaltexte mit einiger Mühe ins Englische übersetzt.
Nach zwei Wochen sendet er postalisch 50 € an Paul, weil er seine Tochter für Gefälligkeiten auch immer auf ähnliche Weise entlohnt. Paul freut sich sehr. Ich bitte ihn, niemandem gegenüber etwas davon zu erwähnen.
Sascha möchte sich mit seinem Projekt von seiner ehemaligen Freundin abkoppeln, deswegen sucht er nach einem neuen Namen für das Vorhaben. Sein Vorschlag lautet „2book".
Einige Tage denke ich darüber nach, dann telefonieren wir erneut.
„Ich finde 2book ein wenig zweideutig. Das klingt für mich ein bisschen so, als könne man einen Urlaub bu-

chen oder Ähnliches. Du weißt, dass ich mir seit Tagen den Kopf darüber zerbreche."
„Lass mich an deinen Ideen teilhaben, Bunny."
„Wie fändest du cobook? Der Name sagt schon, dass es um mehr als eine Sache geht, also Buch und mehr."
Kurze Funkstille.
„Hört sich nach Versicherung an, finde ich. Denke aber bei Gelegenheit darüber nach. Danke für deine Arbeit, Püppi."

Erste Fahrt zu Frank

Am kommenden Samstag bin ich mit Frank in Nordhorn verabredet.
Jörg erzähle ich, dass ich in Holland nach Pflanzen für den Garten schaue und bitte ihn, mit den Kindern nach langer Zeit einmal wieder etwas zu unternehmen.
Sie entschließen sich, zu dritt in die Pedalen zu treten und zum Freibad zu fahren.

Unterwegs zu Frank lege ich einen kurzen Zwischenstopp ein, um rote kernlose Weintrauben und einen venezianischen Rosato zu besorgen.

Gegen Mittag ist auf der A 30 wenig los. Das bedeutet für mich, Zeit zum Nachdenken.
In mir keimen Zweifel. Es wird nicht bei einem reinen Freundschaftsbesuch bleiben.
Habe ich außer mit Jörg schon mal mit einem anderen Mann Sex gehabt? Ja, aber nicht während unserer 32-jährigen Beziehung, davon die ersten sechs Jahre ohne Trauschein.
Soll ich die nächste Ausfahrt nehmen und umkehren?

Schon erreiche ich die Ausfahrt Gildehaus Richtung Nordhorn, von hier an sind es nur noch gut 10 Kilometer zu Frank.
TomTom führt mich sicher in seine Richtung.
Einen schmalen asphaltierten Privatweg zwischen zwei

großflächigen Weiden fahre ich im Schritttempo entlang. Am Ende rechts abbiegen, dort ist das große gelbe Gebäude, von dem Frank mir ein Foto hatte zukommen lassen. Da ich die Doppelgarage, die nahtlos an das Wohnhaus anschließt, nicht blockieren möchte, fahre ich direkt bis zur Haustür vor. Wein und Trauben nehme ich vom Beifahrersitz und steige aus.
Auf dem Klingelschild ist zu lesen „Frank Scharf".

Es gibt keinen Weg zurück, ich betätige die Schelle.
Gefühlt vergehen zwei Minuten.
Eventuell hält er sich nicht in seinen vier Wänden auf.
Womöglich plagen ihn ähnliche moralische Skrupel wie mich?
Mit seinen kurzen Beinchen, in kleinen flinken unbeholfen wirkenden Schritten, kommt er die lange Marmortreppe herunter.
Erstaunt registriere ich seine Bekleidung.
Es ist unser zweites Treffen, das erste bei ihm zu Hause.
Joggerhose und Kurzarmshirt, selbst mit drei Streifen, halte ich für nicht so wirklich dem Anlass entsprechend.
Bin ein wenig pikiert.
Durch die große Scheibe neben der Tür blickt er mich an. Seine Haare sind zerzaust, die Augen hinter Brillenglas noch kleiner und verkniffener als ich sie von unserer Begegnung in Rheine in Erinnerung habe.
Die Haustür wird geöffnet.
„Scharf heißt du – nomen est omen, sagen die Lateiner", grinse ich ihn an. Er umarmt mich fröhlich. Ein recht intensiver Körpergeruch nach Achselschweiß ist zu vernehmen. „Komm erst mal rein", entgegnet Frank.

Es riecht dumpf miefig in der Diele, direkt nachdem ich die Türschwelle überschreite.
Wir gehen nebeneinander die Treppe hinauf.
Das schwarze Eisengeländer, mit vielen verschnörkelten Querstreben und kunststoffummanteltem Handlauf, wackelt bei unseren Berührungen.
Oben angekommen öffnet Frank die Tür, ein einfaches bräunlich furniertes Exemplar, zu seiner Wohnung.
In meinem Haus liebe ich die massiven Kieferholztüren, selbst wenn auch sie nur aus einem Baumarkt stammen.
Wir befinden uns mittig zwischen rechts Wohn-, links Esszimmer.
Franks Einrichtung ähnelt der meinigen, inklusive des Kaminofens. Allerdings ist seine Echtlederwohnlandschaft bordeauxrot, glatt und glänzend, meine ist mit dunkelblauem weichem warmem Nubukleder überzogen.
Eine zweiflügelige Glasschiebetür mit dunkelbraunen Holzrahmen führt auf einen mit gelb-braun gesprenkelten Fliesen ausgelegten Balkon.
„Darf ich dir deine Sachen abnehmen? Du hättest keinen Wein mitbringen müssen. Hab jede Menge Rotwein zuhause."
„Ich habe einen Rosé mitgebracht. Normalerweise trinke ich nur trockenen Weißwein, weil ich den roten leider nicht vertrage, warum auch immer."
„Ach so, verstehe, du weiß, ich rot, man trifft sich in der Mitte."
Beide Hände legt er auf meine Schultern, schaut mir dabei tief in die Augen, küsst mich anschließend ganz sanft auf meinen Mund.
„Komm, dann zeig ich dir gleich mal die Küche, denke, die Weintrauben müssen noch gewaschen werden."

Er nimmt sie mir vorsichtig aus der Hand und schüttelt sie aus der Tüte ins Spülbecken. Als er meine Rundumblicke bemerkt, entgegnet er, dass ihm die Küche in Esche weiß selbst schon lange nicht mehr gefalle, aber für ihn allein sei es Quatsch, in eine neue zu investieren. Mit der passenden Partnerin allerdings … Dabei lächelt er mich an.
Die Flasche Wein öffnet er und bittet mich, in der Glasvitrine im Esszimmer nach zwei geeigneten Gläsern zu suchen.
Wir gehen rüber zur Sofaecke. In gebückter Haltung stelle ich die Gläser, jeweils mit Untersetzern aus Kork, auf dem Glastisch ab. Beim Heben meines Oberkörpers mache ich eine leichte Drehbewegung nach links und erschrecke mich tierisch. Ohne ihn vorher bemerkt zu haben, steht ein Riesenvieh von Hund schräg hinter mir. Frank beruhigt mich.
„Das ist Leo, von dem ich dir bei unserem Spaziergang in Rheine erzählt hatte, erinnerst du dich?"
Ich halte dem Haustier meine Hand an die Nase. Nach ein paar Sekunden Schnupperns humpelt er wieder zur Tür hinaus.
„Wo geht er hin?", frage ich.
„Leo hat seinen Schlafplatz unter der Treppe zum Dachboden."
Frank verlässt kurz das Zimmer, kommt mit einem gigantisch großen Hundekorb wieder herein, den er neben ein Ende der L-förmigen Couch stellt, gefolgt von Leo.
„Er ist ein Frauenhund."
Mit dieser Aussage möchte er mich beeindrucken, denke ich. Wir setzen uns. Leo legt sich direkt auf meine Füße. Ich muss lachen, dabei streiche ich ihm sanft über den

Kopf und kraule seine Ohren. Er stinkt.

Frank entschuldigt sich. Aber nicht dafür.

„Ich musste noch die Wiesen mähen, auf denen zurzeit keine Pferde weiden. Der Treckermotor hat gemuckt. Hat deshalb länger gedauert als geplant, bin beim Warten auf dich grad kurz eingeschlafen."

Der halbtrockene Rosé ist lecker fruchtig. Obwohl hart an der Grenze zur Lieblichkeit, bleibt er zum Glück noch darunter, knistert leicht auf der Zunge, fast wie Sekt.

Die Trauben sind frisch, knackig und sehr aromatisch.

Frank fragt mich, wie die Fahrt war und ob mein Mann etwas bemerkt habe. Er mustert mich während unserer Unterhaltung zwischendurch immer wieder kurz und kritisch.

„Was möchtest du jetzt machen, wozu hättest du Lust?"

„Sorry, das ist hier dein Zuhause, mach du einen Vorschlag."

Kaum habe ich das ausgesprochen, erhebe ich mich, knie mich breitbeinig frontal über Franks Schoß, sein Schweißgeruch ist dabei fast unerträglich, widerlich.

Aber ich will das jetzt. Ich will von einem anderen Mann gefickt werden. Egal warum. Diese Erfahrung brauche ich hier und jetzt. Es ist wie ein innerer Zwang, aber gleichzeitig eine Befreiung. Ein Abenteuer. Ich werde es nicht ernst nehmen, es soll keine Bedeutung für mein Leben haben.

„Damit hatte ich nicht gerechnet", entgegnet Frank.

Er nimmt mein Gesicht in seine Hände, schaut mir wieder tief und lange in die Augen. „Babsi, willst du das auch wirklich?"

Dass er diese Frage stellt, beeindruckt mich. Er ist ein ehrlicher, rücksichtsvoller und einfühlsamer Mensch

und hat mein Entgegenkommen verdient, denke ich, nehme ihm die schwere Brille ab und antworte: „Ja."
Er küsst mich, seine Lippen kleben an meinen, er spreizt seine, mein Mund öffnet sich parallel, seine Zungenspitze berührt meine, nur ganz sanft und kurz, ein Impuls zuckt vom Mund durch den Bauch bis in den Kitzler. Frank schiebt mich leicht zurück, sodass ich mich hinstellen muss. Sanft nimmt er mich an die Hand und zieht mich in sein Schlafzimmer. Vor dem großen Wasserbett bleiben wir stehen. Er beginnt sich auszuziehen. Eine Hülle lässt er fallen, eine ich. Jetzt öffnet er Knopf und Reißverschluss meiner Jeans. Ich strample sie nieder. Er geht vor mir auf die Knie, zieht mir vorsichtig mit zarten, kaum spürbaren Bewegungen den Slip herunter. Eine feingliedrige Gänsehaut breitet sich über meinen Körper.
Bin gespannt, ob er registriert, dass ich mich heute Morgen beim Duschen besonders gründlich rasiert habe. Überwiegend Babymuschi, in der Mitte oberhalb deckt nur ein bisschen kurzgeschnittenes Kräuselhaar notdürftig meine Scham ab.
Beide Daumen nimmt er, um meine Schamlippen nach außen zu schieben. Seine Zungenspitze berührt das Innerste meiner Klitoris. Aufgrund des ausgelösten Luststroms sinke ich leicht zusammen, ein seltsam leises Stöhnen entgleitet meinem geschlossenen Mund durch die Nase.
Wie er vor mir kniet finde ich erniedrigend, deshalb greife ich mit beiden Händen unter seine verschwitzten stinkenden Achseln, ekel mich kurz, aber ziehe uns dann aufs Bett.
Es schaukelt leicht, reizt mich zum Lachen, ich lag nie

zuvor in einem Wasserbett. Frank registriert es grinsend.
„Ist wohl dein erstes Mal?", fragt er.
„Yepp, sozusagen."
Wir beginnen ganz brav mit der Missionarsstellung, mehrere Minuten lang, wechseln dann auf alle Viere von hinten, wobei er mit seinem rechten Mittelfinger meine kleine Lustwölbung massiert. Sehr viel Ausdauer hat er. Er kommt nicht, ich auch nicht.
Erneut wechseln wir die Stellung, beide total k. o., gehen in die Seitenlage von hinten.
Frank steigt aus, dreht mich auf den Rücken, sagt mir, dass er jetzt gleich kommt, ob das für mich okay ist?
Er führt seinen Steifen wieder ein, noch und nöcher, immer heftiger, fast brutal.
Meine Orgasmusintention gebe ich erst mal auf.
Er achtet nicht mehr auf mich.
Dann beginnt er zu stöhnen.
Es klingt so angestrengt, als ob er kacken müsse, aber die Kacke kommt nicht ohne nachpressen.
Endlich ist er soweit. Sein fahler Atem bläst mir wie ein Sturm ins Gesicht, sein Stöhnen klingt wie röchelndes Donnergrollen.
Lange liegen wir schweigend anschließend Arm in Arm.

Unerwartet eine Frage, die das Schweigen durchbricht.
„Hast du deine Kinder wirklich normal bekommen bei der Geburt?"
„Ja, mir wurde aus Sicherheitsgründen zwar vorher eine PDA gelegt, wegen der komplizierten Schwangerschaft und weil Zwillingsgeburten grundsätzlich risikobehaftet sind, aber ich durfte meine Babys auf dem natürlichen Weg zur Welt bringen.

Meinst du, weil ich keine Kaiserschnittnarbe habe?"
„Nope, eher, weil du so schön eng bist. Man merkt dir die Geburten nicht an."

Wir treiben es noch drei Mal zusammen. Ich vermute sein Ehrgeiz ist, mich zum Höhepunkt bringen zu wollen und er spürt, dass er es noch nicht geschafft hat.

Kurz bevor ich drohe erschöpft neben Frank einzuschlafen blicke ich erschreckt auf seinen Wecker.
„Sorry, du weißt, ich bin familiär gebunden."

Zusammen gehen wir duschen. Er ist so lieb, seift mich komplett ein, spült alles wieder ab.
„Verrätst mir noch was über die Agnostikerin, die in meiner Dusche steht?" fragt er unvermittelt. Diese Frage macht mich so glücklich, viel zu selten erlebe ich, dass sich jemand ernsthaft dafür interessiert und nachfragt. Fest überzeugt bin ich, dass Frank mich und meine Persönlichkeit kennen lernen will. Sein Interesse ist tiefgründig.
„Es fällt mir schwer, so unbeschwert darüber zu reden. Ich bin nicht einfach so aus einer Laune heraus zu dieser Überzeugung gelangt.
Angefangen hat es damit, dass ich als Kind in der Grundschule erfahren musste, dass es weder einen Weihnachtsmann noch einen Osterhasen gibt. Dass meine Eltern mich über Jahre dermaßen belogen haben, hat mir einen gewaltigen seelischen Knacks versetzt. Das werde ich ihnen nie verzeihen, seitdem hinterfrage ich ständig, wem ich vertrauen kann."
„Aaach Babsi, das machen Eltern doch immer so, weil sie

ihren Kids das Leben schön machen wollen, wie im Märchen, das ist doch nur gut gemeint."
„Ja, gut gemeint, mag sein, aber ich hatte bis dahin an das achte christliche Gebot geglaubt ‚Du sollst nicht falsch Zeugnis reden wider deinen Nächsten', oder anders gesagt, du sollst nicht lügen! Meinen Kindern habe ich diesen Mist von Christkind und Gefolge infolgedessen erspart. Sie freuen sich dennoch auf die Feiertage und die Geschenke." Frank ist stumm.
„Aber, was ich daraus gelernt habe, das Schlimmste, das einem Menschen passieren kann, ist, dass er anfängt zu denken, und daraus resultierend Fragen zu stellen.
Ohne einen Glauben an einen Gott oder nenne es übergeordnete Macht oder wie du willst, ist unser unfaires Dasein zuweilen unerträglich, zumal wir uns nicht mit dem Gedanken trösten können, dass uns für alles zu Unrecht erlittene Leid Genugtuung widerfahren wird durch ein höheres Wesen in einem Leben nach dem Tod."
Frank hebt leicht seinen Kopf und öffnet den Mund, er versucht etwas zu sagen, doch ich rede weiter.
„Verstehst du, so lassen sich seit Jahrtausenden die Massen unterdrücken, weil sie glauben, je schlechter es ihnen zu irdischen Lebzeiten ergeht, umso reicher werden sie anschließend himmlisch entlohnt werden. Frei nach dem Motto, die Letzten werden die Ersten sein.
Für die, die daran glauben können, ist die Welt in Ordnung, nur, was mache ich, wenn mir unerträgliches Unglück widerfährt und ich weiß, ja weiß, dass es für jeden von uns nur dieses eine Leben auf der Erde gibt?"

Mit geschlossenem Mund und verkniffenen Augen schaut Frank mich an. Auf meine Frage geht er nicht ein, sie

bleibt unbeantwortet im Raum stehen.
„Als einzig Gutes bleibt nur, dass mit dem Tod wirklich alles zu Ende ist. Keine Schmerzen, keine Freude, aber auch keine Erkenntnisse mehr.
Dummerweise bedeutet das ebenso, es ist irrelevant, ob ich als frommer Heiliger oder als perverser Serienkiller durchs Leben gegangen bin. Der Tod macht alle gleich non existent."

Ein verstohlener Blick in Franks Gesicht sagt mir, ich habe ganze Arbeit als Spaßbremse geleistet, ungewollt, hat sich nun mal so ergeben.

Etwas Makeup und einen schwarzen Kajal habe ich in meinem Rucksack. Föhn und Haarspray borge ich mir von Frank.

In Slip und Sleepshirt begleitet er mich hinunter zur Haustür.
Wir vereinbaren, dass wir uns wiedersehen.

Einen kurzen Zwischenstopp lege ich auf dem direkten Rückweg beim *MediaMarkt* ein, um drei farbige Tintenpatronen im Set für unseren Hausdrucker zu kaufen. Im selben Gebäude nebenan befindet sich ein Möbelgigant, einer von denen mit dem roten Stuhl. Dort ist auch noch geöffnet.

Jörg erzähle ich, dass ich keine interessante Pflanze für unseren Garten in Holland gefunden habe.
Eminent fragend und von Kopf bis Fuß musternd schaut er mich an.
Drei Fertigpizzen schiebe ich für meine Familie in den Backofen.
Selbst habe ich in dem holländischen Blumencafé einen reichlich sättigenden Kuchen gegessen und einen Earl Grey mit frischer Zitrone dazu getrunken, behaupte ich.
Essen kann ich nicht, die jüngsten Ereignisse muss ich zuerst verdauen.

Alle gehen wir vor Mitternacht schlafen. Jörg legt sich in seinen Teil des Doppelbetts, ich in den meinigen. Geschätzt mindestens zwei Stunden liege ich wach, erschöpft, aber gleichzeitig aufgewühlt.
Jörg fängt an zu schnarchen.
Meine Rechte gleitet zwischen die Schenkel.
Ich denke an Frank.
Mit den Fingern meiner linken Hand schiebe ich meine großen und kleinen Schamlippen ganz weit auseinander. Der rechte Mittelfinger rubbelt erst ganz sacht über das freigelegte sehr sensible Innere meiner Orgasmusstation. Danach drücke ich fester. Es tut weh.
Frank hat mich wundgefickt.
Abbrechen möchte ich. Das Verlangen nach Erfüllung ist stärker.
Mit kaum hörbarem Stöhnen hole ich meinen Höhepunkt nach, der ihm und mir zusammen vor gefühlt wenigen Augenblicken nicht gelang.
Der Preis meiner Lust ist Schmerz.

Zwei Tage später bin ich bei einer Gynäkologin in Behandlung, hab ständigen Harndrang, starkes Brennen beim Urinieren, zeitweise mit Blutaustritt. Diagnose: schwerer Harnwegsinfekt. Medizin: Antibiotikum.

Meine Erlebnisse mit Frank versuche ich vor mir selbst zu bagatellisieren, indem ich an den folgenden Tagen wie immer funktioniere, stehe mit den Kindern auf, bereite Frühstück und Schulverpflegung, wünsche Jörg einen schönen erfolgreichen Tag bei seiner Arbeit, küsse ihn zum Abschied.
Alle verschwinden.
Ich putze und sauge Staub, wische die Böden oder mähe den Rasen, denke dabei permanent an Frank.

Jörg kommt jetzt häufiger ungewohnt früh nach Hause. Meinen Fragen, ob sich etwas an seiner Arbeitssituation geändert habe, weicht er aus. Ich habe das Gefühl, dass er mich beobachtet. Abends, beim Zubettgehen, hält er mir oft vor: „Weißt du eigentlich, wann wir das letzte Mal zusammen geschlafen haben?", als wolle er mich an meine „Pflicht als Ehefrau" erinnern.
Es kotzt mich an.
„Ich bin nicht dein Eigentum, in welchem Jahrhundert bist du denn gedanklich steckengeblieben? Wenn ich da keinen Bock drauf habe, ist das nun mal so, oder willst du mich zwingen?"
Die oder eine adäquate Anmerkung reicht schon, damit er von mir ablässt.

Oft liege ich nachts lange wach, kann einfach nicht abschalten. Meine eigenen Gedanken machen mich verrückt. Wiederholt versuche ich einen Trick anzuwenden, der früher, als ich Kind war, Erfolg brachte. Langsam zählen von eins bis unendlich.
Mit der Zeit erhöht sich die Zählgeschwindigkeit jedes Mal, ein Automatismus, den ich nicht ausbremsen kann. Es schleudert mich aus der Zahlenbahn.
Dann sind sie wieder da, Erinnerungen an Ereignisse, negative. Sie machen mir Angst. Vage Angst vor der Zukunft an erster Stelle, Angst vor der Vergangenheit, die mich immer wieder einholt.

Vor ein paar Jahren befanden Jörg und ich uns auf dem Rückweg einer Radtour, die nur wir zwei unternommen hatten. Wir fuhren zwischen etlichen Bauernhöfen einen asphaltierten Weg entlang. Von weitem hörte man einen Hahn krähen. Er hatte so eine lustig kaputte krächzende Stimme, man musste darüber lachen, gewollt oder nicht, dieser Stimme konnte sich niemand entziehen.
Jörg wurde nicht müde, den Hofhahn zu imitieren.
Dunkles, imponierendes Hundegebell kam als Reaktion.
„Hör bitte auf damit, den Hahn zu ärgern!", bat ich mit Nachdruck. Wie ein Kleinkind, das ein neues Spielzeug entdeckt hatte, machte Jörg sich weiter lauthals über das männliche Huhn lustig.
Irgendwann fiel mein Blick zur rechten Seite auf die schier endlos lange Einfahrt eines Bauernhofes. Am Ende der langgezogenen Hofeinfahrt, sehr viele Meter entfernt, lag ein Bernhardiner, schemenhaft erkennbar, vor der Haustür, mit erhobenem Kopf. Als er uns erblickte schnellte er hoch und sprintete auf uns zu. Jörg begriff

direkt den Ernst der Situation. „Jetz nix wie wech!", rief er mir zu und trat in die Pedalen, was das Zeug hielt. Er erreichte innerhalb kürzester Zeit einen beachtlichen Vorsprung mir gegenüber.

Im Vorhinein konnte ich schon abschätzen, dass der Hofhund mich erwischen müsste, sobald ich die Einfahrt zum Hof passierte. Meine Augen und Ängste lagen nur noch auf diesem wütenden Tier. Direkt bei der Hofeinfahrt trafen wir aufeinander. Ich trat die Rücktrittbremse und zog gleichzeitig beide Handbremsen meines Fahrrades. Wie erstarrt blieb ich stehen, überzeugt, dieses Tier würde mich gleich zerfleischen.

Zu meiner Überraschung blieb der Hund ebenfalls stehen, schnüffelte leicht an meinen nackten Füßen, die in offenen Sandalen steckten. Ich wusste nicht, was ich tun sollte, schaute deshalb zu Jörg, der ungefähr hundert Meter entfernt geradezu unbeteiligt die Szenerie betrachtete.

Wirklich absolut unerwartet drehte sich das große Vieh um und ging gemächlich zurück Richtung Bauernhauseingangstür.

Als Jörg sah, der Hund ist fort, kam er langsam zu mir zurückgefahren.

Wochenlang herrschte anschließend Funkstille zwischen uns.

Zurück auf die Zählstrecke. Eins, zwei, drei, vier ... hundertsiebzehn. Eine Erinnerung springt von rechts auf die Bahn, will mich vom Ziffernweg abdrängen, die nächste von vorn. Vollbremsung. Alles auf Anfang. Bloß nicht denken. Eins, zwei ...

Titt – titt – titt – titt – tittit, tittit, tittit, tittittittittittittit-tittittittittit...
Der Wecker. Endlich. Ich kann in meinen alltäglichen Alltag flüchten.

Wenn Jörg Wochenenddienste hat versuche ich von nun an jede mögliche Freizeit mit Frank zu verbringen.
Seinen Heimatort, die nordwestdeutsche idyllische Wasserstadt, direkt an der niederländischen Grenze gelegen, bringt er mir in unseren Gesprächen näher oder er bittet mich spontan in sein Auto und fährt mich durch die Gegend.
Alles ist sehr überschaubar.
Daher auch gut zu bewältigen für Personen wie mich, mit einem eher schwach ausgeprägten Orientierungssinn. Regelmäßig finden Veranstaltungen statt. Die Einkaufsmöglichkeiten sind ausreichend. Das Kulturangebot ist ebenfalls breit gefächert. Für jeden Geschmack und Intellekt lässt sich etwas Passendes finden.
Einwohner Nordhorns haben sehr schöne und zahlreiche Gelegenheiten, mit dem Fahrrad die gut ausgebauten Wege unserer staatlichen Nachbarn zu nutzen. Jedoch, häufig werden die Nachbarn weniger wertgeschätzt als deren Radwege, laut Franks Aussage.

Sofern machbar gebe ich Frank meine freien Termine weit im Voraus bekannt, an denen wir uns treffen könnten. Oft hat er eigene Events, auch wochentags, mit seinen beiden Kegelclubs, seinem Motorradclub, seiner Reitervereinigung (obwohl er schon längst keine Pferde

mehr reitet), Sparclub, Stammtisch, Grillabende mit den Nachbarn und so weiter.
Diese Gründe führt er an, mir zu veranschaulichen, weshalb ihm meine Besuche ungelegen kämen.
„Würd dich ja manchmal mitnehmen, Babsi, aber wie soll ich erklären, dass ich ein Verhältnis mit einer verheirateten Frau habe?"
Das macht mich traurig und nachdenklich. Bin ich ihm nicht wichtig genug? Schon oft hat er mir gesagt oder geschrieben, wie sehr er sich eine verlässliche Partnerin wünscht. Er muss doch spüren, wie sehr ich mich in ihn verliebt habe.
Irgendetwas hält mich davon ab, es ihm zu sagen. Bedrängen mag ich ihn nicht.
Umso dankbarer bin ich für jeden Augenblick, den ich mit ihm zusammen sein darf.

Manchmal macht er sich überdies die Mühe, unter der Woche nach seiner Arbeit nach Rheine zu kommen. Abwechselnd mit seinem *Audi* oder seiner schwarz-roten *Moto Guzzi*, weil die Rennmaschine Bewegung braucht, argumentiert er dann oft schmunzelnd.
Meistens gehen wir zusammen eine Kleinigkeit essen und spazieren anschließend durch den nahegelegenen Walshagenpark. Gerne trage ich, je nach Witterung, eine hellbordeauxrote ärmellose Steppweste mit Kapuze, dazu farblich passende Schnürboots, die die Fußknöchel umschließen wie Boxerstiefel. Dazwischen vornehmlich Langarmshirt und Slim Fit Jeans in pflaumenblau.
Ich habe das Geräusch gern, das der Wind erzeugt, wenn er sanft mit meinem Haar spielt und der Klang der Reibung auf der seidenen Oberfläche meiner Weste von den

Haarspitzen bis in die Gehörgänge schwingt. In solchen Momenten fühle ich mich wohl, gut aufgehoben in meinem Körper. Nur positive Gedanken. Keine Sorgen.

Franks schwarzer Motorradkombi riecht so muffig wie sein Haus. Ich registriere es, aber es ist mir mittlerweile völlig gleichgültig. Unsere Umarmungen genieße ich. Wie er mir immer wieder tief in meine Augen schaut, wie er mir von den Schultern beginnend meinen gesamten Rücken streichelt, wie er einfach ausblendet, dass Passanten uns dabei beobachten, wie er mich selten, aber innig voller Liebe küsst.
Durch sein Handeln lässt er mich jedes Mal spüren, dass ich ihm sehr viel bedeute und dass er auf meine Entscheidung warten wird, ganz gleich, wie viel Zeit ich dafür benötigen werde, gegen Jörg, für ihn.

SMS von mir an Alexander. Wir simsen annähernd täglich seit unserer Begegnung bei ihm.
„Wieso bist du nicht bei WhatsApp, du hast doch ein Smartphone?"
„liebe barbara das habe ich dir schon mal erklärt man macht sich gläsern und andere sind beleidigt wenn man online ist aber nicht umgehend antwortet"
„Na schön, ich meine ja nur, es würde vieles vereinfachen, vor allem ist es kostenlos. Meine Flat läuft bald ab. Aber, wie geht's Bert?"
„hat auf normalgewicht abgespeckt hufrehe und mauke fast weg"
„Das freut mich! Hast du ihn weiter gut behandelt mit unseren Hausmitteln?"
„alles was mir anvertraut ist behandle ich grundsätzlich gut aber lenk nicht schon wieder vom thema ab ich hatte mir überlegt ich nenne es 2book was meinst denn jetzt dazu"
„Hm, ich bin nicht gut darin, solche Sachen zu entscheiden. Gib mir noch ein wenig Zeit, ja?"
„püppi von mir bekommst du alle zeit der welt"
Ich liebe es, wenn er so penetrant abwertend und gönnerisch schreibt. Er kann es sich leisten, ohne dass ich es ihm übelnehme.
„Alter Macho!"
„wieso macho meine tochter hält mich für den liebsten papa der welt"
„Ja, ich finde dich ja auch lieb, manchmal wenigstens;-)"
„liebe barbara ich muss dann mal wieder schönen tag dir"
„Dito."
Er meldet sich nicht mehr, sieben Tage lang.

Ich ergreife die Initiative.

„Also, ich bleibe bei meiner Meinung, 2book könnte falsch gedeutet werden, dass es sich beispielsweise um eine Reiseagentur handelt. Was hieltest du von doublebook, more than just reading?"

„barbara danke aber ich bleibe bei meiner idee"

Ich bin enttäuscht, dass er sich so wenig darauf einlässt, nach einer Woche Funkstille zwischen uns, in der ich bei jeder sich mir bietenden Gelegenheit darüber nachgedacht habe, wie ich ihn unterstützen könnte.

Freunde sind mir das wert.

Vier Tage später eine SMS von Hochwohlgeboren: „beleidigt", fragt er auf seine Art.

Ich bin so sauer und hatte mir ganz fest vorgenommen, erst mal lange Zeit nicht zu antworten, egal, was von ihm eventuell kommen würde.

Es vergehen nicht einmal fünf Minuten, dann halte ich es nicht mehr aus.

„Nein, warum sollte ich?"

„bin in einer stunde in rheine wie spontan bist du"

„Äh, wofür?"

„möchte dir bei der gelegenheit meinen truck zeigen und die geile schlafkabine kannst eine spritztour mit mir machen"

„Sag mal, wofür hältst du mich eigentlich? Und wenn, dann bräuchte ich solche Infos früher;-)"

„verstehe vati passt auf"

„Ja, das auch, aber eigentlich möchte ich dir schon längst etwas anvertrauen, aber vielleicht nächstes Mal, wenn ich wieder deinen prickelnden Erotikservice am Telefon genießen darf;))"

„ach barbara für 6,99 die minute darfst alles bei mir"
„Du warst schon billiger."
„qualität hat ihren preis"

Eine Stunde später sendet er mir ein Foto. Gut zu erkennen ist eine Pritsche, der liegende Unterleib einer männlichen Person, eine geöffnete Jeans, ein zur Körpermitte gelegter nicht erigierter Penis und daneben, sozusagen um die Größendimension zu verdeutlichen, eine große Bierdose.
„Mensch Sascha, du bist doch echt ein Schwein", simse ich.
„ja eine geile sau wollte dir nur zeigen was du verpasst"
„Ist es wenigstens Deiner?"
„bunny ich habs nicht nötig mich mit fremden federn zu schmücken werd nun meine schwanzverlängerung wieder ins rollen bringen"
„???"
„den lkw püppi"

Ein neuer Samstag. Bin tagsüber wieder bei Frank. Wir gehen spazieren am Vechtesee. Die leichte Bewölkung spiegelt meine Stimmung.

Im Pier 99 hatten wir zuvor gegessen, lecker, jeder eine reichlich belegte Pizza. Bei mir überwiegend Gemüse und Meeresfrüchte. Frank ein Bier dazu, ich einen Chardonnay. Im Restaurant hatte ich mich neben Frank gesetzt, statt gegenüber. Er hatte pikiert reagiert.
„Ich möchte ganz in deiner Nähe sein, weil wir so wenig gemeinsame Zeit miteinander haben", warf ich zu meiner Entschuldigung in den Raum. Daraufhin schaute er sich verlegen im Speisesaal um wie ein Schulkind, bevor es seinen Spickzettel bei der Klassenarbeit rauszuholen versucht.
Immer wieder probierte ich, zu der Lockerheit zurückzukehren, in der wir uns in Rheine bewegten.
Indes, jedes Mal, wenn ich mich traute, Franks Hand zu nehmen, ließ er seine Finger gerade. Er umschloss meine nicht.
„Was stimmt nicht?", fragte ich.
„Du bist verheiratet."
„Frank, bitte, das ist jetzt nicht dein Ernst, das wusstest du von Anfang an. Gib mir oder besser gesagt uns bitte Zeit, ich habe mich in dich verliebt, aber ich kann die Verantwortung, die ich gegenüber meiner Familie habe, nicht einfach so abschütteln. Das musst du verstehen."
Er entzog mir seine Hand gänzlich.

Ohne jeglichen Körperkontakt gehen wir weiter um den See.
Bei ihm zuhause haben wir Sex. Besonders intensiv ver-

suche ich ihm zu zeigen, wie viel er mir inzwischen bedeutet. Ich lutsche seinen Schwanz, der keine runde sondern eine blattförmig geschwollene Eichel hat, rauf und runter, obwohl ich nicht drauf stehe, wie ihm bekannt ist. Meine Zungenspitze kreist zärtlich um seine freigelegte Peniskuppe, immer wieder hin zu dem kleinen Loch in der Mitte. Zu kommen gedenkt er in meiner Muschel. Dagegen habe ich nichts, Sperma im Mund ist einfach nur ekelig, viel zu salzig, ähnlich wie Kaviar.

„Nächstes Wochenende bin ich in Burghausen in Bayern bei Verwandten. Eine Tante, Schwester meiner Mutter und ihre Kinder, meine Cousine und mein Cousin, wohnen da. Dann können wir uns nicht sehen." So verabschiedet er sich von mir an seiner Haustür.

Montagabend öffne ich mein Portal bei FREUNDEFÜHRER erneut mit dem festen Vorsatz mich abzumelden. Über die vielen Nachrichten in meinem Postfach, trotz meiner langen Abwesenheit, schmunzle ich. Beim Scrollen durch die Betreffzeilen blinkt mein Chat. „Hallo Babsi, du auch noch hier?"
Es ist Frank. Ich erschrecke so sehr, als wäre ich bei der Missachtung eines Verbotes ertappt worden.
Aber parallel vergiftet Misstrauen meine Emotionen.
„Wollte mich soeben abmelden", tippe ich. „Sollen wir es beide gleichzeitig tun? Warum bist du noch hier unterwegs?"
„Kurz bevor wir uns kennengelernt haben.... hatte ich auf Premium gebucht......das werde ich nicht verschen-

ken."
Bin abermals schockiert. Wir haben uns doch jetzt gefunden, das ist jeden Preis wert.
„O. K., verstehe. Ich lösche hier ohnehin meinen Account. Du weißt ja, wie du mich erreichen kannst."
„Klar Babsi.....wünsche dir eine gute Nacht....träum was Süßes, aber lass die Hände über der Bettdecke;-)))"
Verabschiedet man so eine Frau, mit der man seriöse Absichten hat?
Meine Mitgliedschaft bei FREUNDEFÜHRER löse ich auf.
Zweifel und Eifersucht kochen in mir hoch. Der Sache muss ich unbedingt auf den Grund gehen. Kann ich mich auf Frank verlassen?
Gilt das, was er mir erst vorgestern erneut via Sex an Liebe gezeigt hat auch morgen noch?
Und seine Worte von Treue und Ehrlichkeit in seiner Profilbeschreibung?
Ist er am Ende ebenfalls einer von denjenigen, die weiß predigen, stattdessen schwarz handeln?

Innerlich werde ich hektisch. Spürt er nicht, welchen Glückstreffer er mit mir gelandet hat, wie sehr ich mich für ihn verbiege und zu ihm herablasse? Ich bin die perfekte Hausfrau, bin schlank und attraktiv, habe Stil und Niveau, könnte mir womöglich vorstellen, mit ihm in seinem miefigen Haus zu leben. Dafür müsste er mir doch auf Knien dankbar sein und mich bewundern!

Eine plötzliche Eingebung lindert geringfügig meine Pein. Die Fernsehzeitung und eine Apothekenzeitschrift schnappe ich mir. Nach geeigneten Profilfotos durchforste ich sie. In beiden werde ich jeweils fündig. Einmal blond, einmal braunhaarig, mittleren Alters. Schnell gescannt und auf die Festplatte gebannt.

Zwei gefakte Profile erstelle ich mit diesen Bildern bei FREUNDEFÜHRER auf die Namen „Easygoing" und „cookie".

Kann nicht glauben, wie einfach mir das von den Fingern geht. Bei der Beantwortung der Fragen gebe ich mir keine Mühe. Schreibe irgendeinen undurchdachten Nonsens. Als Standort wähle ich einmal Osnabrück und bei der Braunhaarigen das Emsland.

Nur wenige Minuten vergehen, da registriere ich bei beiden mehrere Mails, und während ich hin und her switche blinken die Chats unaufhörlich.

Wie ein Stich trifft es mich mitten ins Herz.

Jedes Mal ist er mit dabei.

Reflexartig drücke ich meine rechte Hand auf die Brust. Bei beiden der gleiche Standardtext: „Hallo schöne Unbekannte, würde dich gerne kennenlernen..... Glg Frank".

Tief verletzt antworte ich spontan zunächst für die Hellhaarige: „Gerne. Möchte nur vorher etwas mehr über dich erfahren. GlG Annegret".

Sodann die Brünette: „wonach suchst du hier? birte aus salzbergen".

Er spricht aus Langeweile jeden weiblichen Neuzugang an, denke ich beschwichtigend. Mir hatte er anvertraut, dass er nie wieder etwas mit einer blonden Frau anfangen könne, da seine Ex blond ist.

Mir wird übel.

Mit Bauchschmerzen gehe ich ins Bett, schlafe in großen Abständen nur minutenweise.

Dienstag, spät vormittags, nachdem ich wie benebelt meine gröbsten familiären Aufgaben erledigt habe, logge ich mich ein. Annegret aus Osnabrück und Birte aus Salzbergen haben jeweils identische Post von Frank, bis auf die Namen, die hat er angepasst.
Es tut so weh.
„Hallo Annegret... einen wirklich schönen Namen hast du....außergewöhnlich. Dein Foto gefällt mir sehr, bist eine schöne Frau. Über mein Leben kann ich dir sagen, dass ich [...]" – Blablabla, kenne ich alles, hatte er mir damals genauso geschildert.
Annegret antwortet: „Sehr interessant, lieber Frank, wollen wir uns bei IKEA in Osnabrück treffen? Bei einem Kaffee im Restaurant könnten wir uns dann in Ruhe unterhalten und sehen, ob es mit uns passt. Ich würde mich sehr freuen."
Die vermeintliche Frau aus Salzbergen schreibt im Nachhinein. „sachma frankyboy, arbeitest nix oder wieso kannste werchtachs rund um die uhr mails senden? naja egal ich arbeite als aushilfe bei bruder in bäckerei da hab ich alle freiheiten. es grüßt dich birte. hast bock aufn date im naturzoo rheine?"
Stolz bin ich auf mich, dass ich es problemlos hinbekomme, die Artikulation der von mir erdachten Frauen zu variieren.

Nach wenigen Minuten erfolgen seine zwei Reaktionen.
„Liebe Annegret.......vielen Dank für deine nette Antwort;-)... Du scheinst eine spontane Frau zu sein..das schätze ich. Mach einen Vorschlag..... für den Zeitpunkt.......bin flexibel ....kann mir jederzeit frei nehmen.............. habe auch sonst viele Freiheiten bei meiner

Brötchengeberin. Auf unser Treffen freue ich mich sehr. Lg Frank"

„Hallo Birte..scheinst ja eine Ulknudel zu sein;-)) Das mag ich! Dein Vorschlag für unseren Treffpunkt im Naturzoo gefällt mir aber nicht so wirklich.......war schon mal dort....habe schlechte Erinnerungen daran.. Wie wäre es......wir treffen uns in Nordhorn? Glg Frank"

Beide fragt er nach Telefonnummern und privaten Mail-Adressen.
Damit er nicht misstrauisch wird, erstelle ich für jede bei zwei verschiedenen Mail-Anbietern gefakte Accounts, zu den jeweiligen Namen passend. Lauter Fantasiedaten gebe ich an, mit Straßen- und Ortsnamen aus *Das Örtliche*. Bin erneut erschüttert, wie einfach das alles machbar ist, auch bei den seriösen Anbietern, nichts wird überprüft.
Meine Augen werden immer feuchter. Erst kullert ein Tropfen, kurz darauf verselbstständigt es sich, meinen Tränenfluss kann ich nicht mehr zurückhalten, unaufhaltsam findet er seinen Weg, ich heule Rotz und Wasser, I'm crying rivers. Von meinem Notebook muss ich mich abwenden, es ist nicht wasserdicht.

Nach gefühlt ein, zwei oder drei Stunden verfasse ich meine Repliken. Annegret schlägt kommende Woche Donnerstag, 11:00 Uhr, vor.
Birte besteht auf Naturzoo Rheine, weil sie nicht einsieht so viel Spritgeld zu verschwenden, nur, um einen potentiellen neuen „Stecher" kennenzulernen. Sie bevorzugt ebenfalls Annegrets Donnerstag, aber um 14:30 Uhr. Beide wollen als Erkennungszeichen eine langstielige

rote Rose in Händen halten.
Die Parallelen lassen Frank nicht stutzen.
Auf beide Termine geht er ein und bestätigt sie. Für Birte hat er noch den dezenten Hinweis übrig, dass er sich unter Umständen arbeitsbedingt eine halbe Stunde verspäten könnte. Ob das für sie in Ordnung sei, fragt er höflich an.

Dieses plötzlich einsetzende lautstark höhnisch triumphierende Lachen meinerseits, mit dem todtraurigen Unterton, gerät außer Kontrolle, ich kann es nicht beherrschen.
Außer mir selbst stört es niemanden. Ich bin allein zu Haus.
Zu IKEA werde ich nicht fahren, um zu sehen, ob er tatsächlich dort erscheint, so viel steht fest.

Inzwischen sind meine Kinder aus der Schule zurück.
Etwas drängt mich, es ihnen zu sagen, jetzt, hier, sofort.
„Paula, Paul", rufe ich durchs Haus. „Habt ihr mal 'ne Minute für mich, ich möchte euch etwas erzählen."
Von Paul klingt leichtes Murren aus seinem Zimmer herunter. Paula erscheint sofort, schaut mich fragend an.
„Hast du geweint – wieder Beef mit Papa gehabt?"
Ich beruhige sie mit einer Halbwahrheit. „Nein, alles gut. Wo bleibt dein Bruder?"
Sie ruft ihn: „Pahaul?"
„Jaha, ist das wichtig? – Bin schon unterwegs."
„Setzt euch bitte!", fordere ich sie auf. „Dauert nicht lange."

Paul interveniert: „Hat das nicht Zeit bis morgen, muss gleich zum Training."
Unruhig spielt er an seinem Handy herum.
„Hausaufgaben habt ihr erledigt?", frage ich.
Beide nicken.
„Morgen ginge ebenso, aber dann ist wieder irgendetwas Anderes wichtiger. Es gibt hierfür keinen optimalen Zeitpunkt."
„Ja gut, bin dabei", entgegnet mein Sohn.
„Legst du bitte solange dein Handy zur Seite, sonst ist es unhöflich mir gegenüber."
Paul verdreht die Augen und seufzt missgestimmt als er es weglegt.
Mehrfach räuspere ich mich.
„Also, es geht um meine Kindheit."
Leises kurzes unterdrücktes Stöhnen. Von wem es ausging kann ich nur mutmaßen.

„Mein Opa mütterlicherseits, euer Urgroßvater, hat bis zum Ende des zweiten Weltkriegs in Schlesien gelebt, zu der Zeit hieß es noch so."
„Wissen wir", verlautbaren beide synchron.
Weiter erzähle ich.
„Mit seiner ersten Frau hat er dort, ich traue mich kaum es zu sagen, 11 Kinder gezeugt und zum Teil mit ihr zusammen aufgezogen. Meine Mutter, eure Oma, hatte demnach zehn Geschwister, von denen nur noch ein paar leben. Ihr kennt sie von Geburtstagen und Weihnachtsfeiern."
Paul tauscht seine Sitz- in eine Liegeposition auf der Couch und starrt die Decke an. Paula sitzt weiterhin aufrecht zwischen ihrem Bruder und mir und hört au-

genscheinlich interessiert zu.

„Nach Kriegsende ging dieser Teil Deutschlands an Polen.

Ja ja, das wisst ihr auch bestimmt schon, so meine ich es auch nicht, es ist nur der Vollständigkeit halber.

Noch lange danach war mein Opa als Soldat in russischer Kriegsgefangenschaft in Sibirien, wovon er sich nie mehr richtig erholt hat. Ich erinnere noch, wenn er häufiger erzählte, dass sie mehrere Tage und Nächte nacheinander an Barackenwänden angelehnt stehen mussten, dicht gedrängt nebeneinander, ohne sich bewegen zu dürfen, und es war so kalt, dass sich durch die feuchte Atemluft zentimeterlange Eiszapfen an den wild gewachsenen Vollbärten bildeten."

„Baracken?", will Paula wissen.

„Ach so ja, mit solchen Ausdrücken bin ich aufgewachsen, sie sind für mich selbstverständlich. Soweit ich es erklären kann, versteht man darunter provisorisch errichtete Gebäude, meistens aus alten Brettern, die für einen vorübergehenden Zweck gedacht sind."

„Und da durften die nicht mal rein?"

„Nein, Paula, das gehörte wohl zur Bestrafung, weil die Deutschen gegen die ganze Welt Krieg geführt hatten. Dafür sollten sie büßen.

Aber es gab noch viel schrecklichere Ereignisse, von denen mein Opa mir nichts erzählen wollte, unter anderem, weil er meinte, ich sei noch zu jung es zu verkraften.

Meine Oma wurde unterdessen mitsamt ihren Kindern aus ihrem Haus vertrieben, von polnischen Soldaten. Und das Schlimmste war, dass sie nicht wussten, ob mein Opa überhaupt noch lebte. Sie hatten keinen Kontakt."

Eine kurze rhetorische Pause tut für mich not.
Zu den Kindern meide ich Blickkontakt.
„Ihr müsst euch das so vorstellen, von jetzt auf gleich würden bewaffnete Menschen vor unserer Haustür stehen und schreien ‚Raus hier, das alles gehört ab sofort uns!'"
Außer nachdenklicher Blicke registriere ich nichts. Ergo fahre ich fort.
„Über sonstige Gräueltaten, zu denen Menschen in hochgradigen Ausnahmesituationen wie Krieg fähig sind, möchte ich euch gegenüber kein Wort verlieren, vielleicht in ein paar Jahren, sollte es euch dann noch oder wieder interessieren."
Nachdem ich das ausgesprochen habe, muss ich mehrmals nacheinander meine trocken gewordenen Lippen mit der Zunge benetzen.

„Durch viele glückliche Zufälle hatten sich meine Großeltern in Hörstel wiedergefunden.
Mein Opa hatte dann nach Grundstücken gesucht, um für sich und seine große Familie eine neue Existenzgrundlage zu schaffen. So fand er bald dieses vielparzellige hier bei uns in Bevergern. Es musste zunächst entwaldet, oder besser gesagt, gerodet werden.
Nachdem er mit Hilfe einiger neuer Grundstücksnachbarn alles urbar gemacht hatte, hat er sein Haus gebaut. Einen kleinen weißen Bungalow mit Außentoilette.
Wisst ihr, was ein Plumpsklo ist?"
„Klar", kommt von Paul, „du hast uns oft genug zu Museen mitgeschleppt, indoor und outdoor."

Ich fühle mich wertlos behandelt.

„Meine Eltern haben mir nie etwas erzählt, das finde ich absolut falsch. Von anderen Verwandten wurden manchmal meine Fragen beantwortet, leider, ich hätte so gern mit meinen Eltern persönlich über solche Sachen geredet."
Keine sichtbare Reaktion. Beide geben sich neutral.

„Na ja, jedenfalls, wenn man das Haus eurer Urgroßeltern betrat, befand man sich direkt in der großen Küche. Dort stand zwischen wenigen anderen Möbeln so ein Herd von *Küppersbusch* mit verschiedenen Einlegeplatten und -ringen, der mit Kohle oder Holz befeuert wurde. Erinnert ihr euch – in den Freilichtmuseen in Cloppenburg und Detmold hatte ich euch das jeweils erklärt."
Paula nickt. Paul sagt: „Sag ich doch!"

„Über ein paar offene Stufen ging es eine halbe Etage höher in die sogenannte gute Stube. Überall hingen Strumpflampen, die mit flüssigem Petroleum betrieben wurden.

Nur wenig später, woran ich mich noch gut erinnern kann, hatten alle Angehörigen auf Modernisierung der Behausung gedrängt, aber mein Opa wollte bewusst so weiterleben, wofür ich ihn bewundert habe, trotz meines geringen Alters."
Noch eine Verschnaufpause brauche ich.

„Was mich bis heute traurig stimmt, meine Oma hat die Kriegs- und Nachkriegswirren nicht verkraftet. Sie hätte einen stabilen Halt an ihrer Seite gebraucht.

Als mein Opa ständig in Kliniken behandelt werden musste aufgrund seiner Kriegsverletzungen dachte sie, er würde die vielen medizinischen Eingriffe nicht überleben und sowieso nicht mehr gesund werden.

Mit solchen Gedanken war sie außerstande, ihr Leben

weiter fortzusetzen. Deswegen hat sie es selbst beendet."
Beide Kinder mustere ich.
„Ja, ich hätte einfach sagen können, sie ist gestorben. Wahrscheinlich hättet ihr die Ursache nicht hinterfragt, aber ich möchte euch nicht belügen und Halbwahrheiten kommen oft schon einer Lüge gleich. Aus Rücksicht auf euch gehe ich aber nicht näher auf die Umstände ein. Solltet ihr es irgendwann einmal genauer wissen wollen, kein Problem, fragt mich einfach."
Niemand fragt jetzt.
„Dementsprechend habe ich meine biologische Oma nie kennengelernt. Meine Mutter, eure Oma, hat kaum über sie gesprochen, nicht einmal, wenn ich gezielt gefragt habe.

Aber schließlich, nach ein paar Jahren, hat mein Opa wieder geheiratet und seine zweite Frau war ‚Meine Oma'! Sie war die beste Oma der Welt für mich! Bei ihr fühlte ich mich als Person akzeptiert, mit allen Fehlern, Schwächen, Eigenheiten, aber sie hatte auch erkannt, wie viel Sensibilität in mir steckt und dass ich deshalb sehr unter meiner familiären Situation litt. Sie wollte immer wissen, wie es mir ging, nicht so oberflächlich, sondern ganz ungeschönt. Sie hat auch immer nachgebohrt, wenn ich standardmäßig geantwortet habe: ‚Mir geht's gut'. Oma wusste, dass ich es nur sagte, weil ich es so zuhause eingetrichtert bekommen hatte."
Tränenflüssigkeit flutet meine Augäpfel bis an den Rand der Lider. Mit beiden Zeigefingerrücken wische ich den Überschuss ab und fahre fort.

„Ziemlich rasch zog sie zu meinem Opa ins Haus.
Meistens freitags hatte sie mich gefragt, ob ich am nächsten Tag wieder bei ihr sein wolle, damit wir uns ein

schönes Wochenende machen könnten, zusammen mit Opa.

Ich habe immer ja gesagt. Nur manchmal meine Eltern nicht, wofür ich sie jedes Mal hätte – egal – ihr könnt es euch denken.

Samstags bin ich dann fürs Wochenende ‚mit Sack und Pack' bei meinen Großeltern eingezogen. Sie hatten das ganze Wochenende Zeit für mich. Unvorstellbar wertvoll!

Mein Opa ist in den entsprechenden Monaten, ca. Juli bis Oktober, mit mir in verschiedenen Wäldern der näheren Umgebung Pilze suchen gegangen und Blau-, Him-, Brombeeren und so weiter. Ab und an sind wir mit Fahrrädern bis in die Elter Dünen hineingefahren beziehungsweise -geschoben. Die Pilzausbeute war dort meistens am größten. Sogar Pfifferlinge, die sowohl im Duft als auch im Aroma unschlagbar sind, waren reichlich zu finden. Da waren wir vom Hellwerden an, so ab halb fünf, jedes Mal Stunden unterwegs und es war nicht eine Sekunde langweilig!"

„Is doch langweilich", sagt Paul.

„Ich finde es traurig, dass das für euch öde ist", gestehe ich freimütig ein. „Auf alle Fälle war mein Opa ein begnadeter Geschichtenerzähler. Er hat im Wald beim Früchtesammeln auch Geschichten erzählt, die vom Gruselfaktor her für Kinder ungeeignet waren, aber die habe ich am meisten geliebt." Ich lächle. „Er kannte noch keine FSK."

Paul meldet sich erneut zu Wort. „So eine Geschichte will ich von dir wissen!"

Seinen Einwand ignoriere ich.

„Vielleicht rührt aus diesen Kindheitserlebnissen meine

Liebe zur Natur.

Wenn wir Sammler unsere Arbeit getan hatten und zwar erschöpft aber überglücklich zurückgekehrt waren, habe ich, so gut es mir in dem Alter möglich war, meiner Oma bei der Verwertung unserer Beute geholfen.
Die Früchte des Waldes wurden geputzt und gewaschen, zurechtgeschnitten und zubereitet. Abends haben wir dann ausgiebig zusammen gegessen.
Das Beste kam aber jedes Mal anschließend.
Samstags abends um 8 Uhr lagen wir alle drei im Bett.

Auch das klingt für euch öde, war's aber ganz und gar nicht.

Oma und Opa hatten getrennte Betten. Opa legte sich in seins und ich durfte mich zu meiner Oma kuscheln. Ein unbeschreibliches Gefühl von Geborgenheit, wie ich es von zu Hause nicht kannte, durfte ich so erfahren.
Es stand immer eine kleine Kerze auf dem Nachttisch. Aus heutiger Sicht lebensgefährlich, aber rückblickend so unendlich romantisch. Außerdem sorgte das Kerzenlicht für die richtige Stimmung. Wie erwähnt gab es keine Elektrizität. Oma hatte allerdings ein kleines Radio und immer entsprechend Batterien dafür. Zuerst wurden dann die Nachrichten verinnerlicht. Das hat Opa auch meistens noch geschafft. Anschließend waren schon seine ersten Schnarchgeräusche zu vernehmen. Wir haben danach Hörspiele gehört, vergleichbar mit heutigen Hörbüchern. Dabei entstand ein Kino im Kopf, wie es Fernsehen, Leinwand oder Theaterbühnen nicht bieten können.
Je lauter das Schnarchen meines Opas sich entwickelte, umso lauter musste ich in Omas Auftrag das Radio stel-

len. Spätestens gegen 22 Uhr war Oma ebenfalls eingeschlafen, aber ich hab bis nach Mitternacht Krimis gehört, die für Kinderohren ursprünglich nicht bestimmt waren. Danach habe ich die Kerze gelöscht, Omas Arm umklammert und selbst selig geschlafen.

Am nächsten Morgen haben wir zusammen gefrühstückt, säuerlich schmeckende Graubrote mit der selbstgemachten Marmelade vom Vortag, und uns über die Krimis unterhalten. Spät nachmittags war dann bedauerlicherweise wieder ein schönes Wochenende zu Ende.

Worauf ich eigentlich hinaus will, unser Haus, in dem wir alle jetzt leben, haben wir genau an der Stelle gebaut, wo der kleine weiße Bungalow meines Opas stand.
  Während wir die Baugrube für unser Haus ausgehoben haben, tauchten bergeweise Müllreste auf, bestehend aus Konservendosen, alten Gläsern et cetera.
Mein Opa hielt nicht so viel von öffentlich organisierter Müllabfuhr, sie war auch noch gar nicht so verbreitet zu seiner Zeit. Da wurde halt ein großes Loch gebuddelt, der gesamte Müll darin ‚entsorgt' und wieder zugeschaufelt. Anschließend konnte wortwörtlich Gras über die Sache wachsen."
„Hört sich an, als wärst du schon eine uralte Frau, so wie Oma nebenan.", sagt Paul.
„Hör mir doch mal zu! Damit beabsichtige ich euch nur zu sagen, wie viel mir unser Heim hier auf diesem Familiengrundstück bedeutet. Auf diesem Grund habe ich den besten Teil meiner Kindheit verbracht. Der ideelle Wert ist für mich unbezahlbar. Vielleicht versteht ihr mich eines Tages."

Paul richtet sich wieder auf, nimmt sein Handy.
„Fährst mit zum Training?", fragt er seine Schwester.
„Ja", antwortet Paula.
„Dann beeil dich."

Frank bittet „Birte" höflich, sich mit ihm am Donnerstag um 15:00 Uhr im Naturzoo zu treffen.
„hey geht klar alter werde da sein bis denne", schreibt sie zurück.

Bereits eine Stunde vorher löse ich ein Ticket an der Zookasse. Meine Haare verberge ich unter einem großen Seidenschal, den ich mir im Auto um den Kopf gebunden habe, tief in die Stirn gezogen. Wahrscheinlich halten mich alle für eine Muslima. Gut so.
Vom Eingang bewege ich mich geradeaus auf das Dscheladagehege zu. Ein Wassergraben trennt Affenwiese und Besucher. Mit beiden Händen klammere ich mich an das Geländer, habe das Gefühl, jeden Moment das Gleichgewicht zu verlieren und in den mit Schildkröten und Seerosen gefüllten Graben zu fallen. Ein kleines bisschen Schadenfreude keimt in mir. Sollte Frank hier tatsächlich auftauchen, könnte ich davon ausgehen, dass er erstens seine Fahrt von Nordhorn nach Osnabrück umsonst unternommen hatte, zweitens würde er hier ebenso ins Leere laufen.
Das soll ihm eine Lehre sein!
Wie von Geisterhand berührt drehe ich mich zum Eingang um.
Da ist er.

Er schaut sich suchend um, erkennt mich nicht, geht auch gar nicht bei meiner Verkleidung und der räumlichen Entfernung.

Zuerst meine rechte, dann zusätzlich die linke Hand pressen sich zunächst locker, dann immer fester auf meinen Mund, damit ich nicht vor Schmerz schreie, wie bei der Geburt meiner Kinder.

Ich fange an zu laufen, fliehe die Situation, planlos, aber irgendwie dennoch dem Rundgangpfeil folgend.

Ungefähr eineinhalb Stunden später habe ich wieder den Ausgang, der sich ganz in der Nähe des Eingangs befindet, erreicht.

Frank scheint aus dem Zoo verschwunden. Aus meinem Leben leider nicht.

Wie ich es schaffe, den Pkw zu steuern, weiß ich nicht, jedenfalls komme ich zu Hause an.

Ich beschließe, auf Franks Kontaktaufnahme zu warten.

Ganze neun Tage lang hat er sich bisher nicht bei mir gemeldet.

„Birte" und „Annegret" hat er jeweils dezent geschrieben, dass er doch ein wenig enttäuscht war, ob ihres Nichterscheinens am vereinbarten Treffpunkt. Sie entschuldigen sich beide sehr unterschiedlich, jede auf ihre Weise. Er akzeptiert das und hält den Kontakt weiter aufrecht, mit kurzen, nett formulierten Mails, die gegenseitig erfolgen. Sie einigen sich, es in geraumer Zeit erneut mit einem Treffen zu versuchen.

Ich kann kaum noch etwas essen. Ernähre mich hauptsächlich von Wasser und Wein, wobei der Weinanteil stetig steigt.

Den Kindern und Jörg halte ich täglich entgegen, ich hätte schon vor ihnen gegessen, weil ich solchen Hunger hatte, den ich für ein familiäres Essen mit ihnen nicht aushalten oder aufschieben konnte.

Jörg glaubt mir kein Wort, das ist unschwer daran zu erkennen, wie missmutig und mit welch düsterer Miene er seine Mahlzeiten in sich hineinstopft.

Samstagmorgen, 09:38 Uhr, die erlösende WhatsApp.
„Hallo Babsi.. kommt etwas spät.... Kannst kurzfristig heute Abend bei mir sein? .....Habe Karten für Ralf Schmitz im Euregium hier in Nordhorn. Mein Sohn Rico.....von dem ich dir erzählt habe, hat sie mir geschenkt..er ist plötzlich krank geworden. Würde mich sehr freuen...Lg Frank"

Schreien könnte ich vor Glück.

„Lieber Frank, unbeschreiblich freue ich mich über deine Nachricht. Wie spät soll ich bei dir sein?"

„Muss bis 18 Uhr arbeiten..... kannst dann gerne hier sein..werd noch schnell duschen nach der Arbeit... solange könntest Leo streicheln;-)..um 20 Uhr geht's los im Euregium.....10 Min von hier mit dem Auto..bring dir was mit...kannst bei mir schlafen und Sonntag zurück fahren.. Freue mich aufs Frühstück mit dir;-)"

„Wie heißt das Programm?"

Warum stelle ich ausgerechnet diese dämliche Frage?
Völlig andere Probleme habe ich nun zu bewältigen.

Was sage ich Jörg? Was ziehe ich an?
Zahnbürste, Haarbürste, Lotion, Deo, leichtes Makeup für Sonntag, frischer Slip – wie erkläre ich es meinem Mann? Enorm misstrauisch ist er eh schon.
Das habe ich nun davon, dass ich immer brav zuhause gedient habe.
Die Konsequenzen sind mir scheißegal, ich wünsche mich zu Frank, um jeden Preis! Alles in mir schreit danach.

„Aus dem Häuschen", schreibt Frank.
„Hä? – Ach so, ja, entschuldige, ich organisiere gerade alles, freu mich tierisch auf dich und unsere Zeit!"
„Nicht.... dass dein Mann plötzlich bei mir vor der Tür steht;-)"
„Nein, kannst dich wie immer auf mich verlassen, großes Indianerehrenwort, er weiß nichts von dir!"

Paul und Paula müssten gegen 20:00 Uhr vom Taekwondo-Turnier zurück sein. Sie sind mit ihren Fahrrädern unterwegs. Eigentlich hatte ich vor Ort auch eine Aufgabe, Sieger-Urkunden schreiben. Hatte mich aber im Vorfeld bei Herrmann wegen Magen-Darm-Problemen entschuldigt. Dass diese auf Franks Untreue basierten, musste ich für mich behalten.

Spätestens 17:15 Uhr muss ich hier weg.
Mein Handy klingelt: „Bei mir wird's heute etwas später als vorgesehen, vor ein Uhr heute Nacht bin ich wohl nicht zu Hause."
„Danke für deinen Anruf, Jörg, lass dir Zeit, alles gut."
Ich lege direkt wieder auf. Nicht mal gefragt habe ich, an

welchem Standort er sich aufhält. Zum Glück ist er mit dem Firmenfahrzeug unterwegs.
Für die Kinder lege ich jeweils eine Tiefkühlpizza auf Backpapier aufs Backblech. Einen Notizzettel mit der von mir konstruierten ultrakurzen Backanleitung, mit handgezeichneten Symbolen für die jeweiligen Einstellungen, lege ich neben den Backofen. Sie sind es nicht gewohnt, sich selbst zu beköstigen, aber diese Pizzen sollten sie mit vereinten Kräften hinbekommen.
Belegte Brote, geviertelte Tomaten, in Scheiben geschnittene Schlangengurken stelle ich auf getrennten Tellern, mit umgedrehten Plastikschalen abgedeckt, in den Kühlschrank.
Sein Motor springt an. So wohltuend ist es. Dieses Geräusch symbolisiert für mich heile strukturierte Welt.

Für Jörg schreibe ich einen Zettel.
„Mach dir keine Sorgen. Kinder sind versorgt. Übernachte bei einer Freundin. Bin Sonntagmittag wieder zu Haus. Ihr könnt mich übers Handy jederzeit erreichen. LG Barbara"

Die Ausrede hakt gewaltig, ist von vornherein zum Scheitern verurteilt, ich habe gar keine Freundin, bei der ich übernachten könnte. Wenn ich jetzt darüber nachdenke, habe ich überhaupt keine derartigen Freunde seit meiner Ehe. Mein hauptsächlicher Lebensinhalt ist bisher meine Familie gewesen. Damit war ich bislang zufrieden. Zumindest habe ich es mir pausenlos eingeredet, sobald nur die kleinste Skepsis emporkam.

Die Luft ist rein, ich komme überpünktlich los. Eine Mischung aus Eleganz und Lässigkeit trage ich. Einen schwarzen BH, mit leicht stabilisierenden Körbchen, aber kein Push-up, weil Bügel nicht vorhanden sind, die passen einfach nicht zu mir. Dazu den passenden ultraknappen Jazzpant mit vielen durchsichtigen Spitzeneinsätzen. Schwarze, sandgestrahlte Jeans, slim fit; weiße schlichte taillierte Bluse und einen fein karierten kurzen Blazer mit anthrazitfarbigen, schwarzen und bordeauxroten Strichen, mit schwarzem Kragen.

Meine kräftigen Finger- und Fußnägel hatte ich mir in passendem weinrot lackiert.
Geil sehe ich aus, finde ich, und fühle mich genauso.
Meine nackten Füße schlüpfen anmutig in die dunkelroten Pumps. Fürs Autofahren nehme ich Ballerinas mit.
Habe freie Bahn.
Kurz vor 18:00 Uhr stelle ich den Motor vor Franks Haustür aus.
Mir ist, als käme ich nach Hause.
Wahrscheinlich ist er noch unterwegs vom Arbeitsplatz.
Auf gut Glück klingle ich.
Wider Erwarten öffnet er schon die Tür. Der muffige Mief ist mir so vertraut. Mit sämtlichen meiner Siebensachen falle ich ihm um den Hals.
„Ich hatte nicht damit gerechnet, dich so schnell wiederzusehen. Jede Sekunde habe ich dich vermisst! So sehr habe ich mich in dich verliebt!"
„Dann genieße es", entgegnet Frank mit einem Lächeln.
Schlagartig schlägt meine positive Stimmung in Unwohlsein um.
„Das werde ich, jeden Augenblick mit dir. Du bedeutest mir inzwischen sehr viel. Aus meinem Leben kann ich dich nicht mehr wegdenken. Du gehörst unauslöschlich

dazu."

„Hey Babsi, so sentimental kenne ich dich ja gar nicht. Das wird jetzt aber kein Dauerzustand, oder?"

Wieder grinst er.

Oben empfängt mich Leo. Er steht an der Treppe.

„Das hat er noch nie gemacht", sagt Frank, „ist eben ein Frauenköter."

So gern würde ich ihm begreiflich machen, dass sein Hund einen besseren Instinkt hat als er. Stattdessen verkneife ich mir jede weitere Bemerkung.

„Magst was trinken während ich dusche?"

Unbeantwortet stellt er mir eine angebrochene gekühlte Flasche Chardonnay auf den Couchtisch. „Ein passendes Glas findest du?"

„Na klar, danke dir, mach dir bitte keine Umstände!"

„Nie nich, wie käme ich denn dazu?" Dabei schaut er mich so lieb an, mit Dackelblick, ich küsse ihn spontan auf den Mund. Am liebsten würde ich fragen, wieso er angetrunkenen Weißwein im Kühlschrank hat, obwohl er selbst, nach eigenen Angaben, Rotwein bevorzugt.

All diese Gedanken verdränge ich sonst wohin. Ich plane, ihn zu überzeugen, dass ich die Richtige bin, die Frau, nach der er seit vielen Jahren auf der Jagd ist. Für dieses Leitbild bin ich bereit, mich noch einmal erneut zu versklaven, koste es, was es wolle, es spielt keine Rolle.

Gegen 19:00 Uhr erscheint Frank geduscht und ansehnlich gekleidet in seinem Wohnzimmer. Wir beschließen augenblicklich loszufahren.

Eigentlich ist Ralf Schmitz nicht so ganz mein Ding, ich stehe mehr auf *Dieter Nuhr*, aber in dieser Situation ...

scheiß drauf.

An der Garderobe im Euregium begegnen wir Franks Zahnarzt, dessen Namen ich nicht verstehe, als Frank ihn begrüßt. Sie besprechen kurz, welche Reparaturen an Franks Zähnen anstehen und dass er unbedingt einen Termin im Sekretariat ausmachen solle.
Unvermutet stellt er mich ihm vor. „Mein Zahnarzt – Frau Schulz." Ein kurzer gegenseitiger Händedruck.
Ein Cocktail aus Glückshormonen durchflutet meinen Körper und Geist. Frank integriert mich in sein öffentliches Leben.
Während des Programms lachen wir beide an den gleichen Stellen und schauen uns hin und wieder an, um festzustellen, dass unser Humor annäherungsweise deckungsgleich ist. Das muss ihm doch etwas geben, so wie mir, denke ich.
In der Halbzeitpause gönnt Frank sich ein Pils, ich genieße einen kalten, prickelnden, halbtrockenen Sekt. Beides nehmen wir mit zu unseren Sitzplätzen.
„Lass uns gleich nach Showende bitte nicht direkt zu dir nach Hause fahren", flüstere ich Frank von meinem Sitz aus ins rechte Ohr.
„Hatte ich sowieso nicht vor", antwortet er.

Wir landen im Extrablatt in Nordhorn. Bei Cappuccino und Sekt reden wir wieder mal über das Leben, speziell und allgemein. So unbeschreiblich wohl fühle ich mich dabei. Frank gegenüber kann ich mich entspannt öffnen, ohne vorher kurz zu überlegen, ob es angebracht ist, was ich sagen möchte. Fallen lasse ich mich und zeige mich, wie ich ursprünglich bin.

Um zwölf schließt der Laden.
Wir gehen durch die Stadt und bleiben auf einer Vechtebrücke stehen.
Alles erklärt Frank mir unterwegs. Die Einkaufsmeile, die evangelische Kirche, deren Glockenturmdach auszubessern er schon mal ehrenamtlich mitgeholfen hatte, trotz seiner Höhenangst. Das schöne, gar nicht so kleine Segelschiff, das seinen Mast wegen der meistens niedrigen Brückenhöhen innerhalb der Grafschaft umklappen können muss, sodass es schadlos passieren kann.
Venedig wird mir präsent. Und Amsterdam.
Beide Städte mit den vielen Wasserwegen wehrlos sichtbar dem Verfall ausgeliefert, mit bröckelnden Fassaden, aber der ursprüngliche Charme springt einem quasi ins Gesicht.
Aktuelle Fotos von mir als Person zeigen Ähnliches, man erahnt immer noch, wie beinahe makellos hübsch ich einst war.
Ewig möchte ich auf dieser Brücke stehen bleiben und sinnieren, wie zur Blütezeit der jeweiligen Städte die Damen und Herren, signore e signori, dames en heren, durch die Gassen flaniert sind. Hin und wieder einen kurzen Blick zum einen oder anderen Balkon geworfen haben, abschätzend, wartet hinter der Tür ein Romeo, eine Julia?
„Fürchte, ich werde nicht alt werden", wirft Frank unerwartet in die laue Nachtluft.
„Meinst du heute?"
Verwunderung blinzelt aus seinen Augenspalten.
„Ich meine, willst du mir sagen, du bist müde und möchtest nach Haus?", präzisiere ich meine Gegenfrage.
„Ich meine es so, wie ich es gesagt habe", folgt seine

Antwort.

„Aber, wie kommst du denn jetzt darauf?"

„Ganz einfach, mein Vater ist jung gestorben, einfach tot umgefallen im Stall beim Hühnerfüttern und mein Bruder ist seit über 15 Jahren tot, obwohl er nur fünf Jahre älter war als ich."

„Ja, okay", versuche ich zu beruhigen. „Aber erstens hast du andere Genkombinationen und zweitens, ist es denn sooooooooooooooo wichtig alt zu werden? Ist es nicht viel wichtiger und sinnvoller, zu Lebzeiten seinen inneren Frieden gefunden zu haben?

Wenn ich sagen kann, es gab in wellenartigen Bewegungen positive und negative Phasen, aber insgesamt bin ich mit meinem Leben zufrieden, dann spielt es doch keine Rolle mehr, wie alt ich werde, jeder Zeitpunkt ist so betrachtet geeignet zum Sterben."

Entgeistert schaut er mich mit weit geöffneten Augen und runzliger Stirn an. „Das ist ja eine Sichtweise, darüber werde ich noch nachdenken."

Hand in Hand, es ist ja spät und dunkel, schlendern wir zu Franks Auto. Für mich sind wir ein harmonierendes Paar, ich bin so unsäglich glücklich.

Bei ihm daheim fallen wir hastig übereinander her.

Leo steht neben dem Bett, er gafft. Frank stört es nicht.

Drei Orgasmen zähle ich bei ihm. Es amüsiert ihn, dass sein Ejakulat, nachdem es ein paar Minuten in meiner Vagina verweilt hat, stets wieder den Rückwärtsgang einlegt. „Du läufst aus", sagt er belustigt. „Zum Glück habe ich ein Wasserbett."

Irgendwann im Morgengrauen schlafe ich selig in seinen

Armen ein.

Gegen viertel vor neun schaue ich mit verschwommenem Blick auf den Nachttischwecker. Leicht winde ich mich dafür. Frank und ich sind Arm in Arm. Ganz sanft löse ich mich aus seiner Umarmung, suche meine nötigsten Utensilien zusammen, schleiche mich ins Bad.
Später, als ich mir nach der Dusche erfolgreich die Haare geföhnt und leichtes Makeup aufgetragen habe, streichle ich Leo, der vor der Badezimmertür steht, mehrmals mit der flachen Hand über den Kopf mit dem stumpfen Fell.
Er folgt mir in die Küche.
Aus Franks Schränken suche ich alles zusammen, was im üblichen Sinn zu einem guten Sonntagsfrühstück gehört. Nachdem ich den Tisch im Esszimmer gedeckt habe, mit Geschirr, Besteck, Brot, Butter, Marmelade, Käse und Wurst, koche ich sechs Eier und Kaffee.
Frank erscheint.
Voll verschlafen blinzelt er aus seinen verkniffenen Augen.
Er lächelt und umarmt mich mit festem Druck.
Wir setzen uns, essen, was das Zeug hält, holen abwechselnd Milch, Margarine und Fruchtsaft aus dem Kühlschrank, reden über den gestrigen Abend und die anschließend wunderschöne Nacht.
Zusammen räumen wir den Tisch ab.
Frank geht duschen.
Anschließend wollen wir einen ausgiebigen Spaziergang mit Leo machen.
Das bedeutet durch seine Nachbarschaft, wo uns alle sehen können, am helllichten Tag.

Beflügelt überglücklich schwebe ich auf Wolke sieben. Für diesen Menschen würde ich nun alles geben.

Es klingelt.

Beschwingt ruft Frank mir aus dem Bad zu, ob ich zur Tür gehen könne um nachzusehen wer es ist. „Schlüssel steckt."
Welche Ehre, denke ich, er vertraut mir.
Eine Frau steht auf der Außenstufe, relativ schlank, in etwa meine Größe, kurzes, schütteres, mittelbraunes Haar, müsste etwas älter sein als ich.
„Ja bitte?"
„Griaß God, is da Frank do?"
„Er duscht gerade, worum gehts?"
„I bin die Michaela aus Burgheisln, Franks Valobte, i hob do ob moang im Nochbaroat beruflich zua doa. I woite ihn mid meim Bsuch übaroschn. Gestean Oamd war ea leida ned dahoam. Wa san Sie, wenn i frong deaf?"
Mein Blut wird nicht mehr durch die Gefäße geleitet, so fühlt es sich an. Mir wird schwindelig. Doch einen Bruchteil einer Sekunde später fängt es zwischen meinen Ohren an zu rauschen. Meine Instinkte signalisieren Alarmstufe rot. Die Adrenalinausschüttung rüstet zur Kampfbereitschaft.
„Mein Name ist Barbara, Franks Lebensgefährtin, ich wohne seit kurzem hier bei ihm."
„Des glaub i ned, i konns ned fossn, wo is des miese Stück Scheise?", kreischt sie durchgeknallt in ihrem lächerlich klingenden bayrischen Dialekt. Sie schiebt mich mit beiden ihrer Hände zur Seite, rennt ein paar Stufen die Treppe hinauf.

Oben steht Frank schon, triefnass, ein Badetuch leidlich um seine Lenden gebunden.
Kurz verharrt sie, läuft dann weiter, reißt es ihm runter. „Du gottvareckte Dregsau du, i hob dia ois glaubt und dia vatraut!", keift sie ihn an. „Da Deife soi di hoin!"
Überraschend tut sie mir leid.
Frank macht so entblößt einen grotesken Eindruck, weit über mir stehend auf der Treppe, mit seinem imposanten Gemächt im Vergleich zu seiner übrigen gedrungenen Körpergröße.
Sie rennt die Treppe wieder herunter an mir vorbei, als sei ich Luft.
Ich eile ihr hinterher, fühle mich blödsinnigerweise irgendwie verantwortlich für das Szenarium.
In Franks Doppelgarage schnappt sie sich das ungeschärfte Beil, mit dem er oft auf einer seiner Wiesen Holz für den Ofen spaltet. Scheinbar kennt sie sich hier wirklich gut aus. Mit beiden Händen umklammert sie den Stiel, holt nach hinten oben Schwung und drischt auf den top gepflegten weißen Q5 ein. Zuerst lässt sie ihren Frust auf der Motorhaube aus. Nachdem diese mehrfach tief eingedellt ist, zerschlägt sie Windschutzscheibe, Seitenfenster und verbeult Türen. Danach macht sie ein paar Schritte zu dem Motorrad. Mit Schwung entfernt sie das alte Bettlaken, das Frank zum Schutz gegen Staub über die Maschine geworfen hatte.
Erst ist der Scheinwerfer dran, dann die Sitzbank. Mit beispielloser Wucht verdellt sie Tank, Motorblock, Lenker, Sitz, Räder ... Das Krad wackelt, kippt aber nicht.
Es zischt und zischelt, Flüssigkeiten laufen aus.
Ich fühle mit Michaela.
Andererseits rebelliert mein Ordnungssinn.

Deshalb renne ich zurück zu Frank ins Haus. Er spricht gerade mit einem Beamten der örtlichen Polizeistation. Wo ich stehe weiß ich momentan nicht mehr.
„Die Bullen sind gleich hier", sagt er zu mir.
Wie besessen renne ich die steile Treppe erneut hinunter zu Michaela: „Hör auf, hau ab, sie schnappen dich sonst!"
Kopflos lässt sie die Spaltaxt fallen, umarmt mich kurz, läuft zu ihrem Auto, steigt ein und fährt.
Wie hypnotisiert verharre ich.
Wenig später steht Frank angekleidet vor seinem Garagentor. „Warum tust du sowas?", frage ich.
„Es war nicht geplant, dass Micha mich ohne Verabredung besucht", entgegnet er stumpf.
Brechreiz überwältigt mich gewaltig und unaufhaltsam, ich kotze ihm das schöne Frühstück aufs Hofpflaster.
Als sei ich besoffen hangle ich mich am Geländer die Haustreppe hoch, spüle im Bad wie von Sinnen meinen Mund aus, suche wild und wirr, völlig konfus, meine Utensilien zusammen. Ohne eine Geste des Abschieds renne ich zum *Mazda*. Nur noch fahren strebe ich an, weg, weg, weg, raus aus dieser kaputten Konstellation, ich gebe Gas.

Auf der Autobahn denke ich kurz zurück. Es wundert mich, dass mir kein Streifenwagen begegnet ist in Franks Hofeinfahrt. Hat er die Polizei tatsächlich benachrichtigt – wird er mich als Zeugin für den Vorfall mit Michaela benennen? Wie erkläre ich das dann zuhause?

Im Wohnzimmer hat Jörg sich seinen Fernsehsessel ausgeklappt. Er schläft tagsüber vor laufendem Apparat. Was mich erwartet, schwant mir. Leise schleiche ich mich durch die Etagen, erst nach oben, dann in den Keller. Beide Kinder sind beschäftigt, mit PC beziehungsweise lesen. Sie registrieren mich nur mit leichtem Aufblicken.
Bin wieder zurück im Erdgeschoss.
Jörg hat mich bemerkt.
„Wo kommst du jetzt her?"
„Das hatte ich dir doch gepostet. Vor ein paar Tagen hatte ich meine ehemalige Klassenkameradin wiedergetroffen, nach so langer Zeit. Sie wohnt jetzt in Nordhorn. So gefreut hat sie sich, dass wir uns getroffen haben, deshalb hat sie mich ganz spontan zu Ralf Schmitz eingeladen. Ihre Bekannte, die ursprünglich mitgehen sollte, ist plötzlich krank geworden ..."
Weiter komme ich nicht mit meiner Lüge. Jörg packt mich an beiden Schultern, drängt mich an die Wand. Er würgt mich intensiv, quetscht mir den Hals zu, aber nur kurz. Ohne Gegenwehr lasse ich es geschehen, weil ich finde, dass er im Recht ist.

Heute Nacht werde ich nicht neben Jörg schlafen.
Zaghaft nehme ich mir die Decke und meine Taschenbuchausgabe vom Fußhocker neben der Ledercouch im Wohnzimmer. Aus Paulas Bücherregal, in dem auch meine ehemaligen Schulbücher deponiert sind, hatte ich vor ein paar Tagen den „*Bericht*" von *Max Frisch* zum erneuten Lesen für mich herausgesucht. Fast durch bin ich

damit.
Genau in dieser Gemütsverfassung auf dem Sofa möchte ich „Homo (Walter) faber" ins Gesicht schreien: „Was ist mit ‚Ivy', du Scheißkerl?"

Nach dieser schlaflosen Nacht habe ich Ruhe zu Hause. Kinder in der Schule, Jörg bei der Arbeit.
Über die Geschehnisse der vergangenen Stunden denke ich weiter intensiv nach.
Was würde ich geben, meine Gedankenströme ausknipsen zu können! Mein biologischer Sicherungskasten hat fatalerweise keinen Notausschalter.
Ein wiederholter Blick in den Spiegel offenbart blaurotgelbbraune Flecken an meinem Hals. Den Kragen meines Hausanzuges schlage ich hoch, der Zipper wird bis zum Ende durchgezogen.

Frank hat einen Denkzettel verdient.
Michaela hat richtig gehandelt. Mit allem Recht ist sie schwer verletzt.
Ich ebenso.
Sie wird wahrscheinlich Schwierigkeiten bekommen mit dem Gesetz und Frank.
Daher versuche ich, es besser zu machen.

Letzte Woche erst hörte ich im Radio von einer altgedienten Bäckereifachverkäuferin, die wegen eines halben Brötchens, mit Salami belegt, fristlos gekündigt wurde, da sie vergessen hatte, es vor dem Verzehr an der Kasse zu verbuchen. Alles Bitten und Betteln bei ihrem lang-

jährigen Arbeitgeber, dass es sich wirklich nur um ein einmaliges unabsichtliches Versehen handelte, war vergebens.
Vielleicht wollte er sie schon längst loswerden, weil sie als Arbeitskraft aufgrund ihrer langen Betriebszugehörigkeit zu kostenintensiv geworden war.

Mir fällt ein, durch die beiden Fakes namens Birte und Annegret habe ich viele Mails von Frank. Er hatte sie während der Arbeitszeit geschrieben und gesendet, sowohl an FREUNDEFÜHRER als auch an die beiden verschiedenen privaten E-Mail-Accounts, die ich speziell für die beiden Phantome Annegret und Birte eingerichtet hatte, damit es für Frank authentischer wirkt und er keinen Verdacht schöpft.
Diese drucke ich alle aus, mit Datum und Uhrzeit.
Die er an mich persönlich gesendet hatte, lasse ich weg.
Birte und Annegret sind rein fiktiv; ich wiege mich in Sicherheit.
Die Firmenadresse seiner Arbeitsstätte finde ich im Netz.
Inhaltlich lautet der Rachebrief an Franks Chefin:

„Sehr geehrte Frau Wellers,

kurz möchten wir Sie darüber in Kenntnis setzen, was Ihr Filialleiter, Herr Frank Scharf, wohnhaft An der Grenze 5 in Nordhorn, der seit vielen Jahren zu Unrecht Ihr volles Vertrauen genießt, während seiner Arbeitszeit getrieben hat, um rein private Kontakte zwecks sexueller Belustigung zu knüpfen.

Wie aus den beigefügten Kopien der originalen Schreiben

zu entnehmen ist hat er einen Großteil seiner Arbeitszeit, die er Ihrem Betrieb schuldet, dafür verschwendet, in diversen Internetportalen zu surfen, um auf diese Weise potentielle neue Geschlechtspartnerinnen zu gewinnen.

Wir sind der Meinung, dass derartiges Verhalten weder Ihrem Betriebsablauf dienlich ist noch schafft es ein gutes Bild in Richtung Öffentlichkeit.
Herr Scharf, in seiner Position als Filialleiter, hat schließlich Vorbildfunktion. Sollten Arbeitskollegen, egal ob gleichgestellt oder untergeben, von seinen unzulässigen Machenschaften etwas mitbekommen, werden sie unter Umständen keinen Sinn mehr darin sehen, sich an geltende Regeln zu halten.

Des Weiteren werden die von ihm während der Arbeitszeit angeschriebenen Personen, uns eingeschlossen, vielleicht weitertragen, dass in Ihrem Unternehmen wenig Wert auf korrektes Arbeiten gelegt wird.
Dieses kann nach unserer bescheidenen Auffassung nicht in Ihrem Interesse sein.

Unsere Stellungnahme hier ist rein freundschaftlich. Ob und/oder welche Konsequenzen Sie daraus ziehen, bleibt selbstverständlich ausschließlich Ihnen überlassen.

Beweismaterial, das die Richtigkeit unserer Aussagen stützt, haben wir, wie bereits erwähnt, beigefügt.

Mit freundlichen Grüßen

Anonyme Bürger NOH"

Direkt stecke ich alles in einen A4-Umschlag mit Sichtfenster.

Ohne weiter darüber nachzudenken fahre ich Lebensmittel einkaufen. Auf dem Weg zum Supermarkt halte ich, mit kleinem Abstecher, kurz bei einer Postfiliale.
Fünf Personen sind vor mir in der Warteschlange zum Schalter.
Schneller Check, Firmenadresse von Franks Arbeitgeberin ist vollständig.
Noch zwei Personen vor mir.
Gewissensbisse plagen mich. Soll ich das wirklich machen?
Noch eine.
Der Postbedienstete nennt einen Betrag.
„Was? Ach so, ja, 'tschuldigung, bitte sehr."
Rot angelaufen im Gesicht gebe ich dem Menschen hinter dem Schalter fünf Cent mehr als er gefordert hatte.
„Stimmt so", sage ich.
„Tut mir leid, sehr nett, darf leider kein Trinkgeld annehmen", entgegnet er und drückt mir das Rückgeld in meine leicht schwitzige Hand.

> Es gibt eine Zeit der Freude,
> es gibt eine Zeit zum Nachdenken,
> es gibt eine Zeit für Leid,
> das ist die Zeit der Tränen.

Daheim versuche ich in meinen bisher gewohnten Rhythmus zurückzukehren. Akribisch erledige ich alle anfallenden Arbeiten.
Ich funktioniere wieder mal.
Wenn Jörg heimkommt, umarme ich ihn intensiv. Manchmal küsst er mich leidenschaftlich.
Besonders an den Wochenenden, sobald er neben mir aufwacht, beginnt er, mich zärtlich zu streicheln. Zuerst fährt er mir durch die Haare und massiert dabei mit seinen Fingerkuppen meine Kopfhaut. Das liebe ich.
Aber nach einer Weile läuft es immer wieder auf dasselbe hinaus, rein mechanisch. Seine linke Hand wandert zu meinen Brüsten, er knetet sie, er beabsichtigt Sex. Es ekelt mich.

Seit meiner Zeit mit Frank kann ich partout nicht mehr mit Jörg schlafen. Angewidert wende ich mich ab, stehe auf, mit dem Ergebnis, dass Jörg unzufrieden ist, ich empfinde ebenso. Für ihn war ich immer nur Mittel zum Zweck, für seine Selbstbefriedigung in meiner Vagina.
Unsere Zeit ist verdorben.

Sofern keine Turniere anstehen, schlafen die Kinder samstags und sonntags gerne bis mittags aus. Das nutze ich, um uns leckere Mahlzeiten zuzubereiten.
Manchmal gibt es selbstgemachte Kartoffelpuffer nach eigenem Spezialrezept mit vielen geriebenen Zwiebeln und Quark und Petersilie im Teig, dazu Rübensirup und frisch zubereitetes, selbst gekochtes Apfelmus mit Rohrzucker, einem Spritzer Zitronensaft und einer Prise Zimt.

Beliebt, so habe ich jedenfalls den Eindruck, ist auch mein Putenrollbraten, mit Salz, Pfeffer und Paprika gewürzt. Beim scharfen Anbraten der letzten unangeschmorten Stelle des ovalen Fleisches gebe ich halbierte Zwiebeln rundherum auf den Topfboden. Sie werden anschließend im Fond mitgekocht, bis das Fleisch gut durchgegart ist. Der Braten wird vom Netz befreit und in ca. ein Zentimeter dünne Scheiben geschnitten, vorzugsweise mit dem Elektromesser, so zerfällt das lockere Fleisch nicht.

Aus dem Bratenfond entferne ich unter Zuhilfenahme eines Schaumlöffels die Zwiebelhäutchen, rühre etwas Kartoffelmehl in kaltem Wasser an, mixe dieses mithilfe eines Schneebesens in den Sud, gebe einen Würfel Gemüsebrühe oder Kräuterwürfel dazu, lasse alles unter stetem Umrühren kurz aufkochen, sodass die Soße eine cremige Konsistenz erhält. Zum Schluss ein Schuss Sahne hinzu.

Dazu gibt es Sauerkraut mit frischen Ananasstückchen, nicht aus der Dose. Aber nur, sofern die süßen Früchte mit der harten holzigen Schale und dem sonnengelben Fruchtfleisch im Angebot zu haben sind. Alternativ weiche ich sonst, wie bei Rotkohl, auf sehr fein geschnittene Apfelstückchen aus. Für die besondere Note füge ich Lorbeerblätter, Wacholderbeeren und Pimentkörner in einen Teefilter, diesen lege ich in eine Mulde in die Mitte des Krautes. Sobald es durch und durch erhitzt ist, entferne ich den Teefilter und gieße ein wenig Sonnenblumenöl auf den sauren Kohl. Eine kleine fein gewürfelte Zwiebel wird zu guter Letzt untergehoben.

Meistens koche ich Salzkartoffeln zu diesem Ensemble. Wenn ich gut drauf bin, stampfe ich die heißen Kartoffeln und lasse sie leicht abkühlen. Eier und Kartoffelmehl geben ihr Übriges für einen geschmeidigen Teig. Aus diesem forme ich Knödel, die ungefähr zehn Minuten in fast kochendem Wasser ziehen müssen. Sobald sie durchgegart sind, schweben sie vom Topfboden an die Wasseroberfläche. Jedes Mal sind sie so unendlich weichteigig, zergehen auf der Zunge und schmecken herrlich intensiv kartoffelig.

Völlig enthusiastisch rufe ich mal wieder zu Tisch. Ich freue mich so sehr, wenn wir alle zusammen essen können und bin gespannt auf das Urteil meiner Lieben, meine vermeintlichen Kochkünste betreffend.
Ziemlich gelangweilt nehmen meine Familienmitglieder Platz. Begeisternd versuche ich die Mahlzeit zu moderieren. Offensichtlich ohne Erfolg. Alle bedienen sich und stopfen in sich hinein.
Traurigkeit erobert mich.
„Sollen wir nach dem Essen etwas spielen? Wie wäre es mit ‚Die Siedler von Catan'? Hättet ihr alle Lust dazu?"
Fragend blicke ich in die Runde. Jörg bleibt völlig unbeteiligt. Paul und Paula tauschen kurz Blicke, rollen die Augen, sagen: „Wenn's unbedingt sein muss."

Nachdem wir erst einmal zu spielen begonnen haben, werden alle Beteiligten rasch locker und lustig. Trotz der anfänglich negativen Stimmung genieße ich es, dass wir eine Familie sind.
Das ist mein Leben. Nichts ist mir wichtiger als diese drei Menschen um mich herum. Gegenwärtig mache ich mir das dauernd klar.
„Kann ich jetzt wieder auf mein Zimmer gehen?", fragt

Paul, als die erste Partie beendet ist. Paula symbolisiert Zustimmung mit ihrem Nicken. Enttäuschend holt mich so meine Lebenswirklichkeit wieder ein.
„Na klar, zischt ab, lasst euch nicht aufhalten."

    Gespeist, gesättigt, ungutes Gefühl – gute Nacht.

Ich kann nicht nachvollziehen, dass sie den Wert unseres Familienlebens verkennen. Scheinbar bedeutet es ihnen nichts. Hauptsache ihre eigenen Interessen bleiben gewahrt.

Jörg hängt sich vor den Fernseher, wie üblich. Auch seine Welt scheint in Ordnung.

Nachdem ich die Küche aufgeräumt habe, ziehe ich mich zurück – ja – wohin denn?
Ein eigenes Zimmer nur für mich allein habe ich gar nicht. Ich schnappe mir mein Notebook und setze mich auf unser Ehebett.
Bevor ich den Rechner hochfahre halte ich inne.
Den Gestank der Küchendünste, der unvermeidlich beim Kochen in Haare und Kleidung zieht, kann ich nicht leiden. Melancholie und Depression halten mich vom Duschen und Umziehen ab. Hunderttausend Gedanken strömen durch mein Hirn. Alles Erlebte der jüngsten Zeit drängt unaufhaltbar in den Vordergrund.

    Wie leer ist mein Leben eigentlich?

Seit ich Jörg kennen und lieben lernte, habe ich alles auf diese eine Karte gesetzt. Auf seine. Meine eigenen Interessen habe ich stets zurückgestellt, weil ich seine wichtiger fand. Ich wollte nur ihn, mit allen Konsequenzen. Wollte für ihn da sein, als beste Freundin, Vertraute, Sexpartnerin. Dadurch habe ich mich ihm und seiner Gunst ausgeliefert, bin zur unselbstständigen Sklavin geworden.

Das Notebook lege ich zur Seite, lasse mich daneben aufs Bett fallen.
Was wäre aus mir geworden, wenn ich meine eigenen Ziele weiterverfolgt hätte? Habe ich jetzt noch Chancen auf dem Arbeitsmarkt?
Den Rechner schlage ich auf, suche kopflos nach diversen Stellenangeboten in der Region.
Morgen werde ich mich auf die eine oder andere Annonce melden, nehme ich mir vor.

Als meine Kinder am nächsten Morgen zur Schule unterwegs sind, schaue ich mir noch einmal ganz in Ruhe die Stellenangebote an.
So Vieles wird gesucht, von der Raumpflegerin, gerne auch Putz- oder Haushaltshilfe genannt, über den Kfz-Mechatroniker bis hin zu Produktionsmitarbeitern in diversen Fabrikationsstätten oder Verteilern von Zeitungen und Prospekten. Das Meiste auf Minijob-Basis.
Kurz überlege ich, was davon für mich machbar wäre, um aus meinem eingefahrenen Alltagstrott auszubrechen.
Nach meinem wenn auch abgebrochenen Studium an der Uni bin ich mir eigentlich zu schade für derlei Jobs. Außerdem bin ich so fest eingespannt in Familie, Haushalt, Garten und andere Termine, dass ich mich rein zeitlich

wahnsinnig verrenken müsste, um einen solchen Billigjob mit Mindestlohn hinzubekommen.
Und wozu der ganze Stress? Ich brauche das Geld nicht, Jörg verdient genug, meine Familie braucht mich, sie benötigt meine Zeit und Aufmerksamkeit!
Obendrein, wer würde mich nach jahrelanger Abwesenheit aus dem Erwerbsleben engagieren?
Ich denke, sowohl für meine Psyche als auch für die Physis wäre es ebenfalls eine starke Zusatzbelastung, daher sehe ich keine Notwendigkeit und verwerfe die Gedanken an eine kleine Berufstätigkeit außerhalb meiner Familie.
Wessen es stattdessen viel dringender bedarf, ist enorm viel Zeit, um das Erlebte der jüngsten Vergangenheit verarbeiten zu können.
Zeit heilt jede Wunde, heißt es lapidar in Volkes Munde.
Darauf versuche ich zu bauen.
Mit Sascha telefoniere ich am darauffolgenden Tag mehr als zwei Stunden. Zunächst reden wir über Entwürfe für Briefumschläge im A4 Format, die er in Zusammenarbeit mit einer Profifotografin hat designen lassen. Er möchte damit bei diversen Verlagen Aufsehen erregen. Sie sollen seine Idee von der Kombination aus Buch und Projektor ernst nehmen und nicht unbeachtet im Papierkorb verschwinden lassen.
Verschiedene Vorschläge hatte er mir gemailt und zusätzlich postalisch zukommen lassen, damit ich meine Meinung dazu äußere. Mein Feedback ist ihm wichtig, wie er immer wieder betont.
Ich liebe es, mit ihm so ernsthaft zu diskutieren, wir fühlen uns beide wertgeschätzt und anerkannt. Ferner bin ich nach wie vor von der Idee begeistert.

„Alexander", unterbreche ich irgendwann unser Gespräch.
„Boah ey Barbara, wenn du so förmlich wirst, werd' ich zum Karnickel!"
„Hä?"
„Das macht mir Angst, dann schlage ich Haken."
„Oki, dann versuche ich's anders. Sascha, ich möchte dir etwas anvertrauen, weil ich dich mittlerweile als richtig guten Freund betrachte. Wir verstehen uns, ich mag deine besondere Art ..."
Sascha fällt mir ins Wort: „Jetzt kommt aber kein Heiratsantrag!?"
Ich fange an zu lachen und lache und lache und lache.
„Sorry", wende ich außer Atem ein. „Das ist deine Schuld, ich versuche mich wieder einzukriegen und den Lachkrampf zu beenden. Außerdem wäre das Bigamie, das steht in unserem schönen Land, das du sehr wertschätzt, bedingt noch unter Strafe. Würdest du mich dann gegebenenfalls wieder aus dem Knast rausholen?"
„Honey, ich hole dich überall raus. Backe dir schon mal 'nen Kuchen mit Feile drin, für die Gitterstäbe."
Mehrmals setze ich an, ihm zu sagen, was mir auf der Seele brennt.
„Sascha, ich möchte dich nicht belügen, ich möchte dir auch nichts verheimlichen."
Wieder versucht er dazwischenzugehen.
„Lass mich bitte ausnahmsweise mal ausreden!", fordere ich mit Nachdruck.
Absolute Stille in der Leitung, nicht mal ein Knistern, Rascheln oder Rauschen ist zu hören.
„Also, ich möchte dir beichten, dass ich bis vor kurzem eine Affäre hatte. Der Typ wohnt in Nordhorn. Kennen-

gelernt habe ich ihn, so wie dich, bei FREUNDEFÜHRER."
Eine rhetorische Pause lege ich ein. Alexander schweigt totenstill. Großes Unbehagen gepaart mit immenser Unsicherheit befallen mich.
„Möchtest du, dass ich weitererzähle?"
„Bin ganz Ohr, Püppi."
Erneut benötige ich eine kurze Unterbrechung, um Mut, Kraft und Selbstvertrauen aufzubauen für das, was ich meinem mittlerweile besten Freund anzuvertrauen gedenke.
„Er heißt Frank, ist fünf Jahre älter als ich ..."
„Nachnamen und Adresse brauche ich wirklich nicht", wirft Sascha dazwischen.
„Tut mir leid, ich denke, du willst es nicht wissen", wende ich ein.
„Doch, red' einfach weiter."
„Ich habe mich absolut in Frank verliebt, obwohl er überhaupt nicht mein Typ ist, so rein optisch, meine ich. Ich habe ihm vertraut, dass er das, was er sagt und vor allem zeigt, auch ehrlich meint."
Dann schildere ich Sascha die Geschehnisse mit Michaela.
„Na das nenne ich mal eine gekonnte Überraschung!", kommentiert er, ohne sich ein hörbar hämisches Lachen verkneifen zu können.
„Sag mal, kannst du dir vielleicht vorstellen, wie unendlich mich das gekränkt und in meiner Würde erniedrigt hat, erfahren zu müssen, dass er mich die ganze Zeit, sorry, verarscht hat? Wie maßlos es ebenfalls diese andere Frau verletzt hat?"
„Aaaaaaach Bunny, so ist das nun mal. Bin Kapitän der Landstraße. In jedem Hafen wartet eine andere schöne

Frau, die mich will. Da fällt die Auswahl schwer – und warum auf was verzichten?"

„Sascha, ich weiß, dass du ein totaler Chauvi bist! Das mag ich ja auch zum Teil an dir, nur denke ich meistens, du kokettierst damit, um mich zu beeindrucken. Könntest du jetzt mal ernst sein, bitte!"

„Barbara, ich habe das ernst gemeint. Ich erkläre dir das Leben. Wenn Frauen einem Mann begegnen, den sie interessant und liebenswert finden, dann denken sie, was hat dieser Mensch erlebt, was hat ihn geprägt, wie denkt und fühlt er, was bewegt ihn, worunter musste er leiden, wie kann ich ihm helfen? Achtung, jetzt pass auf Püppi, wenn Männer einer Frau begegnen, die sie interessant und optisch ansprechend, also, saugeil finden, dann denken sie, die will ich ficken – und sonst nichts – rein gar nichts!"

„Alexander, bitte, das mag ich nicht glauben."

„Liebe Barbara, liebend gern würde ich dir etwas Besseres vermitteln, das wäre dann nur genauso verlogen wie dein Begatter aus Nordhorn. Der war einfach nur auf Fickfang. Lass dir gesagt sein, wenn Frauen am Leben scheitern, dann, weil sie falsche Erwartungshaltungen gegenüber Männern haben."

Stille. Ich bin platt.

„Bist noch da?", fragt Alexander.

Ein paar Sekunden brauche ich.

„Ich muss dir noch mehr beichten."

„Süße, du warst ja mal katholisch, das ist das Tolle an dieser Religion, beichte und all deine Sünden sind dir schlagartig vergeben. Deshalb hatte ich als Evangele vor langer Zeit überlegt zu konvertieren. Hatte dann nur keinen Bock, die *Gegrüßet seist du Maria*(s) und *Vater un-*

ser(s) auswendig zu lernen, die man anschließend beten muss, damit der Deal mit Gott auch wirklich steht.
Bin trotzdem übergelaufen."
„Sascha, ich steh auf schwarzen Humor, in diesem Moment ist mir allerdings nicht danach. Magst du mir noch weiter zuhören?"
„Meine Ohrmuscheln sind zu 100 % auf dein junges hübsches Stimmchen gerichtet."
„Einen Augenblick bitte."

Schon wieder fühle ich mich geschmeichelt. Er ist nicht der erste, der mir attestiert, ich hätte so eine erfrischend junge Stimme.

Vor zwei Jahren beispielsweise wurde ich bei einem Gewinnspiel bei RTL von dem Moderator gefragt, ob ich überhaupt schon 18 sei und mitspielen dürfe. Meine 46 Lenze wollte er mir nicht abkaufen. Weil ich nachts nicht schlafen konnte, hatte ich mich ins Wohnzimmer vor den Fernseher geschlichen. Sogleich beim ersten Anruf war ich bei dem Privatsender durchgekommen.
Mein Lösungsvorschlag war leider falsch, einen Preis hatte ich nicht gewonnen, aber immerhin etwas unerwartete Anerkennung.

„Kannst du dir vorstellen, dass ich mich in gewisser Weise mit Michaela solidarisch gefühlt habe?
Ich habe einen Brief an Franks Arbeitgeberin verfasst. Darin enthalten sind alle Mails, die er – ups, jetzt muss ich ausholen, die er an zwei meiner gefälschten Profile bei FREUNDEFÜHRER gesendet hatte und an zwei private Mail-Accounts, die ich unter den erfundenen Namen nur zu diesem Zweck eingerichtet hatte."

„Barbara, es beginnt spannend zu werden."
„Mit Hilfe dieser unechten Existenzen ist es mir gelungen Frank nachzuweisen, dass er seine teuer bezahlte Arbeitszeit missbraucht, um sich irgendwelche Tussen für seine Freizeitvergnügen zu organisieren."
„Hast den Brief schon abgeschickt?", geht Sascha dazwischen.
„Na klar, aber anonym, bin ja nicht blond."
„Oh oh Barbara, ich fürchte, das war keine gute Idee. Hättest mich doch vorher um Rat gefragt. Papa Sascha kennt sich aus. Arbeitet der Typ schon lange in dem Betrieb?"
„Ja, seit seiner Ausbildung."
„Oh oh, noch mehr schlechte Karten. Und seine Position?"
„Er ist Filialleiter, soweit ich weiß."
„Bunny, ich bezwecke nicht, dich zu entmutigen, aber sein Chef wird ihm nicht in den Rücken fallen."
„Chefin!", entgegne ich.
„Umso heikler, die ganze Angelegenheit. Er ist sozusagen die rechte Hand seiner Arbeitgeberin, die wird sie nicht abhacken. So einer darf sich einfach solche Freiheiten rausnehmen, ohne Konsequenzen für den Job. Bestenfalls wird er verwarnt werden, dass er zukünftig besser aufpassen soll, wem er während seiner Arbeitszeit schreibt."
„Na, du machst mir ja Mut. Aber gut, sei's drum, Hauptsache wenigstens das!"

Wochen ziehen ins Land. Trist und öde.
Kontinuierlich suchen mich Flashbacks an meine schöne

Zeit mit Frank heim.

Immer wieder aufs Neu verwirrt und bestürzt bin ich. Egal, was ich tue, schwere Gartenarbeit, Haushalt, meine Kinder zum Training begleiten, manchmal rinnen mir Hals über Kopf Tränen übers Gesicht.

Mehrfach fragt Herrmann mich, wann ich selbst wieder mit dem Taekwondo-Training beginnen wolle, schließlich müsse ich nun ein halbes Jahr hart trainieren für die anstehende Dan-Prüfung. Aber ich bräuchte mir keine Sorgen zu machen, da ich die letzte Prüfung mit zwei minus bestanden habe, würde ich auch die Meisterprüfung wuppen.

Jedes Mal gebe ich zur Antwort, dass ich eine Auszeit benötige. Natürlich trachtet er danach, Näheres zu wissen, ich gehe nicht darauf ein. Wahrscheinlich aus Achtung vor meiner Privatsphäre stellt er dann keine weiteren Fragen mehr nach den Umständen, die mich vom Üben abhalten.

Ich bin schwer bemüht, meinen Alltag weiterzuleben. Mit Jörg schlafen kann ich nicht mehr. Vielleicht nie wieder. Ich müsste mich dazu zwingen. Es käme einer Selbstvergewaltigung gleich. Mir fällt es bereits schwer, nur neben ihm in einem Bett zu liegen.

Ewig kann es nicht so weitergehen, dessen bin ich mir bewusst. Zurzeit brauche ich jedenfalls diesen dünnen Schutzpanzer aus gewohntem Alltagsleben. Dahinter verkrieche ich mich, wie sich ein verwundetes Tier ins Dickicht oder seinen Bau zurückzieht, unfähig, aktiv zu werden und nach Lösungen zu suchen. Nur Wunden lecken und den Schmerz aushalten. Wird die Zeit ihn stillen?

Es klingelt an der Haustür. Kurz wundere ich mich, wer es an einem gewöhnlichen Dienstag um kurz nach 10 Uhr morgens sein könnte. Jörg hat Spätschicht, muss erst in zwei Stunden los, daher bitte ich ihn, die Tür zu öffnen. Mit zwei mir unbekannten Männern kommt er ins Esszimmer.
„Guten Tag, Kripo Rheine, handelt es sich bei Ihnen um Frau Barbara Schulz?"
Auf Anhieb stellen meine grauen Zellen die Verbindung zu der Begebenheit mit Frank her. Soll ich eventuell doch noch als Zeugin aussagen gegen Michaela?
Sichtlich bemüht ringe ich um Haltung.
„Ja, worum geht's?"
„Wir würden Sie ganz gern allein sprechen", sagt einer der Beamten, seinen Blick auf Jörg gerichtet. Dieser verlässt daraufhin anstandshalber, reichlich verwundert, das Zimmer.
Der Beamte kommt direkt zur Sache: „Gegen Sie wurde Anzeige erstattet."
„Das kann nicht sein, von wem?"
„Wir stellen hier die Fragen, wenn's recht ist!", formuliert er mit Nachdruck.
„Kennen Sie einen Herrn Frank Scharf?"
„Ja."
Meine Gedanken rasen. Mein Kopf wird rot. Noch nie zuvor hatte ich mit der Polizei zu tun und dann direkt die Kriminalpolizei.
„Haben Sie einen anonymen Brief an seine Arbeitgeberin, Frau Wellers, gesendet?"
Mein Kopf glüht.
„Aber – woher – äh – ja – habe ich."
„So, Sie geben also kurzerhand alles zu. Können wir uns

setzen?"
Zu dritt nehmen wir Platz am großen Esstisch.
„Herr Scharf hat, wie bereits erwähnt, bei den Kollegen in Nordhorn Anzeige gegen Unbekannt erstattet, wegen übler Nachrede."
„Ja, aber, wie konnten Sie denn – Entschuldigung."
Reflexartig lege ich den Zeigefinger meiner rechten Hand auf die Lippen, um mir selbst den Mund zu verbieten.
„Sie hatten E-Mails dem Schreiben beigefügt. Anhand derer gelang es den Kollegen Ihre IP-Adresse ausfindig zu machen."
„Aber das verstehe ich noch immer nicht."
„Auf nähere Details dürfen wir leider nicht eingehen. Dafür bitten wir um Verständnis.
Stellen Sie uns den Rechner zur Verfügung, auf dem Sie den Schmähbrief verfasst haben?
Andernfalls wären wir leider gezwungen eine Hausdurchsuchung vorzunehmen, sämtliche Rechner aller Hausbewohner mitzunehmen und hinzukommend müssten wir noch Ihre Nachbarn befragen."
Wie hypnotisiert gehe ich zu meinem Notebook, das wie immer im Wohnzimmer neben der Couch in einer Ecke lehnt. Als ich es samt Tasche auf den Tisch lege, macht der zweite Beamte den Mund auf. „Fahren Sie das mal bitte hoch, ist es kennwortgeschützt? Dann diktieren Sie mir bitte das Passwort."
In einem tranceähnlichen Zustand gehorche ich den Anweisungen. Nachdem ich alles offenbart habe, fragt mich der erste Polizist: „Warum macht eine Frau wie Sie so etwas?"
„Der Mann hat mich zutiefst verletzt, er hat mich betro-

gen und nicht nur mich!"
Fast schreie ich das aus mir heraus.
„Soso, er hat Sie betrogen. Sie sind doch verheiratet, oder sehe ich das falsch? Wir haben jedenfalls, was wir brauchen. Wann können Sie morgen auf dem Revier erscheinen, um Ihre Aussage zu Protokoll zu geben?"
Wir vereinbaren 09:30 Uhr.
„Viel Vergnügen dabei, diese Geschichte jetzt gleich Ihrem Ehemann zu erklären! Dann bis morgen. Danke, wir finden schon allein den Weg hier raus."

Gebannt, unfähig mich zu bewegen, bleibe ich sitzen.
Jörg erscheint. Er setzt sich zu mir an den Tisch.
„Was ist los?"
Was soll ich ihm nun sagen?
Nach kurzem Ringen mit meinem Gewissen, entscheide ich mich für die Wahrheit.
„Was ich dir sagen werde, wird dir nicht gefallen. Es wird dir sehr wehtun. Dafür möchte ich dich inständig im Vorfeld um Verzeihung bitten!"
Alles schildere ich ihm, wodurch ich in das FREUNDE-FÜHRER-Portal geraten bin, wie ich Frank kennengelernt habe, wieso ich den anonymen Brief an seine Arbeitgeberin gesendet habe ... Es sprudelt nur so aus mir heraus.
Jörgs Mimik wandelt sich von zunächst aufmerksam interessiert mehr und mehr zu entsetzt, mit Tränen in den Augen.
Er schaut auf seine Uhr und erhebt sich.
„Ich muss zur Arbeit."
„Aber, du kannst doch nicht einfach so gehen, in dieser Lage!", versuche ich ihn aufzuhalten.
Ohne mich eines Blickes zu würdigen schnappt er seine

Tasche, Jacke, Schlüsselbund und knallt die Haustür.

Vordergründig denke ich, ich muss mich wehren gegen diese himmelschreienden Ungerechtigkeiten. Jörg ist getroffen, aber er wird mich verstehen. Er liebt mich. Und unsere Kinder über alles, genau wie ich. Warum haben wir sonst so lange unser verbundenes Leben gelebt?

> Mir kann nichts passieren, ich sage nur die Wahrheit.

Am nächsten Morgen erscheine ich eine halbe Stunde vor dem anberaumten Termin auf der Polizeiwache. Total aufgeregt und verunsichert bin ich. Ein höflicher Polizist in Uniform am Info-Schalter fragt nach meinem Namen und Anliegen. Er erklärt mir, ich müsse die Treppe hochgehen ins erste Obergeschoss.
Am Ende eines langen Korridors öffnet einer der Beamten die Zimmertür von innen und bittet mich formell in den Vernehmungsraum. Der zweite Beamte, der ebenfalls gestern bei mir zu Hause war, nickt mir beiläufig ein „Guten Morgen" zu, um direkt im Anschluss weiter die Tasten seines nach aktuellem Stand der Technik eher antiquiert wirkenden PCs mit großem Röhrenmonitor zu bedienen. Er sitzt links am hinteren Teil eines langen Tisches. Der Polizist, der mich in den Raum gebeten hatte, setzt sich ans rechte Ende. Mit einer Handbewegung deutet er mir an, ich solle vor Kopf Platz nehmen. Er verlangt meinen Ausweis. Zuerst bestehe ich darauf, dass festgehalten wird, ich bin völlig freiwillig hier.
Scheinbar wird es protokolliert, genauso wie sämtliche

Vorgänge, die sich laut meiner Schilderungen ereignet haben, seit ich Frank kennen und lieben gelernt hatte. Dabei lege ich großen Wert darauf deutlich zu machen, wie offen, ehrlich und vorbehaltlos ich Frank gegenübergetreten war, wie sehr ich seinen Worten und Taten vertraut hatte und wie sehr er mein Vertrauen im Gegenzug missbrauchte.
Von dem Vorfall mit Michaela erwähne ich nichts.
Mehrfach stöhnt der zweite Beamte unüberhörbar abfällig. Offensichtlich sind ihm meine Darstellungen zu umfangreich und zu subjektiv. Ich fühle mich nicht wirklich ernst genommen.
Nach ungefähr eineinhalb Stunden findet der erste Beamte, wir sollten jetzt zum Schluss kommen. Er legt mir das Vernehmungsprotokoll zur Unterschrift vor und versichert, alles werde ordnungsgemäß an die Staatsanwaltschaft beziehungsweise die zuständige Gerichtsbarkeit weitergeleitet werden.
Der links sitzende Polizist verabschiedet mich mit den Worten: „Lassen Sie den Mann in Nordhorn ab jetzt in Ruhe, sonst drohen Ihnen noch schlimmere Konsequenzen!"
„Mir? – Aber – ich bin doch das Opfer, nicht er, sehen Sie das denn nicht?", stammle ich in vollster Verzweiflung mit rotem Kopf.
Der erste Polizist, der mir so viele Fragen gestellt hatte, drängt mich nachdrucksvoll und bestimmt zur Raumausgangstür.
Bevor ich das Zimmer verlasse, drehe ich mich noch einmal um.
„In meinem Brief an die Arbeitgeberin des Herrn Scharf habe ich ausschließlich Fakten geschildert, alles so, wie

es sich wahrhaftig ereignet hat, das ist doch erlaubt in unserem Rechtsstaat, oder?"
Der Polizist links am Ende des Tisches reagiert.
„Wie sieht's denn bei Ihnen zuhause aus, haben Sie Ihrem Mann reinen Wein eingeschenkt?"
Mir liegt es auf der Zunge, zu sagen, dass mein Mann nur Bier trinkt.
„Genau wie hier habe ich ihm ehrlich alles gesagt. Der Haussegen hängt schief, können Sie sich sicher denken."
Während ich mich zur Tür wende, registriere ich in einem Augenwinkel das spöttische Grinsen, das sich ins Gesicht des Beamten schleicht.

Daheim geht Jörg mir aus dem Weg. Jeden meiner Versuche, mit ihm zu reden, blockt er. Einerseits schmerzt es mich, andererseits respektiere ich sein Verhalten. Schließlich ist er tief verletzt, genau wie ich.
Er rennt herum wie ein aufgescheuchtes Huhn, tut sehr geschäftig.
Vorher praktizierte er jahrelang Abhängen vorm Fernseher und zwar überwiegend, daher bin ich sehr verwundert, verwirrt und verunsichert ob seines derzeitigen Gehabes. Irgendwie wird er sich abreagieren müssen, vermute ich.
Immer häufiger zieht er sich in unser Schlafzimmer zurück. Gewissermaßen zu jeder beliebigen Tageszeit, sofern er nicht für seinen Arbeitgeber unterwegs ist. Jedes Mal nimmt er Handy und Laptop mit.

Eines Abends mache ich mich wie üblich vor dem Schlafengehen auf den Weg ins Bad zum Zähneputzen. Erstaunt höre ich Jörgs Stimme.
Einen kleinen Spalt breit hat er unsere Schlafraumtür offen stehengelassen, als wolle er, dass ich mitbekomme, was er dort treibt.
Ich lausche.
Er äußert Komplimente, die ich von ihm nie zu hören bekam. „Du siehst sehr toll aus, so fröhlich und unbeschwert und viel jünger als du bist. Ist dein Profilfoto auch wirklich aktuell?"
Eine Stimme antwortet. So sehr ich mich auch anstrenge, den Inhalt kann ich nicht verstehen, aber sie ist weiblich, das höre ich am Klang. Mein Adrenalinspiegel fährt hoch.
Ich nehme mir das Recht, unser Schlafzimmer zu betreten. Mitten vor unserem Ehebett platziere ich mich demonstrativ. Jörg schaut kurz auf. „Was ist? Mach deine Sachen, ich mach meine", sagt er lakonisch.
„Was sind denn deine Sachen, wenn ich fragen darf?"
„Darfst du nicht!", antwortet er demütigend, wendet sich prompt wieder seiner Gesprächspartnerin zu und tut so, als existierte ich gar nicht.
Wie in einem altmodischen Schnellkochtopf brodelt es in mir. Noch hält das Ventil dicht. Trotzig bleibe ich in unserem Schlafraum stehen.
Die beiden reden einfach weiter.
Ich renne zum Bett, Jörg reißt sein Laptop schützend an sich. Mit Wucht und Wut drücke ich den Deckel runter.
Meine flache Hand knalle ich ihm ins Gesicht, gleichzeitig erschrecke ich dabei.
Er grinst schadenfroh und überlegen, bleibt ganz ruhig

sitzen. In mir kippt das Befinden.
„Lass uns doch bitte vernünftig miteinander reden, dass wir nicht noch mehr Fehler machen."
„Wir? Du allein hast die Fehler gemacht!"
„Ich bin da in etwas hineingeraten, das ich selbst nicht wollte. Das möchte ich dir gerne erklären, aber momentan bin ich einfach noch nicht soweit, ich brauche Zeit!"
„Du brauchst mir gar nichts mehr zu erklären, ich habe dich schon verstanden."
Ich setze mich zu ihm aufs Bett.
„Jörg, bitte, du weißt, dass mir nichts wichtiger ist als du und unsere Kinder. Es tut mir leid, dass ich dieses eine Mal einen großen Fehler begangen habe. Gib mir bitte die Gelegenheit, es wiedergutzumachen."
Wortlos nimmt er seinen Rechner, steht auf, verlässt unser Zimmer.
Ein paar Minuten später kracht die Haustür ins Schloss.
Unser Mazda verlässt die Garage.

Ganz gleich wie lange er fort bleibt und unsere Gegebenheiten flieht, manchmal zwei aufeinander folgende Nächte, er kommt immer wieder zurück. Das gibt mir ein gutes Gefühl. Sein Plan ist es, mich eifersüchtig zu machen und zu erschüttern, so wie ich es mit ihm gemacht habe, davon bin ich überzeugt.
Mein Erstreben ist es, ihm Zeit zu geben zur inneren Ruhe zu kommen, die ich ebenso brauche.

Ein neues Wochenende steht an.
„Kaufe was Leckeres für uns ein. Würde gerne am WE mit dir in Ruhe über alles sprechen. Wäre schön, wenn du meine Einladung annähmst. LG Barbara"

Nachdem ich die Nachricht an Jörg gesendet habe fahre ich direkt los zum Einkaufen. Sogar an ein Sixpack seines Lieblingsbiers denke ich.
An der Kasse beabsichtige ich wie gewohnt mit Karte zu zahlen. Die Kassiererin bittet mich, den Vorgang zu wiederholen, da der erste Versuch fehlgeschlagen war. Ein zweiter und obendrein dritter bleiben ebenso erfolglos.
„Da kann nur irgendetwas mit dem Magnetstreifen oder Chip nicht in Ordnung sein", mutmaße ich. „Das ist mir zuvor noch nie passiert."
Verlegen schaue ich nach Bargeld in meinem Portemonnaie. Mit 17 € und ein paar Cent komme ich nicht weit. Die Kassiererin gibt mir zu verstehen, dass sie eine Kollegin rufen wird, die die Ware wieder wegräumt, vor allem die gefrorenen Artikel.
Alles sehr beschämend.
Um einen besseren Empfang für mein Handy zu haben, laufe ich ein Stück Richtung Ausgang. Ich telefoniere mit der Bank und schildere kurz den Vorfall. Die Kundenberaterin empfiehlt mir zu meinem Erstaunen keine neue Karte, sondern bittet mich stattdessen höflich um ein persönliches Gespräch, gerne auch sofort, da sie das telefonisch nicht mit mir klären wolle.
Verärgert, konsterniert und besorgt mache ich mich auf den Weg.
In der Bank gehen wir in einen separaten Raum und setzen uns.

„Tja, Frau Schulz, Folgendes ist passiert, Ihr Mann, Herr Jörg Schulz, hat sämtliche Konten sperren lassen, sodass Sie keinen Zugriff mehr haben."
„Das glaube ich jetzt nicht, das ist doch nicht wahr!"
„Doch, leider, genauso verhält es sich."
Hitze steigt mir ins Gesicht.
„Aber dazu hat er gar kein Recht", beschwöre ich die Bankerin. „Die Konten lauten auf unsere beiden Namen, wir haben beide unterzeichnet."
„Da Ihr Mann alleiniger Einzahler ist, sprich, ausschließlich sein Gehalt regelmäßig eingeht, ist ihm eine solche Sperrung gestattet."
„Ja, aber, was soll ich denn jetzt machen? Ich muss wenigstens für meine Kinder und mich Lebensmittel einkaufen können."
„Ich würde vorschlagen, besprechen Sie das ganz sachlich mit Ihrem Mann, dann findet sich bestimmt eine Lösung."
Eine Weile zögert sie und sieht mich dabei fragend an.
„Auf Wiedersehen, Frau Schulz, und einen schönen Tag noch."
Entsetzt, schwer getroffen, aufgebracht verlasse ich das Geldinstitut und wähle auf der Stelle Jörgs Nummer. Einmal, zweimal, fünfmal. Ich bin mir sicher, er nimmt den Anruf nicht entgegen, weil er sieht, dass ich es bin. Wutentbrannt texte ich ihm eine Voice-Mail. „Sag mal, bist du komplett bescheuert? Du redest augenblicklich mit mir! Und du machst das wieder rückgängig oder willst du deine Kinder verhungern lassen? Melde dich gefälligst, du Arschloch!"
Vor Aufregung zittern meine Hände, das Handy rutscht mir fast weg als ich es in die Hülle zurückstecke.

Ich setze mich ins Auto, mein Blick geht ins Leere.
Bewegungsunfähig verharre ich minutenlang hinterm Lenkrad.

Daheim gehe ich direkt in den Keller. Die Weinregale sind gut gefüllt. Unbeherrscht und unsicher schnappe ich mir die erstbeste Flasche, ziehe den Korken.
Als Paul und Paula aus der Schule erscheinen begrüße ich sie überschwänglich gut gelaunt.
„Heute gibt's mal Müsli oder Zwieback mit kalter Milch."
Sie akzeptieren es ohne eine Frage zu stellen.
Abends hole ich mir die nächste Flasche.
Jörg ist nicht zu erreichen.
Meine Verzweiflung wächst.
Ungepuffert wird mir trotz alkoholischem Narkotikum immer klarer, wie abhängig ich von diesem Mann bin. Und das in unserer modernen Zeit, und das, obwohl ich mich immer als emanzipiert betrachtet habe.

In den frühen Morgenstunden schlafe ich auf unserem warmen dunkelblauen Nubukledersofa vor laufendem Fernseher ein.

Jemand rüttelt mich.
„Mama, es ist halb elf. Was ist mit dir? Paul und ich haben gleich Sondertraining für das Turnier nächste Woche. Papa wollte uns hinfahren." Das sagt Paula und hält sich angewidert die Nase zu.
Blitzartig richte ich mich auf.
Mein Kreislauf toleriert es nicht.

Drastisch spüre ich, wie mir förmlich das färbende Blut aus den Lippen weicht und einen totengleichen Teint nach sich zieht.

Zum WC ist es nur einmal um die Ecke, das schaffe ich. Mein Körper entleert sich krampfartig. Kümmerlich knie ich auf dem Badteppich vor der Toilette.

Als ich zurückkehre, hat Paula die leeren Weinflaschen in den Keller gebracht, wo wir das Altglas für die Container in zwei stabilen Plastiksäcken sammeln. Ich versuche, sie zu umarmen, sie weicht zurück mit abgeneigter Mimik.

„Eurem Vater ist etwas dazwischengekommen, ihr müsst den Bus nehmen."

„Oah, aber dann kommen wir zu spät." Um ihrer Verärgerung Nachdruck zu verleihen, stampft sie mit dem rechten Fuß auf den Boden.

„So seht ihr wenigstens mal, wie gut ihr es bisher hattet. Ich werde Herrmann anrufen und es ihm erklären, während ihr euch jetzt auf den Weg macht."

„Und was ist mit abholen?"

„Schick mir eine Nachricht. Wenn das Training beendet ist hole ich euch ab."

„Wenn du dann nicht mehr besoffen bist!", mault Paula und dreht sich gleichzeitig um, um ihre Sachen zu schnappen und ihren Bruder zu informieren.

So verfehlt die Ohrfeige, zu der ich angesetzt hatte, ihr Ziel. Darüber bin ich heilfroh.

Als die Haustür ins Schloss fällt, hole ich mir die nächste Flasche aus dem Keller, schenke mir ein großes Glas ein, gehe duschen, ausgedehnt.

Bislang habe ich alles Unfaire weitgehend ohne den Konsum von Betäubungsmitteln hingenommen. Das bewälti-

ge ich nicht länger, was mir verschleiert im Unterbewusstsein ungetrübt glasklar wird.
Angesäuselt schreibe ich Jörg via WA.
„Komm bitte wieder zurück! Ich werde alles wiedergutmachen. Wir sind deine Familie. LG Barbara"

Die folgenden Schlucke Weins lindern meine schlimmste Pein. Ich mache mich schrecklich klein.
Die Kinder hole ich ab. Bin überrascht, mit welcher Leichtigkeit im angetrunkenen Zustand sich ein Fahrzeug durch den Straßenverkehr jonglieren lässt.

Jörg erscheint Sonntagnachmittag. Reumütig, ohne Fragen oder Vorwürfe umklammere ich ihn.
Ungerührt drückt er mich weg.
„Ich habe dir was zu sagen."
„Alles, was du willst. Ich höre dir zu, versprochen, komm nur bitte zurück zu uns."
Wir gehen ins Esszimmer und setzen uns an den großen Buchenholztisch.
„Über einen Arbeitskollegen habe ich eine Wohnung in Rheine gefunden. In zwei Wochen ziehe ich aus."
„Das geht nicht!", schreie ich. „Was soll aus unseren Kindern und mir werden?"
„Hör auf rumzuschreien. Du richtest dir ein eigenes Konto ein, dahin überweise ich dir den Unterhalt für euch drei, erst mal bis zur Scheidung. Das Auto nehme ich mit. Einmal pro Woche kannst du es fürs Einkaufen haben. Ein Jahr gebe ich dir Zeit, einen Käufer für dieses Haus zu finden. Solange zahle ich die Unterhaltungskosten."

„Dieses Haus, dieses Haus? Das ist unser Haus. Du kannst doch nicht einfach so alles wegschmeißen!"
„Es ist dein Haus, weil du allein im Grundbuch eingetragen bist. Du musst mich trotzdem anteilig auszahlen", sagt Jörg mit aller Seelenruhe.
„Aber was wird aus unseren Kindern, oder sind das auch nur meine, weil ich sie geboren habe? Wo sollen wir hin? Und was geschieht mit mir? Wovon soll ich leben?"
„Such dir endlich einen Job!"
„Einen Job? Mein Job, meine Lebensaufgabe, sind unsere Kinder und du. Du weißt ganz genau, dass ich aus gesundheitlichen Gründen mein Studium abbrechen musste, als ich mit unseren Zwillingen schwanger war. Danach konnte ich es nicht fortsetzen, weil weder Zeit noch Geld vorhanden waren. Ich habe auch ansonsten keine abgeschlossene Ausbildung. Wer sollte denn unter solchen Voraussetzungen eine fast Fünfzigjährige beschäftigen, kannst du mir das mal verraten, du mieser Verräter!"
„Wenn du mich nochmal beleidigst bin ich weg."
„Woher hast du überhaupt all diese Infos für deinen Verhaltensplan?", will ich wissen.
Einen kurzen Augenblick schweigt Jörg.
„Ich war bei einer Scheidungsanwältin. Du solltest dir auch einen Anwalt nehmen."
Ich schreie weiter. „Du kannst uns jetzt nicht so einfach fallen lassen! Denk doch bitte wenigstens an die Kinder!"
„Hast du an sie gedacht als du dich von dem Typen in Nordhorn hast durchficken lassen?"
Intuitiv erhebe ich mich von meinem Stuhl und knie vor Jörg nieder.
„Jörg, ich flehe dich an, all das habe ich nicht gewollt. Ich

bin da aus lauter Neugier hineingeraten. Irgendwann konnte ich die Entwicklung nicht mehr stoppen."
„Es war deine Entscheidung."
„Wie oft in unserer Vergangenheit hast du dich falsch entschieden? Ich habe dir immer verziehen. Ich bitte dich inständig, gib mir eine zweite Chance. Jeder hat sie verdient, weil niemand ohne Fehler ist!"
Rücksichtslos steigt Jörg die Treppe zum Schlafraum hoch. Ich haste ihm hinterher. Er packt seine Sachen.
„Wo willst du denn hin?", frage ich.
„Das geht dich nichts mehr an", antwortet Jörg.
Ich raste aus, stürme auf ihn los, reiße ihm die Sachen aus den Händen, werfe alles zu Boden.
Kopfschüttelnd und voller Missachtung mustert er mich.
Gequält trete ich den Rückzug an und reagiere.
„Du kannst uns nicht im Stich lassen. Wir sind füreinander verantwortlich, lebenslang! Das sehen auch andere so. Erinnerst du dich noch, als ich im Hospiz Jan in den Tod begleitet habe? Eine Stelle aus seinem Lieblingsbuch kenne ich auswendig."
Unter Tränen der Verzweiflung versuche ich die Passage zu zitieren.
Außer Gestotter bringe ich nichts zurande.
„Ich lasse euch nicht im Stich."
Als Jörg das sagt beginnt er von Neuem, alles, was er als sein persönliches Eigentum betrachtet, in Koffer und Reisetaschen zu stopfen, die verstreut auf dem Bett stehen und liegen.
Eine Weile stehe ich wie gelähmt da und schaue dem Treiben machtlos zu.
Meine Emotionen explodieren erneut.
Mit großen stampfenden Schritten laufe ich unaufhalt-

sam auf ihn zu, stoße ihn mit all meiner Kraft aufs Bett zwischen seine Sachen.
Er liegt auf dem Bauch.
Beide Hände zu festen Fäusten geballt schlage ich unkontrolliert mit den unteren Handkanten auf seinen Rücken ein.
Er wehrt sich nicht.
Über mein Verhalten erschreckt, stoppe ich schlagartig meine Aktionen.
Jörg dreht sich mit schmerzverzerrtem Gesicht auf die Hinterseite seines Körpers.
Mehrere Schritte weiche ich von ihm.
Er richtet sich auf. Sein herabwürdigendes verächtliches Grinsen zieht mir durch Mark und Bein.
In mir bricht alles zusammen.
Durch den Lärm aufmerksam geworden steht Paul im Türrahmen. Jörg beachtet ihn nicht.
„Lass uns bitte allein, dein Vater und ich müssen etwas klären."
Ungläubig schaut Paul mir ins Gesicht. Sein Blick verfeuchtigt sich. Er dreht sich um und geht.
„Jörg, ich versuche es noch mal, erkennst du nicht, wie sehr du unsere Kinder verletzt? Gleichwohl werde ich von mir nicht reden. Es tut mir leid, was ich getan habe, alles! Verzeih mir bitte! Ich werde es wiedergutmachen, fest versprochen!"
Mit jedem meiner Worte nähere ich mich ihm ein Stück, bis ich vor ihm niederknie und seine Beine umschlinge.
„Lass mich los!"
Bei Jörgs abrupter Grätschbewegung löst sich meine Umklammerung.

Seine Klamotten rafft er unkoordiniert zusammen und läuft zur Tür.
Auf Knien rutschend, Rotz und Wasser heulend, drehe ich mich um.
Dabei sehe ich wieder Paul.
Scheinbar hat er die Szenerie vollends mitbekommen. Seine auf mich gerichteten missbilligenden Blicke werde ich niemals vergessen.
Die Haustür schlägt zu.
Pauls Zimmertür gleichermaßen.
Außen Motorgeräusche.

In alles übertrumpfender Qual renne ich in den Keller. Einen Korkenzieher kann ich entbehren. Den Hals der Weinflasche schlage ich mit voller Vehemenz gegen eine Regalkante.
Es dauert, bis der Inhalt wirkt.
Eine weitere Flasche nehme ich mit ins Schlafzimmer.

Montagmorgen versuche ich normal zu agieren. Benommen bin ich und schwindelig, komme nur mit Mühe die Buchenholzwendeltreppe hinunter. An beiden Seiten des Geländers muss ich mich festhalten und abstützen.
Die Kinder bekommen Frühstück und Verpflegung für den langen Schultag. Ich mustere Paula. Sie wirkt unnahbar wie immer. In dem Punkt ähneln sich meine Zwillinge. Nichtsdestoweniger bin ich überzeugt, dass ihr Bruder ihr die Vorfälle geschildert haben wird.
Mein erster Weg, nachdem sie zur Schule weg sind, geht unter die Dusche. Halbherzig erledige ich die täglichen

notwendigen lästigen Hygienemaßnahmen.
Ein paar kleine Schnitte schmerzen in meiner Unterlippe, wahrscheinlich vom defekten Flaschenhals. Ich kaue darauf herum, schmecke eisenhaltiges Blut.
Es interessiert mich nicht, wie ich aussehe. Mein einziger Gedanke ist, ich muss meine unerträgliche Seelenpein lindern.
Um zwanzig vor acht öffne ich die nächste Weinflasche.
Ich werde es meinen Kindern sagen müssen – und meinen alten Eltern, sie hatten mir diesen Grund und Boden vermacht. „Im Rahmen vorweggenommener Erbfolge", wie es im Juristendeutsch lautet.

Alles wird verlorengehen.

Jörg erscheint nicht mehr.
Bei WhatsApp sehe ich, dass er meine Nachrichten öffnet, nur, er antwortet nicht. „Lass dich doch wenigstens mal bei den Kindern sehen!", bettle ich. „Bedeuten sie dir gar nichts? Sie brauchen beide Elternteile. Du könntest sie doch manchmal zu dir holen und ihr unternehmt etwas zusammen."
Keine Reaktion.
Eine ganze Woche später erkenne ich, von außen ins Haus dringend, die sacht lauter werdenden Töne unseres Autos. Jörg stellt es vor der Haustür ab. Er klingelt zu meiner Überraschung.
Ein wenig Zeit brauche ich, um zu öffnen.
„Du kannst ihn bis morgen Abend haben, fürs Einkaufen. Dann hole ich ihn wieder ab." Um dreht er sich und verschwindet um die Hausecke, ohne mir Gelegenheit für eine Gegenreaktion zu lassen.

Durch die großen bodentiefen Fenster des Wohnzimmers nehme ich wahr, dass er in einen haltenden Pkw am weit entfernten Straßenrand steigt.
Einen riesengroßen Schluck nehme ich von dem grandiosen italienischen Pinot Grigio, der in Deutsch langweiligerweise schlicht Grauburgunder hieße, aus dem Erntejahr von vor sieben Jahren. Nebenbei bemerke ich, das ist heute schon meine zweite Anbruchflasche. Mittlerweile benötige ich einen Liter täglich. Ohne diese Erleichterung ertrage ich mein Leben nicht mehr.

Wie mir geheißen, fahre ich brav einkaufen.
Danach trommle ich Paula, Paul und meine Eltern zusammen. Wein, Bier und Mineralwasser nebst Gläsern stelle ich auf den Esstisch.
„Nehmt euch, was ihr wollt."
Den Anfang mache ich, fülle mir gegen gebräuchliche Regeln des Anstands ein einfaches Wasserglas bis zum Rand mit gegorenem Traubensaft, umklammere es.
Nachdem sich alle gesetzt haben beginne ich meine kurze Ansprache.
„Euch allen habe ich Wichtiges zu verklickern!"
Ein kleiner Lachkrampf bemächtigt sich meiner flüchtig.
Meine Eltern mustern mich ungläubig. Die Kinder schauen ängstlich.
Gedanken an das Unvermeidliche werden physisch sichtbar; trotz des erheblichen Alkoholgehaltes in meinem Blut beginne ich so stark zu zittern, dass ich beide Hände benötige, um das Glas festzuhalten. Wein läuft über meine Finger und zwischen ihnen hindurch.

„Jörg ist ausgezogen. Er will die Scheidung. Er will, dass

ich das Haus verkaufe. Er will seinen Anteil."
Totenstille. Langes banges Schweigen.
„Ihr müsst mir glauben, ich bin in hunderttausend schlaflosen Nächten alle Möglichkeiten durchgegangen. Allein kann ich das Haus nicht halten, wovon auch, ich verdiene nichts."
Mein Vater fragt nach dem Grund. Auch ihm gegenüber antworte ich wahrheitsgemäß. „Ich hatte eine Affäre. Der Mann hat sich als Riesenarschloch entpuppt. Daher habe ich auch noch Schwierigkeiten mit der Polizei. Jörg habe ich mehrmals inständig um Vergebung gebeten. Zwecklos."
Nochmals ergreift mein Vater die Initiative.
„Wenn er nach so vielen Jahren nicht die Eier in der Hose hat, dir das zu verzeihen, ist Jörg nichts wert. Sieh zu, dass du hier alles behältst, es ist unser Familiengrundstück, wir haben es dir geschenkt."
„Das kann ich nicht, dazu bin ich nicht in der Lage, ich habe kein eigenes Einkommen. Allein die Betriebs- und Instandhaltungskosten würden mich überfordern. Was wäre zum Beispiel, wenn die über zwanzig Jahre alte Ölheizung ihren Geist aufgäbe? Außerdem ist das Haus noch nicht schuldenfrei und Jörg besteht noch dazu auf seiner Auszahlung."
Unter Tränen spreche ich haspelnd weiter.
„Ich hatte erwartet und gewünscht, dass er einmal in seinem Leben um etwas kämpft, dass er mir zeigt, wie wichtig ihm seine Familie ist – ja – dass wir das Maßgebliche, die Hauptsache in seinem Leben sind!"

Ich blicke in die Augen meiner Kinder. Abscheu bei beiden. Paul schüttelt den Kopf. Seine Augen werden glä-

sern. Paula schluchzt, sie beginnt hysterisch zu schreien.
„Du hast unser Leben zerstört! Mach es wieder heil! So, wie es vorher war!"
Mein Vater erhebt sich, das ist meiner Mutter Signal genug, es ihm gleichzutun. Zweimal klopft er mir frontal auf die linke Schulter. Sein simultanes leichtes Kopfschütteln erreicht mich peinigend. Alle verlassen nahezu zeitgleich den Raum.
Alle, außer mir.
Mir bleibt der Wein.
Am Ende fühle ich mich. Alles habe ich falsch gemacht.
Abgründe, ausschließlich.

Es beginnt zu dämmern. Ein neuer Tag kündigt sich wegen nicht heruntergelassener Rollläden durch freies Fensterglas an.

Nachdem ich die Nacht damit verbracht habe, meinen Geist zu betäuben, kommt mir hörbar ein Gedanke.
„Wo ist die Pistole, die Arne für mich gebaut hatte?"
Nicht einmal Jörg habe ich in all den Jahren unserer Zweisamkeit davon erzählt.
Gezeigt habe ich sie niemandem.
Such, such, such, such, such …
Viele Räume durchforste ich, finde sie in der Küche, in einem alten mit Papier umwickelten Römertopf, den meine Mutter mir zur Verlobung geschenkt hatte. Unbenutzt ist er bis heute geblieben.
Als sei es ein Geburtstagsgeschenk, hebe ich erwartungsvoll das Kästchen aus dem Topf.

Immer wieder entgleiten mir meine Sinne.
Meinen unermesslichen Schatz trage ich vor mir her ins Schlafzimmer.
Jörg ist fort, für mich verloren. Sein Bett ist leer.
Darauf setze ich mich.
So lang ist es her, dass ich eine Schusswaffe in der Hand hatte. Kalt ist sie. Und vierläufig. Jeden Lauf bestücke ich mit einem Projektil. Das metallische Rechteck schiebe ich geladen bis zum rotierenden Schlagstück. Es rastet fest ein. Den Hahn spanne ich.
Woher auch immer weiß ich, dass man sich eine Waffe nicht an die Schläfe halten sollte, sondern in den Mund vertikal Richtung Hirn.
Sie schmeckt ölig. Hart.
Mein rechter Zeigefinger ertastet den Abzug.
Flüsse aus Tränen bahnen sich ihren Weg.

Erneut versage ich.

Den Lauf nehme ich aus meinem Mund, sacke kurz danach in mich zusammen, so, als sei die Muskulatur meines Körpers nicht mehr in der Lage, die Spannung zu halten. Gramgebeugt grüble ich ohne Zeitgefühl.
Über einen Hebel entriegele ich den Vierfachlauf und entferne ihn. Danach betätige ich den Abzug.
Für mich geht nun von dieser Waffe keine Gefahr mehr aus.

Nach der warmen Dusche ist mein erster Gedanke Wein, darauf folgend Alexander. Meine Frage an ihn lautet: „Kann ich dich anrufen, hast du kurz Zeit für mich?"
Mein lieber Freund ruft mich kaum fünf Minuten später zurück. Dass Jörg ausgezogen ist, seine Forderungen und Ultimaten, die Gebaren meiner Kinder, das Echo meiner Eltern, all das schütte ich bei ihm aus.
„Ach, liebste Barbara, die Trennung von meiner Ex, Annas Mutter, lief ähnlich ab. So ist das Leben. Schön, aber zuweilen hart und unfair. Apropos, magst ihn gleich kennen lernen?"
„Wen?"
„Ich hätte Zeit, bin mit meinem Truck in deiner Nähe."
„Sascha, meine gesamte Welt ist komplett zusammengebrochen. Kannst du dir ansatzweise vorstellen, dass ich auf solche Spielchen keine Lust habe?"
„Püppi, wollte dich nur ablenken, dass du von deinen Problemen runterkommst."
„Hey, ist o. k., aber so ticke ich nicht, sorry."

„Musst dich nicht entschuldigen.
Weil du so allein dastehst, geh zu deiner Bank, sag, du musst dein Haus verkaufen. Die werden dir weiterhelfen, ohne dich zu verscheißern."
„Danke dir Sascha, dass du auf deine Art und Weise immer für mich da bist."

Meine Kinder meiden mich.
Tage und Nächte gehen vorüber, ohne Wortwechsel oder Sichtung. Wie Haustieren stelle ich ihnen Futter in die Küche. Sie nehmen es an. Abends sind sämtliche Schalen, Schüsseln, Teller, Töpfe geleert. Ich bin nicht fähig, mich um weitere Dinge zu kümmern. Ein Jahr Zeit bleibt mir.

Plötzlich Post vom Amtsgericht Nordhorn. Zuversichtlich öffne ich den dicken Brief. Die erste fett gedruckte Zeile lautet „Strafbefehl".
Weiter heißt es:
„Die Staatsanwaltschaft Osnabrück beschuldigt Sie, in Nordhorn, in Beziehung auf einen anderen eine Tatsache behauptet oder verbreitet zu haben, welche denselben verächtlich zu machen oder in der öffentlichen Meinung herabzuwürdigen geeignet ist.
Ihnen wird zur Last gelegt:
Auf Ihrem Laptop verfassten Sie ein an die Arbeitgeberin (Naturkosmetik GmbH Nordhorn) des geschädigten Zeugen Frank Scharf gerichtetes anonymes Schreiben, in welchem ein nicht erweislich wahrer Sachverhalt des

Inhalts angegeben wird, dass der Zeuge Scharf ein geschäftsschädigendes Verhalten an seinem Arbeitsplatz dergestalt an den Tag legt, dass er einen Großteil seiner dienstlichen Arbeitszeit mit dem Surfen in diversen Internetportalen verbringt, um Freizeitkontakte zu knüpfen.
Das Schreiben war unterzeichnet mit ‚Anonyme Bürger NOH'.
Dieses von Ihnen verfasste Schreiben übersandten Sie sodann nebst vierer Seiten privater Korrespondenz, die der Zeuge Scharf über die Partnerbörse ‚FREUNDEFÜHRER' mit zwei weiblichen Pseudonymen namens ‚cookie' und ‚Easygoing' geführt hatte, an die Arbeitgeberin des Herrn Frank Scharf, um den Zeugen Scharf in Misskredit zu bringen und in der Erwartung negativer Konsequenzen in Bezug auf sein Arbeitsverhältnis."
Schock, Entrüstung.
Frank ist Zeuge? Verursacher ist er aus meiner Sicht. Hier wird ein Täter zum Opfer stilisiert.
Des Weiteren wird gegen mich, auf Antrag der Staatsanwaltschaft, wegen des Vergehens der üblen Nachrede, strafbar gemäß §§ 186, 194, 74 StGB, eine Geldstrafe von 40 Tagessätzen verhängt. Die Höhe eines Tagessatzes beläuft sich dabei auf 30,- €. Sollte ich die Summe nicht aufbringen können, müsste ich stattdessen pro Tagessatz einen Tag im Gefängnis verbüßen. Zusätzlich habe ich die Kosten des Verfahrens zu tragen. Mein Notebook nebst Ladekabel und Tasche bleiben als Beweismittel eingezogen. Das heißt mit anderen Worten, nichts davon bekomme ich zurück.
Vierzehn Tage bleiben mir, Einspruch einzulegen.
Verzweifelt greife ich das Schnurlostelefon.

„Alexander, die haben mich einfach so verurteilt, dabei bin ich doch unschuldig, hab echt nur die Wahrheit gesagt!"

„Barbara, relax mal, das hatte ich dir gleich verdeutscht. Weil du's bist, gebe ich dir die Adresse eines fitten Anwalts in Osna. War selbst schon oft bei ihm. Wir sind sozusagen befreundet."

Ohne zu zögern rufe ich an. Sehr freundlich kommt mir der Anwalt entgegen.

Bei einem persönlichen Gesprächstermin, zwei Tage später in seinem Büro, macht er mir Mut. Zunächst müsse er allerdings Einspruch einlegen und Akteneinsicht fordern, um die Frist zu wahren.

Mit allem bin ich einverstanden. Auch mit den Gebühren, die er für seine gehobenen Dienste erhebt. Immerhin belaufen sie sich weit unterhalb des anberaumten Strafmaßes. Kaum an etwas Anderes kann ich denken, als aus dieser Misere herauszukommen.

Der von Sascha empfohlene Verteidiger vereinbart einen weiteren Termin für die kommende Woche mit mir.

Während etlicher Monate hatte ich kleinere Summen von meinem Haushaltsgeld abgezweigt, meistens so zwischen zwanzig und fünfzig Euro. Davon ahnte Jörg nie etwas.

Aus meinem Nähkorb, den ebenfalls meine Mutter mir als gut gemeinte Gabe für die Aussteuer vermacht hatte, krame ich das große Nadelkissen mit Reißverschluss hervor. In seinem Inneren befinden sich die Scheine. Beim ersten Zählen komme ich auf 1840,- €, beim zweiten auf zehn Euro weniger, der dritte Durchgang ergibt dann wieder die erste Summe. Jedenfalls könnte ich damit meine Verteidigung finanzieren. Meinen Gatten bräuchte ich darum nicht zu fragen, er würde mir höchstwahrscheinlich nichts geben für diesen Zweck.

Endlich der Gesprächstermin. Auf der Bahnfahrt nach Osnabrück zu dem Advokaten begleiten mich gemischte Gefühle.
Meine 11- bis 13-prozentigen Seelentröster habe ich nun immer bei mir, unabhängig davon, wohin ich gehe oder fahre. Ohne sie wage ich mich keinen Millimeter mehr aus meinem Haus, meinem Schneckenhaus. Der einzige Rückzugsort, in dem ich mich noch teilweise sicher und geborgen fühle.
Ein ganzer Liter hat Platz in der Thermosflasche aus Edelstahl für unterwegs.
Bevor ich den Zug verlasse ist die Kanne, die schräg in meinem kleinen schwarzen Rucksack Platz findet, zur Hälfte geleert.

„So, Frau Schulz, bitte nehmen Sie Platz."
Ruhelos gespannt kleben meine Augen und Ohren an den Lippen meines Verteidigers.
„Um es direkt vorwegzunehmen, ich war schockiert ob des Umfangs Ihrer Akten. Sämtliche Korrespondenz, die zwischen Ihnen und Herrn Scharf hin und her gegangen ist, wurde archiviert.
Ein großer Fehler, aus anwaltlicher Sicht, war, dass Sie auf dem Polizeirevier in Rheine ausgesagt haben. Ihre

naive Motivation kann ich nachvollziehen, nur, nicht grundlos wird beworben, ohne meinen Anwalt sage ich nichts. Aber jetzt erklären Sie mir doch zunächst einmal, was es mit Ihren Pseudonymen auf dieser Dating-Plattform FREUNDEFÜHRER auf sich hat."

Nur schwer finde ich passende Worte. Alles wirkt inzwischen so surreal. Aber aus diesem Albtraum gibt es kein Erwachen, alles ist wirklich.

Auf irgendeine Art und Weise gelingt es mir, die Sachverhalte erneut zu schildern.

Die sich dabei mehr und mehr verdunkelnde Mimik des Anwalts macht mich mutlos. Sein Fazit ist dementsprechend niederschmetternd. Er legt dar, dass er mir unter den gegebenen Umständen nur äußerst geringe Chancen auf einen Freispruch bei einer Hauptverhandlung einräumt. Zum einen, weil ich den Herrn Scharf unter Vorspiegelung falscher Tatsachen in verschiedenartige Fallen gelockt habe, zum anderen wird das Gericht darauf schauen, wie viel Aufwand seitens der Behörden betrieben wurde, um mich als Täterin „dingfest" zu machen.

„Das geht mit enormen Kosten zulasten der Staatskasse einher. Diese müssen natürlich beglichen werden."

Darüber hinaus seien mir beim Erstellen des Schreibens an die Arbeitgeberin formale Fehler unterlaufen. So ließe sich beispielsweise die Behauptung „[...] hat er einen Großteil seiner Arbeitszeit [...] dafür verschwendet, in diversen Internetportalen zu surfen [...]", nur sehr schwer definieren. Man müsse dann zunächst festlegen, wie viel solch ein „Großteil" sei. Reichten 10 % schon aus, müssten es vielleicht 25 % sein, oder beginnt ein Großteil der Arbeitszeit gar erst mit Überschreitung der Fünfzig-Prozent-Grenze?

Klar machen müsse ich mir fernerhin, dass es bei einer Verhandlung zu einem Wiedersehen mit dem Herrn Scharf käme. Ob ich das wolle? Obendrein verfügte ich weder über die intellektuellen noch die finanziellen Mittel, durch alle Instanzen zu gehen.
Wieder mal bin ich geplättet sprachlos.
Nach längerer Pause, in der er emsig zwischen meinen Aktenblättern hin und her wälzt, antworte ich.
„Wenn Sie als mein Anwalt schon nicht davon zu überzeugen sind, dass ich die Wahrheit ausgesprochen habe, wer – ach – vergessen Sie's. Wohl oder übel werde ich mich damit abfinden müssen, dass ich in meinem Leben fast alles verkehrt gemacht habe. Was bekommen Sie für Ihre Arbeit von mir?"
„Liebe Frau Schulz, sie sollten nicht alles so negativ betrachten, schließlich versuche ich in Ihrem besten Interesse zu operieren."
„Ach, Sie sind Chirurg? Deswegen bin ich hier fehl am Platz. – Nein, Entschuldigung, sehen Sie mir bitte meinen niveaulosen Flachwitz nach."
Mich verwundert, dass ich beim Formulieren dieser Worte weder gefühlt rot werde noch zu schwitzen beginne.
Wo ist meine unbedingte Achtung hin, vor Titeln und öffentlich hoch angesehenen Persönlichkeiten, wie sie mir von der Wiege an intubiert wurde? Da habe ich gelernt, ich bin nichts, jeder andere ist etwas Besseres als ich. Entsprechend klein und unwürdig habe ich mich bis dato gespürt.
„Sie bekommen eine Rechnung der Kanzlei. Dabei werde ich Ihnen entgegenkommen, da ich leider nicht das für Sie tun konnte, was Sie sich erhofft hatten."

Mit einem kurzen Händedruck, bei dem ich ihm bissig bedrückt in die Augen blicke, verabschieden wir uns.

Zum Telefonieren bin ich nicht in der Lage. Den zerstörerischen Ausgang leite ich an Alexander weiter per Mail. Welch ein Segen, dass das alles mit Smartphones möglich ist.
Ein Absender in meinem Posteingang fällt mir im Übrigen auf. Wiederholt erhalte ich Nachrichten von einer Person namens Susanne Pühler. Sie sind bei mir im Ordner „Unbekannt" gelandet. Danach habe ich sie bewusst in den Spam-Ordner verschoben, wo sie nach einem Tag automatisch gelöscht werden. Die heutige Übermittlung macht mich stutzig. Die Betreffzeile lautet „Fotos für Barbara von Sascha und Susanne".
Wieder wende ich mich an Alexander.
„Huhu Sascha, vermeintlich hat es keine Bedeutung. Seit einiger Zeit erhalte ich unvermittelt E-Mails von einer gewissen Susanne Pühler. Sie behauptet, Bilder von euch beiden zu haben. Melde dich bitte bei mir, sobald du kannst."
Seine Reaktion lässt nur kurz auf sich warten.
„liebe barbara ein weiblicher mensch dieses namens ist mir gänzlich unbekannt offenbar versucht jemand deinen account zu hacken vlt die nsa du solltest besser alles ungeöffnet löschen blbhg sascha"
Jeden folgenden Tag gehen bei mir ein bis zwei weitere Nachrichten von exakt diesem Absender ein.
Es reicht.
Sie muss etwas über mich wissen. Schlimmer kann meine Lebenskatastrophe ohnehin kaum werden.
Ich öffne eine Mail.

Knapper Text.
„Hallo Barbara,
damit du mir glaubst, sende ich dir Bilder.
Susanne"
Mehrere Fotos im Anhang.
Das erste zeigt viele Personen, sitzend, in nacheinander angeordneten Bankreihen. Meine Augen scannen alles, von links nach rechts, von oben nach unten. Bei Sascha bleiben sie hängen.
Also, er sitzt, von vorn betrachtet, ganz links am Rand in vorderster Reihe. Zwei erwachsene Frauen leicht unterschiedlichen Alters folgen, zudem seine Tochter Anna, die ich von Fotos kenne, die er mir gesendet hatte.

Im Gegenzug hatte ich ihm Schnappschüsse meiner Zwillinge zukommen lassen.
Die Frau an seiner unmittelbar rechten Seite ist blond, die andere schwarzhaarig.
Mir kommt in den Sinn, dass er mir Annas Mutter als schwarzhaarige schlanke attraktive Frau beschrieben hatte. Sie muss es also demnach sein, die an zweiter Stelle neben der Blonden sitzt. Bei der Hellhaarigen kann es sich prinzipiell nur um Susanne handeln. Im Hintergrund eine große ornamentverzierte dunkelbraune lackierte zweiflügelige Holztür.
Ich sehe mir die Betreffzeile an.
„Annas Firmung, Sascha und ich."
Offenkundig sitzen alle in einem katholischen Gotteshaus.

Wie vor den Kopf gestoßen antworte ich unwillkürlich.

„Hallo Susanne,

deine Fotos sind angekommen.

Bedauerlicherweise habe ich deine ersten Nachrichten ungeöffnet gelöscht. Wenn du magst, sende sie mir noch einmal.

Woher kennst du Alexander und seit wann? Sorry, er hat mir deine Existenz verschwiegen.

Gruß, Barbara"

Ihre Antwort geht bei mir nach knapp zehn Minuten ein. Sie bestätigt mir, wie froh und dankbar sie ist, dass ich endlich und überhaupt zurückgeschrieben habe.
Nach ihren Angaben ist sie seit fünf Jahren mit Sascha liiert. Vor einem Jahr hatte sie eine Fehlgeburt des gemeinsamen Kindes erlitten, was aufgrund eigener Erfahrungen mein Mitgefühl weckt.
Erbittert und schäumend vor Wut rufe ich Alexander an. Als er annimmt falle ich ihm hastig ins Wort. „Ich habe die E-Mails, die Susanne mir gesendet hatte, geöffnet. Wieso hast du mich belogen?"
„Barbara, komm erst mal runter. Was hat sie dir erzählt?"
„Dass ihr seit mehreren Jahren ein Paar seid."
„Das stimmt so gar nicht mehr. Kürzlich ist sie bei mir ausgezogen, wohnt wieder in eigener Wohnung. Bekomme noch Schlüssel meiner Wohnung von ihr."
„Aber warum hast du mir das nicht gesagt, aus meiner Sicht bestand kein Grund, es zu verschweigen. Obendrein hast du auch noch versucht, mich zu verarschen, damit

ich nichts lese. Du beleidigst meine Intelligenz, hältst du mich für so doof?"
„Fahre soeben beim nächsten Kunden vor, muss daher beenden."
„Alexander, das ist heillos empörend, ich dachte, wir seien Freunde, jedenfalls habe ich dich als solchen betrachtet, sowas macht man nicht mit Freunden ... Hallo?"
Lautlosigkeit.
Er hat einfach das Gespräch abgebrochen.
Unterdessen bombardiert Susanne mich mit neuen Mails. Sie teilt mir mit, dass sie acht Jahre jünger ist als Sascha. Kurz rechne ich nach, sie ist demnach 34, Alexander 42, ich 48. Sie ist verwitwet, hat eine zwölfjährige Tochter aus dieser Ehe. Diese soll sehr vertraut sein mit Alexander, gleichsam eine Vaterfigur in ihm sehen. Anna kommt für sie einer Schwester gleich. Drum solle ich doch bitte meine Finger von Alexander und seiner Familie lassen!
Grenzenlos bricht bitteres Lachen aus mir heraus.
Mein Betäubungsmittel brauche ich angesichts solcher Verdrehung von Tatsachen in höherer Dosierung. Ich lasse es fließen und wirken.
Gleichmütiges Wohlbehagen kehrt ein.
Während der kommenden Tage denke ich weiter über Susanne, Alexander und meine Rolle in dem Spiel nach.
Woher hat sie überhaupt meine E-Mail-Adresse?
Auf meine Frage antwortet sie, bei Sascha sollen ausgedruckte Mails von mir rumgelegen haben.
Nachdrücklich fordere ich sie auf, mir alles zu offenbaren, was sie über mich weiß. Ich gebe ihr deutlich zu verstehen, dass ich es nicht toleriere, dass sie eklatant Alexander ausspioniert hat, um an meine Daten zu ge-

langen. Sie hatte trotz allem kein Recht, meine Nachrichten zu lesen. Sie waren an Alexander gerichtet. Das nennt sich Verletzung des Postgeheimnisses und ist strafbar.

Im Garten reagiere ich mich ab. Das gefallene Laub meiner Bäume mitsamt den welken Blättern des angrenzenden Waldes hat sich stellenweise annähernd einen halben Meter hoch wie ein braun buntes Leichentuch auf Rasen und Rabatten ausgebreitet. Ließe ich alles liegen, wären, je nach Witterung, im Frühling viele Gräser und Bodendecker vermoost oder erstickt. Überdies wird Eichenlaub eine starke Säurebildung bei der Zersetzung, die sich über Jahre hinziehen kann, nachgesagt. Das wäre bestenfalls für meine Rhododendren und Azaleen geeignet.
Mühsam harke ich eine Schubkarre nach der nächsten voll. Bringe es dahin zurück, wo es herkam, in das Wäldchen. Nachbarn verfahren damit genauso.
Die ungnädig wiederkehrenden Gedanken über Sinn und Zweck meiner gärtnerischen Aktivitäten in Anbetracht meiner jetzigen Lebensumstände, da für mich alles verloren ist, reche ich mit jeder Betätigung der großen Laubharke weg. Zwanghaft mache ich weiter.
Ausgepowert kehre ich mit Einbruch der Dunkelheit durch die Wohnzimmerterrassentür ins Haus zurück. Paula steht neben dem Anrufbeantworter.
„Da hat ein paar Mal eine Frau angerufen, die kenne ich nicht. Sie sagt schlimme Dinge über dich."
Mit tränennassen Augen weicht sie von mir, verlässt das Wohnzimmer.
Wie vom Blitz getroffen fahren sämtliche Systeme in

meinem erschöpften Körper hoch.
Ich höre den AB ab. Es ist Susanne. Ihre Stimme klingt sehr abgewrackt, verlebt, verraucht. Insofern passt sie zu Sascha. Dass sie mich als „Schlapptittenschlampe" bezeichnet, gehört noch zu den harmlosen Beschimpfungen. Sie wirft mir darüberhinausgehend vor, ich sei viel zu alt für ihren Sascha, hässlich und verschrumpelt, außerdem verheiratet, ich solle mir doch einen Lover in meinem Alter suchen ...
Prompt peile ich an, sie zurückzurufen, um klar zu stellen, dass ich keine sexuelle Beziehung zu Alexander habe.
Geht nicht, sie hat ihre Telefonnummer unterdrückt – Sauerei.
Ersatzweise laufe ich hinunter zu Paulas Zimmer. Die Tür steht zu zwei Dritteln offen. Meine Tochter sitzt auf ihrem Bett. Zu meinem Erstaunen Paul neben ihr.
Ein kleines Stück weit begebe ich mich über die Schwelle hinein in ihre Privatsphäre.
„Es ist nicht so, wie du denkst, an dieser Eskalation bin ich in der Tat durch und durch unschuldig!", sage ich in vollkommener Aussichtslosigkeit. Paula kreischt mich an: „Verschwinde, wir hassen dich!"

Ein weiteres Mal lebensgefährlich verwundet, schleppe ich mich in die gute Stube zurück.

In mir kämpfen Wut und Verzweiflung. Gegen wen? Wofür?

Immer wieder wähle ich Saschas Telefonnummern, Festnetz und mobil. Er nimmt meine Gesprächsgesuche nicht entgegen, nicht mit seinem Handy, nicht mit seinem schnurlosen Festnetzapparat. Sicher sieht er, dass ich es bin, die beharrlich versucht ihn zu erreichen. Ich habe keine Lust, meine Nummern zu unterdrücken, damit er eventuell nichtsahnend rangeht.
Was weiß ich überhaupt über Susanne?
Weil mir wenig Handlungsspielraum übrigbleibt, sende ich ihr eine Mail.
„Hallo Susanne, ich formuliere es mal mit deinen Worten, damit so ein minderwertiges Subjekt wie du es kapiert: Fick dich ins Knie du hohle Fotze! Solltest du es wagen, hier noch einmal anzurufen, werde ich Anzeige erstatten!"

Eine dreiviertel Flasche grünen Silvaners später klingelt das Telefon. Keine Nummer ersichtlich. Ich melde mich, warum auch immer, mit meinem Geburtsnamen.
„Strauchkuppe!"
„Heißt du nicht mehr Schulz?"
„Kann sein, wer er ist da bitte, wenn ich fragen darf?"
„Ach, da erwische ich ja die feine Barbara persönlich am Apparat. Du alte Nutte glaubst doch nicht im Ernst, dass du mir drohen kannst mit Anzeige und so? Sascha hat mir alles über dich erzählt. Du hast so viel Dreck am Stecken, bist verurteilt und so. Wer soll dich denn noch ernst nehmen? Lächerlich. Wir lachen Seite an Seite im Chor über dich ab, meistens abends, wenn Sascha Arbeitsende hat lachen wir uns schlapp über dich. Was willst du denn praktisch von Sascha – was bildest du dir ein – er sagt selbst, dass er nicht weiß, was du damit

bezweckst, dass du ihn immer wieder belästigst, er findet dich zum ..."
Ich drücke die Taste mit dem roten Hörersymbol, weil ich es nicht länger ertrage, was sie mir alles an den Kopf wirft. Alexanders Nummer wähle ich. Einmal, zweimal, dreimal ... Aussichtslos, er reagiert nicht. Ich schreibe eine SMS.
„Sascha, BITTE, rede mit mir!"
Die nächste Flasche ist fast halb leer.
Ein SMS-Eingang.
„meine liebe barbara habe keinen einfluss auf susanne hatte dich gewarnt du hast den kontakt mit ihr aufgenommen schließt freundschaft und gut"
„Aber das stimmt doch so nicht, wie du es schilderst. Tu mir bitte einen letzten Gefallen, sie ist deine Lebensgefährtin, halte sie mir vom Leib!"
Etwas für mich Ungeheuerliches geschieht, Susanne antwortet bei WhatsApp mit einer mir fremden Handynummer.
„Glaubst du denn, Sascha redet nicht mit mir? Er zeigt mir alles von dir! Wir wollen uns DICH vom Leib halten! Verschwinde DU endlich aus unserem Leben!"
Anscheinend spricht sie die Wahrheit. Wie anders sollte sie den Wortlaut meiner letzten SMS an Alexander kennen?
Wo mir der Kopf steht, vermag ich nicht mehr zu sagen.

Weil ich annehme, dass Susanne Recht hat bezüglich ihrer Anmerkung, dass eine Anzeige meinerseits gegen ihr Verhalten wenig bis gar keine Aussicht auf Erfolg hätte, sperre ich nach einer weiteren fast schlaflosen Nacht über die Einstellungen bei meinen beiden Telefo-

nen anonyme Rufnummern grundsätzlich.
Ich bin sie los, denke ich.
Megatraurig bin ich wegen Sascha. Begreifen kann ich sein Verhalten nicht.
Vergessen noch weniger.
Alles in mir tut unaufhörlich weh.
Ich spüre keinen Boden mehr unter meinen Füßen.

Nur einen Tag später sticheln mich neue Meldungen in meinem Handy. Eine SMS jagt die nächste. Die Nummern sind mir unbekannt, sind nicht in meiner Kontaktliste.
Lauter Verunglimpfungen. Vertrauliche Details, die sich auf die Beziehung zwischen Alexander und mir berufen, alles, worüber wir geredet haben, was nur er und ich wissen können sollten, eigentlich. Es folgen unzählige. Es geht immer so weiter und weiter – tagelang.

Es hört nicht auf.

Sonst wann wähle ich diese unbekannten Nummern an. Eine mir fremde weibliche Stimme meldet sich.
„Hallöchen Barbara, dafür haste aber mega lange gebraucht. Glaubste, Susanne hat keine Freunde? Kannst se blockieren wie de willst, bringt nix!"
„Wer bist du und was wollt ihr von mir?", frage ich kleinlaut zurück.
„Eine Freundin, ihre beste."
„Lasst mich in Ruhe!", bettle ich.
„Kannste knicken, bist selber in Schuld, warum haste Sascha angemacht!"
„Ich habe ...", beginne ich den Satz, dann legt ein Schalter in mir um. Faktisch ist es unmöglich, solch ungebil-

dete Menschen mit Argumenten zu überzeugen.
Die Konversation ist beendet.

„Google hilf mir!", fleht mein Kopf.
Weil ich ohne Sprachassistenz klarkomme, tippe ich ein: „was mache ich gegen mobbing?"
An einigen Stellen taucht der Rat auf „da hilft nur privatdetektiv und/oder anzeige".
Privatdetektiv – Ich? – Das wäre mir ohne Anregung niemals in den Sinn gekommen.
Im Netz recherchiere ich Detekteien in der Umgebung. Wow, mit so vielen Auswahlmöglichkeiten hatte ich nicht gerechnet. Auf Osnabrück beschränke ich mich. Wähle wahllos die erstbeste Nummer. Scheint eine größere Organisation zu sein. Eine freundlich feminine Stimme antwortet. Kurz schildere ich ihr den Sachverhalt, dass ich zwei Wohnadressen wissen möchte, im Raum Osnabrück. Sie fragt mich nach den Angaben, die ich zu den jeweiligen Personen machen könne. Dürfte alles kein Problem sein, sagt sie. Dann frage ich nach dem Honorar für die Dienstleistungen. Selbstverständlich könne sie mir nur eine grobe Schätzsumme mitteilen, es variiere je nach Sachlage und sei von Fall zu Fall individuell sehr unterschiedlich. So mit ca. 1000 bis 1500 € müsse ich rechnen.
„Äh, ups", entfährt es mir unkontrolliert.
Höflich bedanke ich mich für die netten Auskünfte und Informationen und verbleibe so, dass ich gegebenenfalls auf sie zurückkommen werde.
Die vier nächsten sogenannten Detekteien eröffnen mir ähnliche Einsichten.
Ich überlege.

Gut, das Geld dafür hätte ich noch. Ist es mir den Einsatz wert? Was fange ich mit den Adressen an?
Nummer sechs funke ich an. Ein Mann mit sympathischer Stimme meldet sich. Er stellt sich kurz vor als „Nils Grosser, Privatermittler". Ohne Umschweife frage ich nach seinem Preis. „15 € die Stunde", lässt er mich wissen. „Wie lange brauchen Sie ungefähr?", frage ich. „Kommt ganz darauf an, wie kompliziert der Fall ist. Manchmal muss ich einen Mitarbeiter zuschalten, dann verdoppelt sich die Summe." Letzten Endes ließe sich das erst hinterher sagen.
Als Erster möchte er wissen, warum ich die Adressen ausfindig machen will. Ich weiß nicht, was ich sagen soll.

> Mit der Wahrheit bin ich in meinem Leben gescheitert. Gleichwohl fällt mir nichts Besseres ein.

Den Sachverhalt erkläre ich ihm knapp, dass ich unablässig gemobbt werde von Sascha, Susanne und deren Freundin. Er ist der erste Detektiv, der mir rät, Anzeige bei der Polizei zu erstatten. Für sein Entgegenkommen bedanke ich mich.
In ein Polizeirevier kann ich nicht gehen. Da kennen sie mich als kriminalpolizeilich verfolgte Straftäterin, nehme ich an. So viel Öffentlichkeit wage ich nicht. Auch nicht die damit verbundene offene Konfrontation.

Mein Telefon klingelt immerfort. Der AB und alle anderen Kontaktstellen platzen vor Nachrichten.

Google weiß, was wirklich geht.

Ich bekomme mitgeteilt, dass es bombastisch unkompliziert ist, bei der Polizei in Niedersachsen online Anzeige zu erstatten. Ich klicke mich auf deren Seite. Angaben zu meinem Wohnort muss ich machen. Persönliche Daten wie Vor- und Familienname und Geburtsdatum werden gefordert. Möglichst detaillierte Angaben in der Personenbeschreibung des vermeintlichen Täters ... Alles tippe ich ein.
Der Anzeigentext folgt in meinem besten Deutsch.

„Sehr geehrte Damen und Herren, sehr geehrte Ermittler/-innen,

vor ein paar Monaten lernte ich den Lebensgefährten von Frau Susanne Pühler, Herrn Alexander Benjamin Baron von Hodenberg, in einem Partnervermittlungsportal kennen. Zu dem Zeitpunkt wusste ich nicht, dass Herr von Hodenberg und Frau Pühler liiert sind. Aus mir unerfindlichen Gründen hat er es mir vorenthalten. Herr von Hodenberg und ich pflegten eine rein platonische Freundschaft.

Frau Pühler hat Kenntnis erlangt von meinem Kontakt zu Herrn von Hodenberg. Seitdem terrorisiert sie mich und meine beiden minderjährigen Kinder fortwährend mit Anrufen, Mails, SMSen, WhatsApp-Nachrichten usw. Ihre Nummern habe ich gesperrt. Erfolglos. Sie schaltete daraufhin ihre Freundin ein. Seitdem belästigen sie und Frau Pühler mich weiter über die variierenden Anschlüsse dieser mir unbekannten Freundin.
Mehrfach versuchte ich vergeblich, Frau Pühler klarzumachen, dass sie mich bitte in Ruhe lassen solle.

Auf Herrn von Hodenberg habe ich versucht dahingehend einzuwirken, dass er Frau Pühler davon abhält, mich weiter zu belästigen. Leider ohne Erfolg, da er jegliche Verantwortung für die entstandenen Sachverhalte ablehnt.

Weder der genaue Wohnsitz von Frau Pühler, noch der des Herrn von Hodenberg sind mir bekannt.
Das Elternhaus mit dazugehöriger Privatbrauerei des Herrn von Hodenberg befindet sich in Bramsche, Hodenberggasse 1.
Frau Pühler wohnt entweder in Osnabrück oder Lienen, nach eigenen Angaben. Sie ist verwitwet und hat eine Tochter, Marie, 12 Jahre alt.

Von dieser Anzeige erhoffe ich mir, dass ich Frau Pühler verdeutlichen kann, dass es besser ist, mich in Zukunft unbehelligt zu lassen.

Vielen Dank für Ihre Mühe und Ihr Verständnis!

Mit freundlichen Grüßen

Barbara Schulz"

Ab damit, ohne Zögern.

Wenig später erhalte ich eine Sendebestätigung der Online-Wache Niedersachsen mit zugehöriger Vorgangsnummer.

Bei Nils Grosser rufe ich wieder an.

„Hallo Frau Schulz, stecke gerade mitten in einer Observierung. Habe aber kurz Zeit. Wie haben Sie sich entschieden?"
Straßenlärm ist latent im Hintergrund zu hören.
„Ich –, ja, – ich möchte Sie engagieren."
„Wunderbar, ich sende Ihnen gleich eine Mail, da bestätigen Sie meinen Auftrag und vervollständigen soweit wie möglich die Angaben zu den zu observierenden Personen."
„Äh, vielleicht müssen Sie die gar nicht beschatten, mir würden schon die Adressen reichen."
„Ja gut, aber auch das läuft manchmal nur über Beobachten."
„Okay, ich vertraue Ihnen."
„Schön, dann werden wir morgen beginnen, ein Mitarbeiter und ich."

Nach drei Tagen bekomme ich einen ersten Bericht gemailt.
„Hallo Frau Schulz, es ist uns gelungen, die Adresse von Frau Susanne Pühler ausfindig zu machen."
Ein gescannter Auszug aus dem öffentlichen Melderegister der Gemeinde Lienen ist angehängt. Hier ist sie registriert, zusammen mit ihrer Tochter. Ferner schreibt Nils Grosser: „Die Ermittlung des aktuellen Aufenthaltsortes des Herrn Baron von Hodenberg gestaltet sich schwierig. Registriert ist er offiziell in seinem Elternhaus. Nach Ihren Angaben bewohnt er aber eine Erdgeschosswohnung in seinem eigenen Vierfamilienhaus in Hesepe, einem Ortsteil. Als Hauseigentümer taucht er offiziell nirgends auf, was aber ohne Bedeutung für das Wohnortmelderegister ist. Wir bleiben weiter dran."

Ich verstehe nur, das wird teuer.

Vier weitere Tage lasse ich verstreichen, dann melde ich mich telefonisch bei Herrn Grosser.
„Sind Sie vorangekommen in meinem Fall?"
„Hallo Frau Schulz, aufgrund Ihrer Angaben haben wir das elterliche Anwesen des Herrn Baron observiert, 24/7. Bisher leider ohne Erfolg. Befragungen unsererseits der Nachbarn und sonstiger Ortseinwohner haben bedauerlicherweise auch zu keinem brauchbaren Ergebnis geführt. Deutlich wurde dabei nur, dass der ‚feine Herr' in der Umgebung nicht allzu bekannt ist."
„Können Sie mir ungefähr sagen, was ich Ihnen dafür bis dato schuldig bin?"
„Selbstverständlich, Moment, grob überschlagen bewegen wir uns durch die rund um die Uhr Observierung mit zwei Mitarbeitern bei ca. 5040 €, ohne Spesen."
Sämtliche Gesichtszüge entgleiten mir.
„Aber – das geht nicht, ich habe nur 1840 € zur freien Verfügung."
„Frau Schulz, ich lebe von meiner Arbeit und meine Mitarbeiter verlangen auch ihren Lohn."
„Ja, aber, dass es so viel werden könnte, hätten Sie vorher mit mir besprechen müssen, meine ich."
„Verehrte Frau, ich hatte Sie aufgeklärt, dass, je nach Falllage, die Kosten für meine Aufwendungen sehr stark variieren können."
„Ja, schon, aber ... ach, vergessen Sie's. Ich bin ... Schicken Sie mir Ihre Rechnung!"
„Damit hat sich ihr Fall erledigt?"
„Ja, ich bin ... mein Fall ist erledigt."
„Gut, dann brechen wir hier ab. Noch einen Tipp hätte

ich für Sie, beantragen Sie eine neue Nummer bei Ihrem Telefonanbieter. Kostet in der Regel nur 10 €."
Antworten möchte ich, dass ich hier sowieso bald ausziehen muss und dann eh eine andere Festnetznummer haben werde, daher lohnt der Aufwand nicht mehr … und dass ich am Ende bin und es auf solche Kleinigkeiten im Vergleich dazu nicht mehr ankommt … und dass ich deshalb – ja – was denn?
Tausende Gedankenblitze durchzucken die Synapsen meines Hirns.
Erledigt bin ich.
Wirklich.

Was habe ich noch zu verlieren?

Nichts, nichts, nichts, rein gar nichts.
Mit jedem Schluck Chablis, dessen Kisten von einer Weinprobe während eines frühen Frankreichurlaubes lange vor Pauls und Paulas Geburt stammen, wird es mir klarer.

> Ich hasse das Leben, ich hasse mein Leben, ich habe keins mehr. Im Grunde hatte ich nie eins.

Ich werde mich rächen, wenn ich kann.

Jörgs Ende

Um sicherzugehen, dass meine Nachricht nur bei ihm ankommt, versuche ich seit gestern Jörg telefonisch zu erreichen.
Sobald sich der AB in seiner Singlewohnung einschaltet lege ich wieder auf.
Aber dann: „Schulz."
Regelrecht physisch spüren kann ich, wie Stresshormone meinen Kreislauf fluten. Alle Systeme fahren in Giga-Geschwindigkeit hoch. Das Herz pocht, die Haut rötet sich, die Hände werden feucht.
Damit es gelingt muss ich nun alles geben.
„Hallo Jörg, wie du aus eigener Erfahrung weißt bin ich hier in Bevergern ohne Auto ziemlich aufgeschmissen. Bis zum nächstgelegenen großen Discounter in Rheine sind es mindestens zehn Kilometer. Allein der Lebensmitteleinkauf für uns drei lässt sich ohne eigenes Fahrzeug kaum bewältigen, von anderen organisatorischen Dingen ganz zu schweigen. Einmal pro Woche ist definitiv zu wenig. Obwohl unsere Kinder schlank sind futtern sie mir fast die letzten Haare vom Kopf. So ist es halt in der Pubertät. Du müsstest dich nur an deine eigene erinnern, um es zu verstehen."
Um die Lage zu checken lege ich eine kleine Sprechpause ein.
Er sagt nichts.
„Vorgestern habe ich eine Annonce entdeckt. Da bietet jemand von privat günstig seinen kleinen Zweitwagen

an, weil er ihn aus persönlichen Gründen nicht länger benötigt. Es handelt sich um einen roten A1 mit einem leichten Unfallschaden, deshalb fast geschenkt."
Erneute kurze rhetorische Pause meinerseits.
„Könntest du mir das Geld dafür vorstrecken?
Sobald unser Haus verkauft sein wird gebe ich es dir zurück."
Strategisch klug setze ich ohne Lücke zur Lobhudelei an. Männer ticken so schlicht, sie schätzen es, sich geschätzt zu fühlen.
„Da du als Mann auf dem Gebiet mehr Ahnung hast, möchte ich dich ganz lieb bitten, den Wagen zusammen mit mir anzuschauen. Deine freundliche Unterstützung würde mir wirklich sehr helfen. Tust du mir bitte den Gefallen?"
Mir wird schlecht.
Sekunden später Jörgs Antwort.
„Kann ich machen. Wann – wo?"
„Nächste Woche Mittwoch auf dem Spaziergängerparkplatz zwischen Rheine und Bevergern. Kannst du mich eventuell von zu Hause abholen, weil ich sonst nicht weiß, wie ich dorthin kommen soll.
Der Verkäufer hat 15:00 Uhr vorgeschlagen, da er dann beruflich auf der Durchfahrt zur Autobahn ist. Wäre dir das recht? Zu der Zeit ist es draußen noch hell.
Es ist eine gerade Kalenderwoche, daher gehe ich davon aus, dass du Frühschicht hast. Ein dickes Dankeschön dafür im Voraus!"
„Geht klar."
„Nochmals vielen lieben Dank dafür! Schönes Wochenende! Dann bis nächste Woche."
„Ciao ciao."

Die „lieben Grüße" an seine liebe Freundin konnte ich mir liebenswerterweise soeben noch verkneifen.

Aus der Kühlschranktür nehme ich die nächste Flasche mit dem süffigen Chablis und schenke mir, gegen alle Regeln des guten Geschmacks, ein mordsmäßig großes Rotweinglas ein, gefüllt bis zum Rand.
Nach kaum einer Minute befindet sich der Inhalt in meinen Innereien. Das Glas fülle ich mit dem Rest des Flascheninhalts noch einmal auf, nippe es aber nur an und lasse es stehen.
Es ist halb elf morgens. Ich gehe in die Garage, binde den alten Damen-Spaten mit Gartendraht quer zur Fahrtrichtung am gebogenen Lenkrad meines City Bikes fest, stecke Zollstock, Handschuhe und ein kleines Beil, das noch aus Jörgs Bundeswehrzeit stammt, in die doppelseitige Satteltasche und düse energiegeladen los durch den fiesen Nieselregen zu diesem Parkplatz.

Ein ehemaliger Nachbar hatte sich an diesem Ort vor Jahren das Leben genommen.
Nachdem er sein großes Einfamilienhaus für sich, seine Frau und die beiden Töchter fertig gebaut hatte, stellten Mediziner eine Bauchspeicheldrüsenkrebsdiagnose. Als nach vielen Therapien kaum noch Hoffnung auf Heilung bestand und er trotz Einnahme massiver Schmerzmittel nicht mehr in der Lage war, seine Schmerzen zu ertragen, fällte er den Entschluss, selbst sein Leid aus der Welt zu schaffen. Er pfropfte einen geriffelten Schlauch, ähnlich dem eines Staubsaugerschlauches, auf das Auspuffrohr seines Volvos, führte die andere Schlauchöffnung durch die leicht geöffnete Heckklappe bis fast zu den

Vordersitzen. Auf der Mittelkonsole zwischen den Sitzen legte er den Schlauch ab. Mit vielen alten Polyesterdecken dichtete er die Luftspalten um die Kofferraumtür von innen ab. Dann setzte er sich so bequem es ging auf den Fahrersitz, verriegelte alle Türen, schluckte seine Wochenration Opioide, ließ den Motor an, legte seine Lieblingsmusikkassette in den Rekorder, hustete erbärmlich lange und schloss irgendwann die Augen.

Der Platz grenzt zwar an eine Hauptverkehrsstraße, dementgegen steht dort so gut wie nie ein Pkw. Von der Straße ist er wunderbar abgegrenzt durch viele ungeordnete Reihen verschiedenster Baumarten wie Birken, Erlen, Buchen, Eichen, Fichten, Lärchen und kleinen piksenden immergrünen Ilex, die sich hier ungewollt und ungeplant immer mehr wild an Wald- und Straßenrändern ausbreiten. Direkt dahinter bahnt sich die Bevergerner Aa ihren Lauf. An den schmalen Bachlauf schließt ein großes Waldgebiet an. Irgendjemand hat vor langer Zeit ein Stück Eisenbahnschwelle über das fließende Gewässer gelegt, sodass es möglich ist trockenen Fußes von einem Ufer zum anderen zu gelangen. Das Fahrrad schiebe ich neben der Bahnschwelle her durchs Wasser.
Wenige Meter vom Ufer entfernt lege ich es zur Seite. Die Gerätschaften nehme ich mit.
Ich zähle meine Schritte. Aufgrund des Dickichts sind sie durchschnittlich nur ungefähr einen halben Meter lang.
Geschätzt 186 m stapfe ich hinein in das unterschiedlich dichte Geflecht aus Bäumen, Sträuchern, vereinzelten dauergrünen Bodendeckern, abgefallenen Ästen und Laub und erreiche eine kleine Lichtung.

Für mein Vorhaben wähle ich die augenfällige Mitte.
Zunächst räume ich großzügig die wadenhohe Laubschicht beiseite, beginne alsbald zu graben.
Obwohl ich mir bewusst eine Brachfläche zwischen den Bäumen ausgesucht habe machen mir die Baumwurzeln radikal zu schaffen.
Nach vier Stunden ununterbrochener schweißtreibender Arbeit habe ich lediglich ein Rechteck von maximal 60 cm Tiefe und einer Breite von grob nachgemessen 1 m und einer Länge von 2 m ausgeschachtet. Zu wenig.
In einer Stunde werden meine Kinder in unserer Bleibe erscheinen. Mir bleibt nur, alles stehen und liegen zu lassen, um zurück zu fahren. Sie sollen keinen Verdacht schöpfen, falls ich nicht anwesend wäre, wenn sie aus der Schule kommen.
Zeit zum Duschen, bevor sie eintreffen, wird mir zu Hause nicht mehr bleiben. Sofern sie mich registrieren und fragen sollten, warum ich so schmuddelig aussehe, werde ich sagen, ich war im Garten.
Aber ach, sie meiden mich nur noch, wie Vampire das Licht, ohne Begrüßung, ohne Verabschiedung. Derzeit begegnen wir uns rein zufällig, selbst in den eigenen vier Wänden. Deshalb wird es ihnen gar nicht auffallen.
Der Erdaushub und das Laub bleiben um die Kuhle herum liegen. Beil, Zollstock, Gartenhandschuhe und Spaten verbleiben in der Grube. Etwas Erde mit vertrockneten Blättern durchmischt werfe ich locker darüber.
Während der gesamten Zeit sind in meinem Umfeld weder Personen noch Fahrzeuge in visuelle oder akustische Erscheinung getreten. Sehr beruhigend.

Am nächsten Morgen habe ich einen Arzttermin in der

Gemeinschaftspraxis am Dorfplatz. Nüchternes Erscheinen ist erbeten. Großer Checkup wegen der chronischen Erkrankungen, die mein Körper im Lauf der Jahre nach der ersten Fehlgeburt entwickelt hat.
Warum nehme ich diesen Termin noch wahr? Wahrscheinlich sagt die Stimme in mir, ich solle, so lange es geht, Normalität wahren, um nicht gestoppt zu werden, bevor meine Vorhaben erledigt sind.

Gegen viertel nach zehn trete ich wieder in die Pedalen Richtung Wandererparkplatz.
Alles ist noch so, wie ich es gestern verlassen hatte.
Darauf gönne ich mir viele große hastige Schlucke aus der Thermoskanne, die ich heute bei mir habe.
Nach kurzer Orientierungsphase nehme ich das Bundeswehrbeil und hacke unten in der Grube die vielen kleinen, meistens zwar eher dünnen, aber sehr widerstandsfähigen Wurzeln durch. Den strömenden Regen bemerke ich kaum. Er stört mich nicht.
Nach weiteren viereinhalb Stunden schweißtreibender Maloche registriere ich ein Loch im Waldboden mit den ungefähren Maßen 1 m breit mal 2, 20 m lang mal 1, 15 m tief. Zufrieden fahre ich zurück. Mein Rad bleibt draußen im Garten neben der Garagentür im Regen stehen.

Die Zwillinge sind daheim. Einer oder beide haben die Post aus dem Briefkasten in die Küche auf die Arbeitsplatte neben den Kühlschrank gelegt. Wahrscheinlich demonstrativ hat Paula die Nachricht der Staatsanwaltschaft Osnabrück zuoberst platziert.

Mit dem Wein an meiner Seite reiße ich auf.

„Ermittlungsverfahren Susanne Pühler; Tatvorwurf: Nachstellung

Sehr geehrte Frau Schulz,

das Ermittlungsverfahren gegen die Beschuldigte habe ich gemäß § 170 Abs. 2 Strafprozessordnung eingestellt.

Ich kann der Beschuldigten eine strafbare Handlung mit der für die Anklageerhebung erforderlichen Sicherheit nicht nachweisen.

Offensichtlich ist es immer wieder zu gegenseitigen Kontaktaufnahmen gekommen.

Es steht Aussage gegen Aussage [...]"
Blablabla

„Wegen des Tatvorwurfs Nachstellung bleibt es Ihnen unbenommen Privatklage gegen die Beschuldigte vor dem zuständigen Amtsgericht zu erheben, falls Sie sich Erfolg davon versprechen [...]"
Blablablablabla

„Hochachtungsvoll

Knabber
Oberamtsanwältin

Beglaubigt
Holtstein
Justizangestellte"

Ich weine, verzweifelt, wütend, verwirrt.
Seit ich die Anzeige stellte sind Wochen vergangen; ich habe aufgehört, sie zu zählen. Die Attacken von Susanne & Co. sind zwar weniger geworden, geendet haben sie nicht.

Endlich Mittwoch.
Jörg ist superpünktlich.
Damit er nicht warten muss, trage ich seit einer viertel Stunde schon meine warme weiche blaue Daunenjacke, die dünnen nachtblauen Fingerhandschuhe aus Leder und bequeme gefütterte dunkelblaue Boots mit Reißverschluss.
Mein Smartphone lasse ich eingeschaltet zu Hause auf dem Regalbrett neben dem Küchenradio liegen.
Als Jörg vorfährt verlasse ich direkt das Haus.
Ein kurzes gegenseitiges „Hallo", mit Blickkontakt.
Er erzählt mir während der Fahrt von seiner Arbeit. Genauso gut könnte er berichten, dass die meisten Chinesen, verglichen mit uns, eher eine zirrhotisch hepatisch gelbliche Hautfarbe haben. Meine Gedanken kreisen nur um den einen entscheidenden Moment.
Ich habe Lampenfieber.
„Lieber Gott, warum hast du mich nie erreicht?", denke ich mit lautlosen Lippenbewegungen.

Nach fünf Minuten Fahrerei sind wir auf dem Parkplatz angelangt.
Jörg macht den Motor aus, lässt den Schlüssel stecken.
Wir lösen zeitgleich die Sicherheitsgurte.

Ich steige aus.
Meine rechte Hand gleitet in die rechte Jackentasche.
Fest umklammere ich die Pistole.
Der Aufsatz ist mit vier Kugeln von Arnes scharfer Munition geladen.
Um den Mazda herum gehe ich zur Fahrerseite fest entschlossen.
Ich öffne die Tür.
„Steig aus!"
Jörg schaut mich argwöhnisch an.
„Was soll das?"
Ich hole die Pistole aus der Tasche, ziehe mit dem Daumen den Hahn nach hinten, gehe einen großen Schritt zurück, ziele schräg auf die hintere Seitenscheibe, die linke Hand stützt die rechte und – Schuss.
Knall und Rückschlag lassen mich kurz zusammenzucken. Das Seitenfenster zerspringt in tausend Teile. In der dahinter befindlichen Heckscheibe bilden sich unzählige kleine Haarrisse, verwoben wie ein Spinnennetz. Sie ist plötzlich undurchsichtig.
Wie ein Kleinkind zuckt auch Jörg zusammen hinter dem Lenkrad.
Er brüllt: „Bist du total durchgeknallt?"
„Raus, zum letzten Mal, raus!"
Ich ziele auf seinen Kopf, spanne erneut den Hahn, reiße die Pistole hoch und schieße knapp über das Pkw-Dach.
„Steig jetzt endlich aus, du Wichser!"
Er bewegt sein linkes Bein aus der Autotür.
Ich gehe weitere vier Schritte zurück.
„Lauf! – In diese Richtung."
Meine linke Hand weist zum Wald hinter dem Bachlauf, die Pistole in der rechten auf Jörg gerichtet.

Er steigt aus. Pures Entsetzen und blanke Angst bis zum Gehtnichtmehr glotzen aus seinen weit aufgerissenen Augen. Er ist nicht in der Lage, seinen Oberkörper komplett aufzurichten.
Rückwärts, mit gebogenen Knien, bewegt er sich auf den Bach zu. Die ganze Zeit starrt er mich entgeistert an.
„Geh über die Schwelle auf die andere Seite!"
Kurz schaut er sich nach hinten um. Seine Füße ertasten die Bahnschwelle. Langsam setzt er Fuß hinter Fuß.
Im letzten Drittel tritt er leicht daneben, strauchelt, verliert vorübergehend den Halt. Sein linker Fuß versinkt zuerst im Wasser, der rechte rutscht auf der anderen Seite neben dem feuchten Holz ab und landet ebenfalls auf schlammigem Grund.
Die restlichen Schritte stapft er, den Balken zwischen seinen Beinen, durchnässt durchs Wasser ans hintere Ufer.
„Geh weiter!"
Ich bleibe beim Auto stehen, neben der geöffneten Fahrertür. „Geh tiefer in den Wald, bis ich ‚Stopp' schreie. Das kann dauern!"
Irgendwann kann ich die Konturen seines Körpers nicht mehr erkennen. Die Silhouette verschwindet zwischen den beinahe laublosen Bäumen.
Ich warte, keine Ahnung wie lange.

Er kommt nicht zurück.

Schnell lasse ich die Waffe in der rechten Jackentasche verschwinden, setze mich hinters Lenkrad, ziehe die Tür zu, rutsche mit dem Sitz nach vorn, drehe den Zündschlüssel herum, lege den Rückwärtsgang ein, fahre ein kurzes Stück nach hinten, stoppe, lege den ersten Gang ein und lenke das Auto vom Parkplatz auf die Straße zur Autobahnauffahrt A 30 Richtung Amsterdam.

Letzte Fahrt zu Frank

Unterwegs streife ich die Lederhandschuhe ab, stecke sie in die linke Jackentasche zu dem kleinen Kästchen mit der Munition.
Kälte, die durch das kaputte Seitenfenster eindringt, zieht mir in den Nacken. Den dick mit Daunen gefüllten Kragen meiner Jacke und den Fellrand der Kapuze ziehe ich hoch bis zu den Ohren. Die Heizung drehe ich voll auf.
Automatisch hatte sich beim Betätigen des Zündschlosses das Autoradio aktiviert.
Auf der Bahn dringt *Vaya Con Dios* mit „*Time flies*" in mich ein:

„*[...]*

Dragons I used to chase
Tease me from inside
The future's uncertain
Just like yesterday
Memories of heaven
Can't be taken away

You know, time flies
And the rebels, one day
They all go quiet
Ain't no money, ain't nobody
That can buy you peace of mind

[...]

They say you learn from your mistakes
It's a lie

[...]"

Zwei Kilometer von Franks Haus entfernt parke ich auf dem Kundenparkplatz des großen Möbel- und Elektronikcenters. Dort stehen rund um die Uhr Pkws.
So geht der von mir gelenkte in der Masse unter. Rückwärts fahre ich dicht an einen aufgeschütteten Wall heran, damit die beiden defekten Autogläser nicht spontan auffallen. Die Stelle ist schwach beleuchtet, die nächsten Laternen sind bestimmt 35 m oder mehr entfernt. Niemand soll Verdacht schöpfen und kurz vor dem Ziel meine Absichten durchkreuzen. Doch selbst wenn es jemandem auffiele, würde niemand etwas unternehmen.

Die Begebenheit in einem eher kleinen Shoppingcenter fällt mir ein, als Jörg und ich mit einem Einkaufswagen durch den breiten Weg fuhren, an dem verschiedene Läden anlagen. Es fanden sich in dem Gebäude ein Getränkemarkt, zwei Bekleidungsstores, ein Schuhgeschäft, Fitnessworld ...
Ein erwachsener Mann mittleren Alters, soweit sich das von oben betrachtet einschätzen ließ, lag quer im Weg, mit dem Kopf auf dem Boden, Gesicht nach unten.
Kurzerhand blieb ich stehen als ich ihn erblickte.
Alle anderen Passanten schoben ihre Einkaufswagen knapp an seinem Kopf vorbei und gingen weiter, als versperrte ihnen ein Haufen Müll den Durchgang.

Nie werde ich vergessen, wie betreten ich dastand.
Wenn ich noch ein wenig länger gewartet hätte, hätten diesen Menschen vielleicht die ersten Kunden überrannt und überrollt. Demonstrativ stellte ich mich samt Einkaufswagen vor ihn. Ich ging in die Hocke, traute mich aber nicht ihn anzufassen. Jörg war einfach weitergelaufen. Aus einiger Entfernung rief er mir zu: „Ach komm, lass den doch, soll'n sich andre drum kümmern, der geht uns nix an."
Mit meinem Handy wählte ich den Notruf.
Ein vorübergehender Mann registrierte mein Handeln, blieb stehen und fragte, ob er helfen könne.
Augenscheinlich muss jemand den Anfang machen, damit andere nachziehen.
Ich bat ihn, sich auf die andere Seite zu stellen, um so die liegende Person zu schützen, bis der Rettungsdienst eintraf.
Anschließend stellte sich heraus, dass es sich bei dem Bewusstlosen um einen alkoholabhängigen, den Sanitätern bekannten Stadtstreicher handelte.
Mein Unterstützer und ich waren deshalb nicht minder überzeugt, korrekt gehandelt zu haben.
Erst in Grenzsituationen zeigt sich der wahre Charakter eines Menschen.

Jörgs Handy bleibt in der Konsole.
Durch die schneidend feuchtkalte Luft mache ich mich zu Fuß auf den Weg.
Als ich die Kreuzung an der langen asphaltierten Auffahrt zu Franks Hof erreiche zögere ich und bleibe stehen.
Aufkeimendes Schuldbewusstsein verdränge ich immer

wieder erfolgreich und gehe entschlossen weiter zwischen rechts und links den Weg säumenden Pferdeweiden entlang. Ich erreiche die Hauseinfahrt. Wie gewohnt steht das Tor der Doppelgarage offen.

Frank hatte sich unzählige Male bei mir darüber beklagt, dass seine holländischen Mieter, die die ehemalige Wohnung seiner Eltern im Erdgeschoss bewohnen, es nicht „gebacken kriegen" Türen und Tore abzuschließen, obwohl er sie schon mehrfach dazu ermahnt hatte.
Sein weißer Q5 und die schwarze *Moto Guzzi* mit rotem Tank stehen sichtlich gut repariert links auf ihrem üblichen Platz. Der Parkplatz rechts ist leer. Allem Anschein nach sind die Mieter nicht zu Hause.
Auf der rechten Seite führt eine Garagentür direkt in die Mietwohnung.
Ich betätige den Türgriff.
Sesam öffnet sich.
Durch ein winzig kleines Vorzimmer mit Garderobe gelange ich ins Wohnzimmer.
Pizzakartons mit Speiseresten, Folie von Schokoriegeln, zwei leere Weißweingläser und eine verkrümelte Chipstüte liegen kreuz und quer verstreut auf Tisch, Couch und Teppich.
Eine getigerte Katze springt von der Fensterbank und läuft auf mich zu.
Ich ignoriere sie.
Die zweite Wohnzimmertür auf der gegenüberliegenden Seite führt in einen kleinen Zwischenflur, der die übrigen Zimmer verbindet. Am Ende dieses Flures befindet sich eine sehr breite Tür, welche beide Wohnungen miteinander verknüpft. Hindurch gehe ich in die große Diele, die schon zu Franks Wohnungsraumteil gehört.

Wenn ich bei ihm war, hatte er häufig überprüft, ob die Tür verriegelt ist und sich jedes Mal geärgert, dass seine Mitbewohner so fahrlässig handeln. Seinen Mietern steht ein Schlüssel zu dieser Tür zu, weil sie den Zugang zu deren Kellerraum freigibt, der nur durch Franks großen Korridor erreichbar ist.

Unter der Treppe, die nach oben in seine Wohnung führt, befindet sich die Kellertreppe. Auf der rechten Seite findet man die große Haustür. Ein kurzes Betätigen des Türgriffs sagt mir, diese hat Frank zugesperrt. Kein Schlüssel steckt. Ein Indiz dafür, dass auch er unterwegs sein könnte.

Links von der Tür steige ich die lange steile Natursteintreppe empor in sein Reich.

Leo liegt brav in seinem Korb, der im Wohnzimmer vor der Balkontür steht; hebt seinen Kopf.

An der Dachbodentreppe entlang schleiche ich zum Schlafzimmer. Die Tür ist weit geöffnet. Ungemacht und verlassen ruht das Wasserbett.

Ich setze mich auf das kalte glatte dunkelrote Leder im Wohnzimmer.

Der große Hund steht langsam auf, schüttelt sein Fell. Er legt sich auf meine Füße. Ich bin innerlich warm und entspannt.

Zeit spielt keine Rolle mehr.

Nachdem ich eine Weile das kalte Metall in der rechten Tasche meiner Jacke mit den Fingern umschlossen hatte, nehme ich die Handschuhe aus der linken und ziehe sie langsam und bedächtig an, förmlich feierlich.

Ein leises Geräusch reißt mich aus meiner Gedankenwelt. Es klingt wie ein Schlüssel, der von außen ins Türschloss eingeführt wird.
Leo schreckt hoch.
Keine Ahnung, ob er nur die gemutmaßte Heimkehr seines Herrchens vernimmt oder ebenso meinen explodierenden Adrenalinspiegel registriert.
Im Erdgeschoss wird die Haustür nach innen gedrückt. Die etwas zu breiten Dichtungsgummis, die die Feuchte und Kälte davon abhalten sollen ins Haus einzudringen, reiben quietschend über den Steinfliesenboden. Ähnlich einem trocken gelaufenen Scheibenwischer.

Meine rechte Hand umklammert fest die Pistole in der Jackentasche. Ich ziehe sie heraus. Den Pistolenhahn spanne ich kräftig und langsam mit dem Daumen, der dünn lederummantelte Zeigefinger gleitet zittrig am Schaft entlang, bis er den Abzug sacht erspürt.

Unkoordinierte Schritte auf der sandfarbigen langen Marmortreppe. Das geschwungene schwarze Eisengeländer mit den vielen Schnörkeln knarrt erbarmungswürdig.

Ich stehe auf.

Leo humpelt zur Wohnzimmertür.
Während der Wartezeit haben meine Augen sich an das Zwiedunkel gewöhnt. Da die Jalousien nicht heruntergelassen sind, reflektiert der fast volle Mond das abendliche Licht der untergegangenen Sonne durch die Fensterscheiben in den Raum hinein.

Frank kommt schwankend auf seinen Hund zu und beugt sich zu ihm hinunter, um ihn mit beiden Händen zu streicheln. Zuerst sanft umfasst er Leos Ohren, dann quetscht er sie, sodass mein tierischer Freund gequält aufjault.
Frank stammelt wirres Zeug.
„Ja wo isser denn, mein Junge, guter Junge. Ja wat hatter denn?"
Leo bellt einmal kurz und leise.
Frank richtet sich auf, holt Schwung mit seinem rechten Bein, tritt seinen Hund von unten mit der Schuhspitze mit voller Wucht in den Unterleib.
Leo schreit schrill hoch, fast wie ein Mensch, dem unerhört wehgetan wird. Mein Herz rast. Jede Kontraktion spüre ich im Hals, bis hinauf in die Schläfen.
Frank geht leicht in die Hocke, streichelt seinen Hund, der gekrümmt seinen Schwanz unter den Bauch presst.
Wieder erhebt sich Frank, er muss sich mit einer Hand an der Wand abstützen.
Leo schleppt sich zu mir zurück. Er lässt sich zu meinen Füßen auf dem Boden nieder.
Unaufhaltbar wird mein Atem hörbar, lauter und immer heftiger.
Frank bemerkt mich – klatscht panikartig auf den Lichtschalter. Uns trennen geschätzt sieben Meter.
Kurz bin ich geblendet von der Deckenleuchte.
Seine für gewöhnlich schlitzartigen stahlblauen Augen reißt er weit auf, blickt in mein Gesicht, schaut auf die Pistole in meiner Hand.
„Was willste hier? Wenn de nich sofort verschwindest, ruf ich die Bullen!"
Beim lauten Lallen dieser Worte torkelt er schwankend

auf mich zu.
Noch knapp zwei Meter zwischen uns.
Leicht nach vorn gebeugt hebt er beide Hände und greift in Richtung meines Halses.
Die Pistole richte ich gezielt auf die Mitte seiner Brust in Höhe der Brustwarzen.
Mein Zeigefinger zieht den Abzug ganz durch.
Ein erschreckend lauter ohrenbetäubender Knalleffekt entweiht noch einmal die Abendruhe.
Durch den Schrecken und den Rückschlag der Pistole zucke ich erneut zusammen.
Unsere Blicke treffen sich.
Pures Entsetzen in seinen Augen.
Wie ein Funke springt es auf mich über.
Schlagartig richtet er seinen Oberkörper auf, lässt die Arme fallen, steht noch lange, stiert mich an.
Das Projektil hat ein kleines unrundes gut sichtbares Loch in den Reißverschlusssteg zwischen den eingebauten Protektoren seiner blauen velourledernen Bikerjacke gerissen. Nichts Rotes.
Ein dumpfes tiefes Stöhnen. Sein Blick lässt mich los, entweicht in die Unbestimmtheit. Dann sinkt er senkrecht auf die Knie. Knochen knacken kurz. Er kippt zur rechten Seite, knallt mit der Schläfe an die Kante des Wohnzimmerglastisches. Sein Kopf knickt ab. Der gesamte Oberkörper fällt das letzte Stückchen bäuchlings zu Boden.

Lautlose Stille.

Leo steht auf, leckt Franks linkes Ohr und die Wange. Danach legt er sich neben ihn.

Ich kann nicht realisieren, was ich getan habe.
Doch spüre ich, wie meine Seelenpein meinem Körper entschwebt und ihn ein Stück weit mitträgt.
Handschuhe und *Derringer* verschwinden wie von Geisterhand geführt wieder in meinen Jackentaschen.
  Mein Handeln war konsequent!

„Tode wohl!", höre ich mich im Selbstgespräch sagen, um wieder runterzukommen.

Zum Abschied streichle ich Leo mehrfach rücksichtsvoll mit beiden handschuhlosen Händen über den Kopf. Dabei spüre ich, dass nicht nur meine Hände zittern, sondern mein kompletter Körper bebt. Leos großen Fressnapf in der Küche fülle ich bis über den Rand mit Trockenfutter und stelle noch eine extragroße Rührschüssel aus einem Küchenschrank mit Wasser dazu.
Kaum erreiche ich die Wohnzimmertür, fällt gegen meinen Willen ein flüchtiger Blick auf Franks reglosen Körper. Ich lösche das Licht.
Mit schlotternden Beinen gehe ich hinunter zur Eingangstür. Sie ist verschlossen, aber der Schlüssel steckt wie gewohnt von innen, wenn Frank zu Hause ist.
Ich verlasse dieses Haus. Für immer.

Draußen ist alles grauenhaft ruhig. Blasser Schattenschmiss. Es schüttelt mich. Kein Mensch weit und breit.
Für gewöhnlich verabscheue ich die scheußlich kalte Januarluft, sie macht meine asthmatischen Atemwege noch kränker. Jetzt sauge ich sie tief in meine Lungenflügel – tiefer und tiefer und tiefer.

Die zwei Kilometer zurück zu Jörgs Auto schwebe ich quasi schwerelos wie berauscht über Asphalt und unebene Ackerwege. Den Untergrund spüre ich nicht.
Mein Augenlicht trifft das Fahrzeug, in das ich einsteigen muss. Der Funkschlüssel entriegelt die Fahrertür. Ich setze mich hinein.

Minutenlang sitze ich bewegungsunfähig da. In meinem Kopf ist ein vorher nie gekanntes Vakuum.

Plötzlich zuckt ein Gedankenblitz mitten in die Leere meines Hirns. Er katapultiert mich aus der Starre.
Den Pkw-Schlüssel stecke ich ins Schloss und lasse den Motor an. In Jörgs Navi tippe ich:
Hodenberggasse 1

Genau auf dem Patz hinter dem Haus seiner Ursprungsfamilie, wo Alexander und ich geparkt hatten, als wir kooperativ Bert, das Fellpony seiner Tochter, verarztet hatten, kommen Jörgs Pkw und ich zum Stehen.
Klingeln will ich bei seinem Bruder, will ihn nach Saschas Adresse fragen. Will ihm sagen, dass ich eine ehemalige Klassenkameradin bin, es geht um die Planung der nächsten Klassenfete. So verhasst wie sich beide sind, wird Benedict sie mir garantiert geben. Mein brillant überteuerter Detektiv war leider nicht fähig dazu.
Kurz döse ich weg.
21:23 Uhr ist es als ich aus meinem Halbschlaf erwache.
Kann ich um diese Zeit noch einen Klingelversuch wagen?
All die schönen harmonischen Momente mit Alexander kommen mir in den Sinn. Für real habe ich sie gehalten.
Über alle Maßen erschöpft bin ich. Desillusioniert.
Nach Hause sehne ich mich, schlafen, nie wieder aufwachen.

Langsam fahre ich vom Parkplatz.
Ein silberner *Aston Martin* mit Abblendlicht kommt mir entgegen. Alexander.
Ein Wink des Schicksals?
Eher ein grandioser Zufall.
Um auch hier noch die geschenkte Gelegenheit zu nutzen überlege ich umzukehren.
Ich lege den Schalter auf Fernlicht um.
Geblendet schaut der Baron in die andere Richtung, zum Haus seiner Eltern, so entgeht er dem stechend grellen Lichtstrahl.
Ich fahre weiter und immer weiter.

Weiter zum Spaziergängerparkplatz in Bevergern.
Während der Fahrt denke ich über alles Geschehene der letzten Stunden nach.
Meinen Plan, Alexanders Wohnort herauszufinden, um – ja, was eigentlich? Ihn zu erschießen, so wie Frank, weil es auf eine Leiche mehr oder weniger sowieso nicht ankommt?

    Oh doch, ab jetzt kommt es darauf an.
    Aus meinen Fehlern werde ich lernen!

  Jörg wollte ich zu dem von mir eigens für ihn geschaufelten Waldgrab zwingen, mit vorgehaltener Waffe, ihn an Ort und Stelle erschießen, vergraben. Spaten, Beil und Gartenhandschuhe wären im Kofferraum gelandet. Sein Handy, Navi und die Waffe nebst Munition sollten in die grünbraune Emsbrühe nähe EEC eintauchen, zugrundegehen.
In aller Ruhe hätte ich Lebensmittel eingekauft, wäre anschließend nach Hause gefahren und hätte abgewartet, was geschehen würde, wann Jörgs Verschwinden auffiele, seinem Arbeitgeber oder eventuell Wohnungsnachbarn.
Die Gartenhandschuhe und -geräte hätte ich im Regenfass gewässert, gesäubert und an ihren Platz in der Garage gehängt und gestellt, den Kofferraum gesaugt.
Fahrrad, besonders die Reifen, hätte ich auf dem Rasen beim Holzschuppen mit dem Gartenschlauch abgespritzt, um Spuren von Walderde und -pflanzen loszuwerden. Hinterher hätte ich ein paar Runden auf unserem Rasen gedreht. Scheinheilig hätte ich auf Jörgs Mailboxen gesprochen, um zu fragen, wann er sein Auto wieder abholen wolle. Nach ein bis zwei Tagen hätte ich mich mit der

Polizei in Verbindung gesetzt. Schildern wollte ich, dass Jörg mich wie üblich abgeholt hatte, seit wir getrennt lebten, dass er beim Ems-Einkaufs-Centrum ausgestiegen sei, weil er weitere Pläne für den Nachmittag hatte, über die er nicht mehr mit mir spricht. Gesagt hätte ich bei jeder Vernehmung auch noch, dass ich vom Kundenparkplatz beim Supermarkt, wo zeitlich begrenzt kostenloses Parken möglich ist, zur Emsstraße gelaufen sei, um einen Stadtbummel durch verschiedene Geschäfte zu machen. Dass ich alsdann alltägliche Bedarfsgüter im *real,-* eingekauft hatte und nach Hause gefahren sei. Sein Navi habe Jörg immer aus dem Auto entfernt und in seiner Gürteltasche mitgenommen. Er sagte stets, den Weg zum Einkaufen von Bevergern nach Rheine und zurück würde ich ohne die Hilfe dieses Gerätes finden.
Seine Leiche wäre wahrscheinlich nie entdeckt worden.
Falls doch, wären immer Zweifel an meiner Schuld geblieben.

Folgendes Fazit ziehe ich:
> Den Vater meiner Kinder zu töten habe ich nicht geschafft, aber büßen soll der Feigling dessen ungeachtet. Niemand verlässt ungestraft seine Familie!

Der Mord an Frank hat aus mir endgültig einen anderen Menschen gemacht. Die Versagerin Barbara Schulz ist tot. Es lebe Barbara Strauchkuppe, die Kämpferin!

Nachdem ich von der Autobahn abgefahren bin, halte ich zunächst beim Restaurant *Am nassen Dreieck.*
Hier vereinen sich *Dortmund-Ems-* und *Mittellandkanal,*

was aus der Ferne betrachtet einen optischen Triangel bildet. Wieder laufe ich. Wieder atme ich, tiefgründig, sauge alles in mich hinein, was die Umgebungsluft zu bieten hat. Meine Kapuze mit der künstlichen Felleinfassung ziehe ich mir tief in die Stirn.
Die Brücke, die den Mittellandkanal für Fahrzeuge und Passanten überwindbar macht, ist kaum noch befahren zu diesem Zeitpunkt. Keine Fußgänger, außer mir. Inmitten der Brücke verharre ich. Mondschein leuchtet alles dezent gedämpft aus.
Ich wende mich mit einer viertel Drehung den Wasserstraßen zu. Nach vorn blickend ruht rechts der *Dortmund-Ems-Kanal*. Kleinere Binnenschiffe haben festgemacht am Rand.
Als ich mich umdrehe zeigt der Blick nach hinten zwei Frachtschiffe mit Positionsleuchten, in unterschiedlicher Lage, auf mich zufahrend, aber beide sehr weit entfernt.
Aus den großen Taschen meiner Jacke ziehe ich zwei glatte kalte Gegenstände.
Einen kurzen Blick werfe ich auf Jörgs Navi.
Es fällt lange.
Der Eintritt in die Wassermasse ist unspektakulär. Nachdem es die Oberflächenspannung durchbrochen hat, sind nur noch wenige kreisförmige Wellen zu sehen.
Jörgs Mobilfon folgt.
Ein paar Minuten gönne ich mir andächtig am Brückengeländer, als würde ich einer Beisetzung beiwohnen.

> Ja, mein gesamtes bisheriges jahrzehntelanges Leben habe ich soeben bestattet.

Zurück am Restaurant steige ich ins Auto und fahre zum

Parkplatz. Der Spaziergängerparkplatz ist leer, wie eigentlich immer. Um diese Uhrzeit im Winter habe ich erst recht nichts anderes erwartet.
Ich öffne den Kofferraum, streife erneut die Lederhandschuhe über meine Hände. Greifbar befinden sich an Ort und Stelle immer noch die drei aluminiumbeschichteten Tüten für Tiefkühlware, die ich manchmal brauchte, um einen Teil des Lebensmitteleinkaufs für meine Familie nach Hause zu transportieren, ohne die Tiefkühlkette zu unterbrechen.

> Meine Familie – hat sie überhaupt jemals wirklich existiert?

Wie einen unbezahlbaren Schatz wische ich meinen *Derringer Perfecta Maverick* mit einem großen feuchten Reinigungstuch ab, wovon ich für die Hygiene unterwegs immer mindestens ein originalverpacktes in der Tasche trage. Zunächst lege ich die Mordwaffe in eine Tüte. Aus meiner linken Jackentasche hole ich das Kästchen mit der Munition, die Arne so liebevoll für mich und die Waffe gebastelt hatte, putze ebenfalls alles gründlich; Kästchen, Patronen und Blister und lege es dazu. Die stabilen Tragegriffe der Tüte reiße ich ab. Sie landen, genau wie die der anderen, in einer meiner geräumigen Jackentaschen. Die Tüte wird straff gewickelt. Ich stecke sie in den nächsten Beutel. Der Vorgang wiederholt sich. Die letzte Tüte wird im Gegensatz zu den beiden Vorgängern solide verknotet.
Mit meiner nun ausreichend vor Korrosion geschützten Kostbarkeit wandere ich zu der Grube, die anfangs für meinen guten Gatten gedacht war.

Sollte er sie entdeckt haben, wird die Waffe gefunden werden. Andernfalls bliebe sie mir erhalten. Wie auch immer, meine Pläne gehen von jetzt an in verschiedene Richtungen.
Alles ist so, wie ich es verließ. Kein Jörg. Trotz des kalten Winterregens der vergangenen Tage ist der Waldboden in den unteren Schichten staubtrocken. Spaten, Beil und Gummihandschuhe sind ohne Feuchtigkeit. Gut so für mein Juwel, es soll ohne Schaden bleiben. Hier ist es sicher aufbewahrt. Schippe und Handschuhe lasse ich daneben liegen. Im schwachen Mondlicht scharre ich den Erdaushub von allen Seiten zurück ins Loch. Zwischendurch stampfe ich die Erdschichten platt. Gegen Ende gerate ich in einen regelrechten Wahn. Ich stampfe und springe und trommle mit Füßen und den äußeren Handkanten meiner zu festen Fäusten geballten Hände pausenlos beharrlich auf die Erde. Diese Ekstase setzt ungeahnte Kräfte frei.
Das Beil trete ich senkrecht in den trotz aller Verdichtung lockeren Boden. Stiel nach unten, Metallteil nach oben. Circa 20 cm Erdreich werden darübergehändet.
Zum Schluss verteile ich das Laub auf der gesamten Fläche. Selbst für Wissende ist nichts Verdächtiges zu erkennen. Vergleichende Blicke sagen, alles sieht aus wie vor der Buddelei.

Abermals im Auto verweile ich abzählbare Augenblicke.

Ich fahre zu Jörgs Wohnung.
Sein Auto mit den zwei defekten Scheiben stelle ich auf dem Gemeinschafts-Parkplatz ab, der zu seiner Bleibe gehört. Es ist ein großer Platz, der hinter dem Mehrfami-

lienhaus liegt, abseits der Bundesstraße. Auf diesem Hinterhof ist genügend Raum für die unterschiedlichen Fahrzeuge der Bewohner oder deren Besucher. Parklücken kann ich ausmachen. Eine mittlere wähle ich.
Die lange Rückseite des rechteckigen Gebäudes ist fensterlos, bis auf Fenster im Dachgeschoss, von denen eins gen Himmel erleuchtet ist. Die Balkone und somit wohl auch die Wohnzimmer befinden sich in Reih und Glied auf der gegenüberliegenden Seite zur Straße hin. Der Hauseingang, mit Fensterreihen bis zur Etage unterhalb des Daches, ist Teil einer schmalen Seite.
Wo Jörg ist frage ich mich beim Aussteigen. Ist er doch noch irgendwo im Wald, hat er die Polizei gerufen, hat er sich um die Kinder gekümmert?

Niemand begegnet mir.

Von Rheine marschiere ich zügig den kilometerlangen Weg nach Bevergern. Zu unserem Haus. Zu meinem Zuhause.

Irgendwo am Straßenrand in Ortsnähe stehen Restmülltonnen, für die Leerung am kommenden Vormittag schon hier platziert. Bei einer hebe ich den Deckel. Mehrere obenliegende transparente gefüllte Mülltüten entnehme ich. Die schönen mit Walderde beschmutzten Lederhandschuhe lege ich behutsam auf den Müll in der Tonne, zusammen mit den abgerissenen Tragegriffen der Kühltaschen. Die vollen Müllbeutel landen wieder obenauf.
Durch den Garten, Garagentür und Keller kehre ich kaum hörbar heim.

Spät nachts, fast morgens, stecke ich meine schmutzige Kleidung in die Waschmaschine, dann dusche ich.
Das Wasser ist warm, so verdammt luxuriös warm. Es fließt und fließt, hüllt mich ein, gibt mir Geborgenheit.

Sind die Kinder noch hier bei mir?
Träumen sie beruhigt von einer heilen Welt, die es nirgends gibt?
Ich werde nicht nachsehen.

An Jörg denke ich.

> Wenn aus Liebe Hass und aus Hass Gleichgültigkeit wird, dann ist eine Beziehung zu Ende.

Nach ausgiebigem Duschen, mit besonders gründlichem Händeschrubben mit feinborstiger Nagelbürste, fahre ich das volle Programm auf, eincremen von Kopf bis Fuß, Makeup ins Gesicht, Deo, Hairstyling, ordentliche Straßenkleidung.

Die geschleuderte Wäsche stopfe ich in den Trockner. Wegen der Daunenjacke lege ich verteilt sechs Tennisbälle dazu, damit die Federn sich gleichmäßig bauschen.

Mein Handy nehme ich vom Regalbrett, schließe es ans Ladegerät und lege es zurück.
Auf der Mikrowellenuhr über dem Kühlschrank ist es 05:07 Uhr.
Die Verpflegung, die ich den Kindern für den gestrigen Tag vorbereitet hatte, wie sie es gewohnt sind, haben sie verzehrt.

Zwei leere Pizzateller, ein Pfannenwender aus Edelstahl, leere Frischhaltedosen und benutzte Gläser stehen auf der Spüle.
Alles räume ich in die Spülmaschine.

Für den kommenden Schultag bereite ich ihnen wieder Frühstück für daheim und Proviant für unterwegs.
So begebe ich mich in der frühen Morgenstunde zur Ruhe.
Ich wünschte, es wäre meine letzte.
Ich spüre mich nicht mehr.
Alsbald schlafe ich ein.

Die Haustürklingel schrillt mich unbarmherzig in die Tatsächlichkeit meiner Existenz.
08:39 Uhr **zeigt** der Nachttischwecker.
Vor der Tür stehen zwei Personen. Ein Mann, eine Frau.
Beide näherungsweise in meinem Alter.
Die Beulen unter ihren Cardigans, bei ihr links, bei ihm rechts, entdecke ich erst bei näherem Hinblicken durch die obere der beiden diagonal gegenüberliegenden dreieckigen Haustürscheiben.

Ich öffne.

To be continued ...
as soon as possible